Vintage Mystery Series

犬はまだ吠えている

パトリック・クェンティン

白須清美＊訳　森英俊＊解説

The Dogs Do Bark

Patrick Quentin

原書房

犬はまだ吠えている

The Dogs Do Bark by Jonathan Stagge, 1936

主要登場人物

ヒュー・ウェストレイク……医師。わたし
ドーン……その娘
シリル・ハウエル……狩猟クラブの友人
ルエラ・ハウエル……シリルの妻。ルルおばさん
ローズマリー・スチュアート……ルエラの姪
スーザン・レナード……看護師
イライアス・グリムショー……農場主
アン・グリムショー……イライアスの娘
ウォルター・グリムショー……イライアスの息子
アドルフ・バーグ……農夫
フランシス・フォークナー……狩猟クラブの友人
クララ・フォークナー……フランシスの妻
トミー・トラヴァース……狩猟クラブの友人
ヘレン・トラヴァース……トミーの妻
コブ……グローヴスタウン警察の警視

I

寝室の窓は別の方角を向いていた。だからそれが聞こえなかった。だから、ケンモアで起こった事件の最初の兆しを、あれほど漠然とした、薄気味の悪い形で知ったのだ。

少なくとも、当時は薄気味悪く思えた。わたしは半分寝ぼけ、夢うつつで、何かを聞いても意味がわからない状態だった。部屋は真っ暗だった。それにあの音は、闇そのものから聞こえてきたように思えた――細く甲高い声が、単調に唱えている。

耳を澄ませ、耳を澄ませ、犬が吠えている
乞食が町にやってくる……

そんな無邪気な子守唄が怖かったのではない。もちろん、その声が十歳の娘のものとわからないはずはない。娘の部屋は隣だし、もうすぐ午前零時とはいえ、ドーンが起きていても特に不思議ではない。しかし繰り返すが、わたしは疲れていて、半分夢の中だったのだ。田舎医師の一日はくたびれるものだ――特に冬場は。

またしても、あの小さくて不確かな声が、尾を引いてわたしの耳に届いた。頭がはっきりしたところで、わたしは親としての責任を思い出した。こんな時間まで起きている娘を叱るため、わたしはベッドを出て隣の部屋に急いだ。

だが、わたしは娘を叱らなかった。ひとことも出なかった。目の前に広がる光景の異様さに声が出なかったのだろう。ドーンはわたしが入ってきたことに明らかに気づいていなかった。開いた窓のそばに立ち、闇をじっと見ている。パジャマに包まれた小さな体とモップのようにくしゃくしゃな髪がシルエットとなって浮かんでいた。胸に抱いているウサギのぬいぐるみの、長い耳までもが見て取れた。そして声は、静かな起伏を繰り返していた。

耳を澄ませ、耳を澄ませ、犬が吠えている……

耳を澄ますうち、わたしにも聞こえた——ケンモアの猟犬だ。遠く、だがどこか不穏な調子で、犬たちが吠える声が十一月の冷たい風に乗って聞こえてくる。それは娘の歌の奇妙な伴奏となっていた。

わたしは驚いた。もちろん、月夜に犬の群れが吠えるのを聞いたことはある。だが、その夜は月がなかった。それに吠える声も違っていた——凶暴な獣が吠えるような、怒った、鋭い声だった。

明かりをつけると、娘が振り返った。黄褐色の目は半分ばつが悪そうで、半分怒っていた。何と母親に似ていることか！　ポーラは五年前に死んだと納得するのが、どれほど不可能なことか！

「おちびちゃん」わたしは厳しい声でいった。「いったい何だって、こんな夜中にセレナーデを歌っているんだ？」

ドーンはウサギのぬいぐるみをベッドへ運び、丁寧に枕の上に寝かせた。

「ああ、ただ歌ってただけよ」彼女は曖昧にいった。

「年を取ったかわいそうなお父さんが、ぐっすり寝ようとしているのも構わずに？」

「でも、そんなに年は取っていないでしょ？」娘は、こちらが無防備になってしまいそうな生真面目な顔でわたしを見た。「少なくとも、本物のお年寄りじゃないもの」

意見がぶつかり合うときには、ドーンはいつもわたしを負かそうとする。

「十分に年寄りだよ」わたしは弱々しく反論した。「それに、わたしは医者だから、そうやって裸足で窓のそばに立っていれば肺炎を起こすことくらいわかる」

「ああ、犬の鳴き声を聞いてたの」娘はベッドに腰を下ろし、内緒話をするような顔をした。「歌ってたのは、本当は――鳴き方が変だったから。それで、ウサちゃんを怖がらせたくなかったの」

ドーンと〝ウサちゃん〟の関係はきわめて神秘的で、道理も小言も通じなかった。降参して部屋に戻ろうとしたとき、階下の電話がけたたましい音で鳴りだした。疲れた医者にとって、夜の電話ほど気が滅入るものはない。

「くそっ」わたしは不機嫌にいった。

娘は驚き、非難するような顔をした。それから、腹が立つような笑い声をあげた。

「ぐっすり寝られなくなっちゃったね、パパ」

わたしは重い足取りで下へ行き、電話に出た。ルエラ・ハウエルの甲高い、気短な声が聞こえてきた。ああ、ドクター・ウェストレイク？　すぐに来てくださる？　とても恐ろしいことがあって、一睡もできないの。心臓に違いないわ。わたしは、すぐに行きますとうめくようにいって、受話器を叩きつけた。

ルエラ・ハウエルは、ケンモアのわたしの患者の中で一番裕福で、今のところ一番腹の立つ患者だった。とても恐ろしいことがあるのはしょっちゅうで、真夜中に恐ろしい病に襲われるのも常だった。しかし、問題があることはめったにない。運動不足と甘いものの食べすぎ、隣人の私生活への病的なまでの好奇心に起因する、慢性の神経衰弱を除いては。ミセス・ハウエルは二十五年ほど前にはちやほやされた美人であり、今もそれを脱していない。辛抱強い主治医としてのわたしの仕事は、彼女のかんしゃくをうまくなだめることだった。

その夜、わたしは出かけることをためらったが、職業意識が疲労に勝った。いずれにせよ、ルエラ・ハウエルは数週間前に軽い流感にかかっており、今も経験を積んだ看護師をつけて養生しているところだ。具合が悪くなることもありうる。

急いで服を着て、娘にもう寝るようにと最後に厳しく念を押し、ガレージの車に向かった。出発したときにも、ケンモア狩猟クラブの猟犬たちはまだ吠えていた。だが、わたしは十一月の夜の凍えるような寒さに肉体的な不快感を覚えるあまり、さほど気にしなかった。

ハウエル家に着くころには、わたしの機嫌は最悪だった。しかし、ドアを開けたローズマリー・スチュアートの姿をひと目見たとたん、わたしの短気は鳴りを潜めた。飾り気のない青いネグリジェに身を包んだ、ミセス・ハウエルの姪は、いつにも増して魅力的だった。間隔の広い灰色の目と、額から後ろに撫でつけたつややかな黒髪には何かがあった。妻は生前、よくこういっていた。もしわたしがもう一度恋をするなら、相手は天使のような顔をして、悪魔のように猟犬を駆って狩りをする、澄んだ目のブルネットだろうと。いとしいポーラ！　彼女はわたしのちょっとした弱みをよく知っていた。

そして妻は、ローズマリー・スチュアートのことをいっていたのかもしれなかった。彼女は冬の間、おばのルエラとおじのシリルの家に滞在している。わたしにいわせればあまり楽しくない滞在だが、ローズマリーは馬と狩りが大好きだった。ケンモアでの素晴らしい狩猟が、神経症的なおばとその尻に敷かれるおじの家で暮らす欠点を打ち消しているのではないかと思えた。

「明日には狩りがあるのに、こんな遅くに呼び出してごめんなさい、ドクター・ウェストレイク」わたしの後ろでドアを閉めながら、彼女はいった。「ルルおばさんの具合は大したことないと思うわ」

もちろん彼女は正しかった。寝室に入ると、ルルおばさんは上半身を起こし、枕にもたれていた。着ている真紅のシルクのパジャマは、丸々太った体には若々しすぎ、彼女が精一杯演じようとしている気の毒な病人には派手すぎた。その目の輝きを見て、わたしの睡眠が犠牲になったのは、彼女が真夜中に気まぐれに噂話をしたくなったためにすぎなかったことを悟った。

わたしはたちまちおしゃべりの洪水に巻き込まれ〝とても恐ろしいこと〟の一部始終を聞か

された。今回は、わたしが派遣した経験豊富な看護師、スーザン・レナードのことだった。本当に、あの娘は恥知らずよ。はじめは物静かないい人だと思ったわ。信仰心にも篤いし。毎週日曜日には、はるばるプロヴァースヴィルのカトリック教会まで歩いていくの。でも、物静かで信仰心に篤い人たちというのが一番よくないのね！　ルルおばさんは明るすぎるブロンドの頭を上下させ、人生にまつわる箴言《しんげん》を強調した。信じられる？　今朝、あのふしだらな女が、シリルに言い寄るのを見てしまったのよ！

シリルは、ルエラ・ハウエルの夫だ――穏やかな、恰幅のよい人物で、わたしの知る限りケンモアの雌馬や雌犬以上に彼を誘惑する相手は見たことがない。しかし長年の神経衰弱により、ルルおばさんは夫をカサノヴァ並の色男と信じ込んでいるようだった。わたしは彼女にしゃべらせるまま、ローズマリーの首の柔らかな曲線や、背筋のぴんと伸びた、生き生きした体つきを見ていた。

「そうよ」ルルおばさんは健康そのものの義憤に駆られて声を張りあげた。「わたし、ほとんど――ほとんど現場を押さえるところだったのよ。もちろん、レナード看護師にはすぐにこの家を出ていってもらったわ――すぐにね」それから彼女は、自分が病気であることを思い出したようだ。肉づきのよい胸をつかみ、うめくようにいう。「本当に恐ろしいことだったわ、先生。また発作が起きたのがわかるの」

わたしは聴診器を取り出し、真紅のパジャマの上に適当に当てた。案の定、ルルおばさんの心臓はイライアス・グリムショーのところの立派な雄牛と同じくらい強靭だった。わたしはできるだけ遠回しにそれを告げ、逃げ出そうとした。

　しかし、運は味方してくれなかった。診察の途中、ローズマリーがたくさんの窓のひとつに近寄り、それを開け放ったのだ。ごくかすかに、犬の遠吠えが聞こえてきた。ルルおばさんは耳をそばだて、身震いした。

「聞いてちょうだい、先生——猟犬よ！　夜中に犬が吠えるのは、死の響きよ」

「さあさあ」わたしはそっけなくいった。「弱気になってはいけません」

　だが、ルルおばさんは弱気になると決めたようだ。悲劇を予言するカッサンドラを演じるのを楽しんでいる。

「死！」彼女は繰り返した。その声は、犬の群れの鳴き声と同じくらいかすかで、うつろに響いた。「最近、妙な予感がするのよ、ドクター・ウェストレイク。ケンモアで誰かが死ぬんじゃないかって」

　わたしは興味を示さず、次の請求ではミセス・ハウエルの今回の往診に二倍の診察料をつけようと頭にメモした。

「そして、ケンモアで誰かが死ぬなら」彼女は暗い声で続けた。「それが誰なのかはわかっているわ。アン・グリムショーよ」

「まさか」わたしは苛立っていった。

「彼女は災いに向かっているわ、ドクター・ウェストレイク。わたしがいったことを覚えておいてちょうだい。あのバーグとかいうスカンジナヴィア人の農夫のことだけではないの。ええ、それだけじゃない。ケンモアじゅうの男が、アン・グリムショーについて知らなくてもいいことまで知っているのよ」

こんなことになると予想しておくべきだった。噂を広めるのが大好きなルルおばさんの独白は、決まってアン・グリムショーに行き着くのだ。誰よりも裕福で厳格な農場主であるイライアス・グリムショーの娘アンは、少しばかり羽目を外すところがあり、ケンモアでキツネ狩りをする男たちに非常に人気があった。彼女の人気は、ルルおばさんがキツネと男性の両方を狩っていた時代が終わったことを、容赦なく思い出させるのだ。

「まずは」ルエラ・ハウエルは貪欲にいった。「フランシス・フォークナー――いいえ、邪魔をしないでちょうだい、ローズマリー。このふたりが、昼となく夜となく、妙な時間に郊外をこそこそ歩いているのを知っているわ。それからトミー・トラヴァース！　とても高潔で、体の不自由な奥さんを思いやるイギリス人！　だまされちゃ駄目よ！　わたしの知っていることを聞けば、きっと驚くでしょう」彼女はベッド脇の箱から大きなキャンディーを取り出したが、状況に気づいて、そそくさと箱に戻した。「ええ、あの娘のことでは、夫でさえも信用できないわ。狩りのとき、夫にどんなふうに作り笑いを見せたか聞いているのよ」

彼女は身を乗り出し、ウェストのきつい真紅のパジャマが危うく破れそうになった。

「遅かれ早かれ、アン・グリムショーの身には何かが起こるでしょう。すでに起こっているかもしれないわ」彼女は謎めいた笑みを浮かべた。「今朝、アンの姿がここ数日見えないと料理人に聞いたばかりよ。ふらりと姿を消して二度と戻ってこない類の女だと、わたしは常々いっていたの」

ローズマリーはわたしと目が合うと、悲しげにほほえんだ。わたしは、この気の毒な娘が狩りのためにどれほどの犠牲を払っているかがわかりかけてきた。それから、噂されているおばからの遺産相続の可能性のために。

「ルルおばさん」彼女は穏やかに反論した。「そんな話をしていたら疲れるだけよ。それに、おやすみになっていたドクター・ウェストレイクを起こして、グリムショー家の噂話を聞かせても仕方がないでしょう」

「ああ、そう、あなたはグリムショー家の味方なのね。よくわかったわ、ローズマリー」栄養が行き届きすぎた顔の奥で、ミセス・ハウエルの真ん丸な目が、姪に向かってきらりと光った。「この子はアンのことを、光輪を戴いた天使だというでしょうね、ドクター・ウェストレイク。単に、彼女の弟のウォルター――」

「ルルおばさん!」

「――ウォルター・グリムショーのために」ルエラ・ハウエルは、姪の気まずさを明らかに楽しむように、その名を繰り返した。「あなたとウォルター・グリムショーがどんな仲なのかは知っているわ、ローズマリー。ごまかしたって無駄よ。ひとつアドバイスをしておきましょう」彼女は皮肉な調子で声を低くした。「もちろん、わたしはただのおばにすぎないし、あなたたちのような近頃の若者は、何でもわかったような気がしているんでしょう。でもね、あのウォルター・グリムショーは、姉と同じくらい悪い人間よ――手に入れられるものは何でも手に入れようと思っているんだから。わたしがひどく病弱なのを知っていて、遺言状であなたに多少のものを遺すと踏んでいる。そして――」

「馬鹿なこといわないで」振り返ったローズマリーの唇は真っ青だった。「よくも――よくもそんなひどいことがいえたわね」

そろそろ、この茶番を終わらせる潮時だ。アスピリンをいくつか処方し、明日にはとても醜くて尊敬できる看護師を用意するとルルおばさんに約束して、わたしは引き揚げた。

ローズマリーが玄関まで見送りに来た。わたしたちは玄関ホールで少し立ち話をした。

「おやすみ」わたしの声は年寄り臭く聞こえたが、ローズマリーの若々しい笑顔を見ると、決まって四十歳近い自分の年を思い知らされた。「おばさんのいうことをあまり気にしてはいけないよ。明日の狩りで会おう」

「おやすみなさい、ドクター・ウェストレイク――ありがとうございました」灰色の目が、しばらくわたしの目を見た。「それから、ルルおばさんがウ――ウォルターについてひどいことをいったのを、本気にしないでね。あれは――」

「この十年、きみのおばさんのいったことは、ひとことだって本気にしていないよ」

わたしはまた笑みを浮かべたが、どういうわけか笑っている気がしなかった。少なくとも、ある一点ではルルおばさんと同感だった。わたしには関係のないことだが、ウォルター・グリムショーは、この辺りの人々に近づけないほうがいい。

なぜケンモア狩猟クラブの敷地を通って帰る気になったのかわからない。たぶん、ルルおばさんの予言めいた言葉のせいだろう。あるいは、ウサちゃんの心の安定を心配していた娘のせいかもしれない。あるいは、夢うつつの頭に流れ込んできた、あの静かな子供っぽい声に、居心地の悪い思いをした記憶のせいかもしれない。いずれにせよ、一マイルほど遠回りになるにもかかわらず、わたしはわざとその道を選んだ。

猟犬は吠えるのをやめていたが、黒々としたシルエットになった狩猟クラブの建物を過ぎ、犬舎に向かう途中も、わたしは奇妙に犬たちを意識していた。ヘッドライトの中、道端にぼんやりと白く檻が浮かんで見える。狭い敷地の中を幽霊のように歩き回る猟犬たちも見えた。

小さいながらも、ケンモア狩猟クラブはアメリカにあるこの種のイギリスの施設の中では最も優れ、伝統を重んじるもののひとつだった。普段なら、猟犬はこの時間にはみな犬舎に入って寝ているはずだ。しかし、今ははっきりと目を覚ましている。ときおり、わたしの車の音にかぶせて、低いうなり声が聞こえてきた。

わたしには霊能力などまったくないが、犬たちに関する噂を聞いた後で、目をぱっちりと開いて落ち着かなげにうろつく姿を見ると、奇妙な感じがした。ケンモア狩猟クラブの熱心なメンバーとして、猟犬のことは、患者のほとんどよりよく知っているとはいわないが、同じくらいは知っている。しかし、その夜の犬たちのことは理解できなかった。うなり、鼻を鳴らす様子は——ついさっきの鳴き声と同じく——何かが違っていた。

わたしは車を降り、霜に覆われた切り株を越えて、檻へ向かった。

「やあ、ニムロド」わたしは呼びかけた。

だが、わたしの旧友は隅にうずくまっていた。全速力で駆けてくる代わりに、星明かりの中、冷たく悪意に満ちた目をこちらに向ける——まるで、獲物を仕留めるのを邪魔されたかのように。

「ロロ！　おーい、ロロ」

しかし、ロロも何かに気を取られている様子だった——灰色の影がこそこそと歩いている。歯ぎしりする音が聞こえた。

わたしは戸惑いながら針金のフェンスに沿って雌犬の檻へ向かった。雌犬たちもやはり、雄犬に感化されたかのように落ち着かず、喧嘩腰だった。何匹かは仕切りとなるフェンスの周りをうろつきながら、しきりに匂いを嗅ぎ、引っかいていた。

「何かが紛れ込んだに違いない」わたしはひとりごちながら車に戻った。「ウサギだろう」

だが、それはひどく薄っぺらな説明で、漠然とした不安は去らなかった。

家に通じる本道に出た後も、憂鬱な鳴き声は背後の冷たい闇の中にこだましていた。

II

ドーンが寝室に来て、わたしをベッドから引っぱり出したのは、ほんの数分後のように思えた。娘は上機嫌で、狩りにはうってつけの朝だといった。わたしは冷たいシャワーを浴び、乗馬服と乗馬ズボンを見つけ、娘とともに家政婦のレベッカが用意したベーコンエッグを食べた。わたしの馬とドーンのポニーはすでにジョンが鞍をつけていた。ジョンはレベッカの夫で、厩務員兼庭師だった。早朝の光の中、ドーンとわたしがケンモア狩猟クラブへ出発したのは、まだ七時だった。

土曜日は恒例の狩りの日だった。わたしにとっては、医師の仕事をいっとき離れる短い休暇であり、ドーンにとっては祝日だった。娘はごく小さいうちに揺りかごを捨てて鞍に移り、十歳で間違いなく、この一帯で最も熱心な子供の乗り手となっていた。老人たちは、わたしが娘を狩りに参加させることに首を横に振るが、仮に賛成しなくても、狩りの日に彼女を家にとどめておくには相当強い意志が必要だ。ドーンにはふたつの熱心な、女性らしからぬ野心があった。ひとつ目はケンモアのキツネ狩りの総指揮者になること、ふたつ目は、わたしたちの友人で一番近い隣人でもあるフランシス・フォークナーのように、障害馬術で優勝することだった。

クラブに着いたときには、仲間のほとんどが集まっていた。霜の降りた芝の上を駈歩《キャンター》で行き来し、あいさつを交わし、今日の猟果を予想し合っている。ドーンはまっすぐに、猟犬係の周りをしきりに駆け回る犬のところへ行った。犬たちが彼女にじゃれつき、嬉しそうに飛び上がって顔を舐めるのを見ながら、わたしはゆうべの不吉な予感を恥じた。冷たい光の中では、この生き生きとした、人懐こい生き物に、邪悪なものは少しも感じられなかった。

そして近隣住民たちにも、ルルおばさんがほのめかした死や堕落を思わせるところが一切ないのは間違いなかった。わたしは牧場を速歩《トロット》で回りながら、これほど健全で、基本的に普通の人々は、なかなかいないと思った。

わたしはまずフォークナー夫妻のところへ行った。いつものように、彼らが場を支配していた――クララはコレンソ郡一番の金持ちで、乗馬の名手のフランシスは、現在ケンモアのキツネ狩り総指揮者だった。がっしりした白い牝馬に乗ったクララはいつにも増して近寄りがたく、貴族的で、こういってよければ地味だった。彼女を見ると『パンチ』誌に描かれる不滅の女狩人を思い出す。一方、荒っぽく気まぐれなサー・ベイジルにまたがるフランシス・フォークナーは非常にハンサムで、妻と比べると息子ほどに若く見えた。

フォークナー夫妻はきわめて対照的だった。そして、三年前の驚くべき結婚式で、この離婚歴のある若者と、ほぼ中年に差しかかった未亡人との結婚は失敗に終わる運命だと多くの人が思った。しかし、どういうわけか、ふたりはお似合いだったらしい。彼らは馬への情熱的な愛情と、同じく狩りをしない人々への軽蔑を共有し、年の差をものともせずに一心同体となったのである。

ふたりがどのようにして知り合ったのかは誰も知らなかったが、こんな軽薄な噂があった。百万長者の最初の夫を亡くしてから、クララ・コンラッドは最高の騎手を求めてアメリカじゅうを探し回った。そして、意気揚々とサンフランシスコからフランシスを連れて帰ってきたのだと。彼はクララより十二歳年下だったが、難しい環境で威厳を持って生活し、彼女の金と厩舎を自分のもののように慎重に扱った。そして、普段はよそ者に懐疑的な共同体の中で、当然のように人気者になった。

わたしたちが狩猟クラブの出来事について楽しく話していると、もうひとりのよそ者が近づいてきた。いつものようにイギリスという土地を引きずっている。トミー・トラヴァースは二十年近くアメリカに住んでいるが、イギリス人らしさをいささかも失っていなかった。その日、ボンド・ストリートで手に入れた狩猟〝服《トッグス》〟に身を包み、のんびりとした口調で「おはよう《モーニン》」といった彼の抜け目のないテリアのような顔は『サーティーズ』誌からそのまま抜け出してきたかのようだ。フランシス・フォークナーと同じく、彼もケンモアに好意的に受け入れられていた。わたしたちは、彼の狩猟クラブに対する熱心な支援と、アメリカ人の妻への献身的な誠実さを尊敬していた。彼女は狩りのときに落馬し、悲劇的にも一生体が不自由になってしまったのだ。

ミセス・ハウエルはなぜ、アン・グリムショーとの不倫で、トラヴァースとフォークナーの両方を非難したのだろうという思いが頭をよぎった。馬鹿馬鹿しい。金になる患者かどうかはともかく、ルルおばさんは危険人物だった。

「さて」フォークナーがいった。「用意は整った。出発しよう」

「ああ」トラヴァースの明るい色の瞳が、馬に乗った男女の一団を見回した。「今日は出席率がいいようだ。アン・グリムショー以外はみな揃っている。あの嫌な父親に反対されたのでなければいいのだが」

アンの名前が出るのを聞いて、わたしは少し好奇心を刺激された。牧場を見回し、彼女がいないのを確かめる。これまで彼女が狩りに来なかったことは一度もない。厳格な父親が反対するにもかかわらず、いやだからこそ、彼女は必ず顔を出した。美しくいたずらっぽい顔は、いつも真紅の乗馬服に引き立てられ、彼女が父親にたてつくのは、きっとぞくぞくするほど楽しいことなのだろうと思ったものだ。その日、ルルおばさんの毒はまだわたしの体内に残っており、なぜアンが来なかったのか不思議に思いはじめた。また、彼女がいないことを真っ先に口にしたのがトラヴァース夫妻だったことに注目している自分に気づいた。

しかし、そのときフォークナーが猟犬係に合図を送り、病的な憶測は消え失せた。

狩りが始まった。

わたしは猟犬を追ってキャンターで出発した。シャンパン色にきらめく楽しい朝だった。白い霜に覆われた地面を駆け、冷たい風を耳に感じながら、わたしの気分は高揚していた。

犬たちは熱心だった。白や黄褐色の毛皮は手入れされたばかりで光沢を放ち、霜の降りた芝生や真紅の乗馬服、馬のつややかなたてがみと相俟《あいま》って鮮やかなパノラマとなった。熱烈な反狩猟主義者でさえも、狩りの絵のような効果を否定できないだろう。

左へ曲がり、プロヴァースヴィル方面へ向かおうとしたとき、一頭の馬が背後に近づき、澄んだ若々しい声が聞こえた。

「狩りが大好きなお医者様のご機嫌はいかが？」

おじの美しい葦毛の牝馬に乗ったローズマリー・スチュアートは、洗練された二十世紀の狩りの女神ディアナのように見えた。彼女はほほえみ、わたしの高揚感をさらにあおった。

「おばさんの件は何ともないよ」わたしは答えた。「きみも何ともないようだね。少しは寝かせてもらえたかい？」

「かわいそうなルルおばさん」ローズマリーは顔をしかめた。「今朝、またひと悶着あったの。おじさんとあの看護師のことで。ルルおばさんはじきに、おじさんとクララの不倫を暴くんじゃないかと思うわ」

彼女は乗馬鞭で、シリル・ハウエルとクララ・フォークナーが一緒に馬を走らせているのを指した。わたしはにやりとした。それはあまりにも不似合いな取り合わせだった――太った禿げ頭のシリルと、鋭い馬のようなクララの横顔は。

プロヴァースヴィルを見下ろす高台に登ったとき、猟犬たちがキツネの匂いを嗅ぎつけた。荒々しく興奮した鳴き声が、ひんやりとした空気を切り裂くと、当然ながら興奮に血が騒いだ。

「やった！　嗅ぎつけた」栗毛のポニーで追いついたばかりのドーンが叫んだ。「競走よ、パパ。競走よ、ローズマリー」

彼女は襲歩《ギャロップ》で駆けていき、わたしたちはそれを追った。

匂いは強かった。ニムロドが群れを先導し、犬たちは全速力で走っていった。そのうち、ドーンとわたしはローズマリーを見失った。やがてクララ・フォークナーを引き離した。鞍に横座りした彼女は、白い雲の上でしかめ面をしている天使のようだった。シリル・ハウエルも追い越した。巨体にもかかわらず、軽々と馬に乗っている。ドーンの髪は、バッカスの若い巫女のように流れていた。

フェンスや生け垣を越え、丘を登り、森を抜けて、わたしたちは走った。プロヴァースヴィルの外れに差しかかったとき、急に猟犬たちが回れ右をし、坂を上がってケンモアへ引き返しはじめた。キツネが戦略を変えたのだ。

牧草地を横切って近道をし、ドーンとわたしが猟犬たちに追いつこうとしたとき、ふたりのベテラン騎手、トミー・トラヴァースとフランシス・フォークナーの姿が目に入った。わたしたち四人は一緒に馬を走らせ、ドーンは全力で総指揮者についていった。

だが、フォークナーは常にわたしたちの先を走っていた。彼が乗っているサー・ベイジルは、特に荒れた様子だった。

黒くしなやかな獣がたてがみをなびかせ、口から泡を垂らすのを見て、わたしはいつものようにその美しさに感嘆した。サー・ベイジルは今のところ、この一帯で最も素晴らしい馬だった。また、最も危険で、最も気まぐれだった。以前はトラヴァースの妻の馬で、三年前に彼女を振り落としたのもサー・ベイジルだった。彼女は脊椎を折り、ほぼ全身不随に追い込まれた。この馬が飛び立ったヤマウズラにびくりとするのを見て、一瞬、また事故が起こるのではないかと思った。だがフランシスは見事に立て直した。彼がサー・ベイジルを十分に御せる男だと知っていてもいいはずだった。クララ・フォークナーがトラヴァース夫妻からその馬を譲り受けて以来、サー・ベイジルとフランシスは情熱的な友達同士となっていた——人間のダモンと馬のピュティアス（ギリシア神話に出てくる有志。無二の親友の意）だ。

犬たちはわたしたちの先を疾駆し、険しい丘を登って森へと向かった。ドーンが暗い声で叫んだ。

「ああ、パパ、キツネがミスター・グリムショーの土地へ行っちゃう」

「禁猟区の看板が読めないんだろう」わたしは叫び返した。「ひょっとしたら読めるのかもしれないな。だとしたら頭のいいキツネだ」

旧約聖書的な罪と悪魔への嫌悪に次いで、イライアス・グリムショーが憎むのは、狩猟と猟人、そして狩猟によって自分の土地が荒らされることだった。近隣でも厳格な農場主である彼は、狩猟クラブと和解しがたい確執があった。自分の土地に侵入するものは、キツネばかりか猟犬も撃ち殺すことで知られていた。

犬の群れは、今では森の周囲に沿って左の牧草地へと向かっていた。ドーンのいう通りだ。キツネはイライアス・グリムショーの禁じられた土地に聖域を求めたのだ。

猟犬係がギャロップで先を行き、犬たちに戻るよう呼びかけた。フランシスが手綱を引くと、サー・ベイジルは荒々しく後ろ脚で立った。トラヴァースとわたしはキャンターで総指揮者の横へ行き、その後ろを気落ちしたようなドーンがついてきた。

「今日の狩りは終わりだな」フォークナーがうなるようにいった。「いまいましい偽善者と農場め」

「放っておけばいい」トラヴァースのイギリス人らしいのんびりとした声がした。「癪《しゃく》に障《さわ》る農場主のために、狩りを台無しにする気はない。行こう——立ち入り禁止の看板など構うものか」

明るいフォックステリアのような目が、追跡の興奮できらめいた。彼はフォークナーに向かってにやりと笑うと、馬の尻に鞭を当て、ギャロップで駆けだした。歓声をあげて娘がついていく。

フォークナーは総指揮者として、そしてわたしは父として、ふたりを止める手を打つべきだった。しかし、あの欠点ひとつないイギリス人と、髪を乱して熱狂する少女がグリムショー家の注意書きをものともしないのを見ると勝てなかった。突然、衝動に駆られ、わたしは馬を自由にさせた。フォークナーもサー・ベイジルに同じことをした。間もなく、残りの猟人たちが後ろに迫ってくる足音が聞こえた。後で厄介なことになりそうだ——だが、誰が気にする?

サー・ベイジルはフォークナーに駆り立てられ、今では風のように走っていた。わたしはどうにか彼らについていき、間もなくほかの人々を数ヤード引き離した。

「グリムショーは保安官を呼ぶだろうな」フランシスが叫んだ。

「呼べばいい」わたしは叫び返した。「保安官はわたしの患者だ——友人でもある」

丘のてっぺんまで来たとき、ちょうど猟犬たちが森に入っていくところが見えた。わたしたちは素早くそれを追ってグリムショーの自慢の牧草地を走り、森のまばらな下生えの中へ入った。霜でかちかちになった小枝が、馬のひづめの下で銃声のような音を立てて折れた。前方から、ひどく興奮した犬たちの声が聞こえた。ニムロドの甲高い鳴き声に、ロロの声もする。明らかに獲物を追って熱くなっている。サー・ベイジルが道をそれ、木々の間を縫って走っていった。わたしもそれを追った。

網の目のような枝の中、正面に荒れ果てた納屋の屋根が見えた。グリムショー老人よりもさらに風変わりな祖先が、森の真ん中に建てたもののひとつだ。今や、わたしたちはグリムショーの所有地の中心にいた。

サー・ベイジルは堂々と、だが狂ったように歩を進めていた。光を放つひづめが本能的に道を見つけ、森の中を先導した。これがほかの馬だったら、足場の悪い下生えの中、こんなスピードでついていこうとは思わなかっただろう。

やがて、わたしたちが納屋まで来たとき、サー・ベイジルはまったく思いがけない行動に出た。突然、これといった理由もなくぴたりと足を止め、ひづめが硬い地面の上を横滑りした。甲高い、逆上したいなきとともに後ろ脚で立ち、淡い色の目が顔から飛び出そうになっている。わたしは自分の馬の手綱を引き、すんでのところで衝突を避けた。サー・ベイジルはまた後ろ脚で立ち、すっかり驚いたフォークナーは鞍から振り落とされた。低い下生えの中に横ざまに転がり、左手を背中の後ろでひねったようだ。

わたしは一瞬、深刻な危険を感じて馬から飛び降りた。だが、わたしが何もしないうちにフォークナーは立ち上がり、また馬に乗った。あっという間の出来事だった。

「どうしたんだ、ベイジル！」彼の声が鞭のように響いた。それから、わたしを安心させるようにほほえみ、馬を右にやった。

「怪我は？」わたしは叫んだ。

「大したことはない。最近、ベイジルはこんな調子なんだ——何があったのかわからない」

正面では猟犬たちが吠えていた。わたしたちは急いだ。低木を踏みしだき、枯れた植物の間を走った。不意に、長さ二十ヤードほどの空地が目の前に広がった。右手から、確かにキツネが出てきた。大きな雌ギツネが、高く幅広い土手の下を、稲妻のように駆けていく。

キツネはまだ見えていた。サー・ベイジルが近づくのを見て、キツネはUターンして引き返した。すると、右手からロロが舌を出して走ってくるのが見えた。残りの群れもついてくる——ニムロド、ペトラルカ、ハーカウェイ。キツネはすぐさま動きを止め、それからひらりと向きを変えて、土手の下生えに半ば隠れた大きな穴に姿を消した。

「くそっ！」

わたしは吠えている犬たちの近くまで行った。

そのとき、ありえないことが起こった。

見ると、穴の入口から黒い鼻先が覗いていた。足を引きずる音がする。続いて雌ギツネが、ふたたび冬の日差しの中へ飛び出してきた。それは立ち止まり、左右を見た後、犬の群れの真っただ中にやみくもに突っ込んでいった。

猟犬係がようやくやってきた。彼が犬たちに叫ぶのが聞こえる。犬は狂ったように吠え、フォークナーがギャロップで近づいていった。だが、わたしの目は穴に釘づけになっていた。わたしは馬を降り、モミの木につないだ。それから土手へ駆けつけた。

常緑樹の低木の葉むらに一部隠れ、キツネの巣穴がこちらに向かって口を開けていた。それは古く、見たこともないほど大きかった。わたしはそれに近づき、低木をかき分け、暗がりを覗いた。うっすらと影のようなものが見える。もう一度覗きながら、わたしは顔から血の気が引くのを感じた。残りの猟人たちの乗る馬が近づいてくるのが、ぼんやりとわかった。無意識に振り返ったとき、目の前にローズマリー・スチュアートの顔があった。

わたしはひどく奇妙な顔をしていたのだろう。彼女はすぐさまこういった。

「何があったの？」

「ドーンを！」わたしはあえぎながらいった。「あの子をすぐに連れていってくれ。家に帰らせるんだ。何があってもここへ近づけるな」

ローズマリーは戸惑ったように眉をひそめた。明らかに何が何だかわからない様子だったが、一瞬ためらった後でうなずき、馬の向きを変えて走り去った。

フランシス・フォークナーが隣に来ていた。ほかの人々は数フィート離れたところに集まり、黙って待っていた。犬の鳴き声は少しおさまっていた。キツネを仕留めたのだろうと、わたしは漠然と思った。

「どうした、ウェストレイク？」フォークナーが訊いた。

わたしは脇にどいた。

「見てくれ」

フォークナーは身を乗り出した。

「何てことだ！」彼の顔は冬の地面のような灰色になった。近づいてきたトミー・トラヴァースを振り返る。「急いで鋤を持ってきてくれ。バーグの家を当たるんだ。だが——急いでくれ」

すぐにトラヴァースは馬を走らせ、隣の地所にある小さな農家へ向かった。

わたしはぼんやりとそれを見送り、それからほかの人々を見た。太ったシリル・ハウエルは不安そうにしている。体をこわばらせ、厳しい顔をしたクララ・フォークナーの目は、狩りにふさわしい終わりを迎えられなかった女猟犬係のように険しかった。

ほんの数分に思える間に、トラヴァースは戻ってきた。その後ろに、ほぼ馬を並べるようにして、ブロンドの巨漢アドルフ・バーグがついてくる。イライアス・グリムショーのところの、スカンジナヴィア人の小作人だ。その手には鋤が握られていた。

「あの穴だ！　掘り出してくれ！」フランシスが指示する声が、銃声のように響いた。

「先に女性を遠ざけたほうがいい」わたしはつぶやいたが、誰も聞いていないようだった。

腕まくりをしながら、若い農夫はキツネ穴に近づいていった。驚いた様子も、興味を惹かれた様子もない。ただ掘るように頼まれただけだ。広い肩を上下させながら、硬く凍てついた地面に鋤を振り下ろす。わたしたちはみな、息を詰めてそれを見ていた——力強い、一定の腕の動きと、波打つ筋肉を。

徐々に、彼の後ろに土が積まれていった。腕の動きは機械的で、完璧なリズムを保っていた。やがて、それが緩んだ——ゆっくりに、さらにゆっくりになる。突然、彼の手から鋤が落ちた。バーグの巨体がわずかによろめいた。唇から妙なうめき声が漏れる。それから、彼は地面にくずおれた。

確か、誰かが襟元を緩めていた。確か——。いや、本当は何が起こったか正確にはわからない。わたしの目は、今では掘り起こされたキツネ穴の入口から離れなかった。最初に見たときから、こんな光景を予想はしていた。だが、それはどんな突拍子もない想像よりもはるかに恐ろしいものだった。

穴に詰め込まれていたものは——腕も頭もない——裸の女の胴体だった。

III

それからは目まぐるしく事が起こり、わたしのぼんやりした頭ではついていけなかった。もう一度、女性を遠ざけろと叫んだのを覚えている。トラヴァースを呼び、気を失ったバーグを介抱させたのも覚えている。また、隣にいたフォークナーとふたりして、その恐ろしいものを地面に引きずり出したのも。

つかの間、それは日の光の中に、残酷なまでにあらわになった。乗馬服を脱いで死体にかけようとしたとき、鳴き声が張り詰めた沈黙を破った。それは絶望と怒りの声だった——半ば人間のような、それでいてぞっとするほど凶暴な叫びだ。大きな、ぶつかり合う音がし、続いて悲鳴と怒号、混乱が起こった。それから、またあの痛ましい叫び声がした。

振り向くと、サー・ベイジルがいた。つながれていた木から自由になり、逃げまどう猟人たちの間で前脚や後脚を荒々しく跳ね上げていた。フォークナーが馬に向かって叫び、駆け寄ろうとした。しかし、彼が動く前にサー・ベイジルは向きを変え、狂ったように丘のふもとへ駆けていった。地獄の悪魔という悪魔に追いかけられているかのように。

ケンモアで最も敏感で神経質なサー・ベイジルは、平和な近隣で起こった恐ろしい出来事に、真っ先に嫌悪を表したのだ。

馬が派手に立ち去った後は、ふたたび悪夢のような静けさが人々を襲った。どこかでフランシスが、サー・ベイジルを追うよう命じていた。どこかで猟犬係が犬をまとめようとしていた。犬たちは今も、キツネの遺骸の周りで凶暴なうなり声をあげていた。しかし周囲の声や音は、夢の中のように聞こえなかった。

トミー・トラヴァースは、数フィート離れたところに伸びているアドルフ・バーグの上に屈み込んでいた。わたしはこんなふうに思ったのを覚えている。ケンモアで一番強く、悪名高いほど頑強な男が、これほど完全に意識を失うとはずいぶん奇妙なことだと——穴から見つかった身の毛のよだつものと同じくらい奇妙だった。バーグの顔色は、緑がかった黄色になっていた。太い腕は力なく、だらりと両側に投げ出されている。数分ほどして、彼が意識を取り戻した気配があった。

わたしは上着をかけた小山を見張るように立っていたが、突然、背後から大声がした。振り返ると、イライアス・グリムショーと息子のウォルターが、森を抜けてこちらへ急いでやってくるのが見えた。馬に乗る男女の真ん中に立った彼らの顔は、怒りでどす黒くなっていた。

粗末な野良着は、きらびやかな乗馬服とは妙に不釣り合いだった——イライアスは背が高く、白髪混じりで、長年のつらい農作業のせいで腰が曲がっていた。ブロンドで背筋の伸びたウォルターは、科学的な現代の若い農場主の典型だった。だが、表情は同じく傲慢で、黒い目は挑戦的だった。

イライアスは素早くクララ・フォークナーに近寄り、芝居がかったしぐさで節くれだった指を突きつけた。

「わしの土地から出ていけ！」彼は怒鳴った。「出ていくんだ。犬に、狩りに、フェンスの破壊。あんたたちにここにいる権利はない。看板を見ただろう」

わたしは彼と死体の間に立っていたに違いない。彼は状況をわかっていないようだったからだ。ウォルターも同じだ。彼はトミー・トラヴァースのほうを向いていた。若々しい顔は、この場には不必要に思えるほどの激昂に白くなっていた。

「出ていったほうがいいですよ」彼は静かにいった。「あなたたちのような人に、この辺りをうろついてほしくないんです。どのみち、狩りは終わったんでしょう。何をぐずぐずしているんです？」

気まずい間があった。グリムショー家の男たちの無作法な喧嘩腰には誰もが慣れていたが、このまったく予想外の状況をどうしていいか、誰にもわからないようだった。

ついに、フランシス・フォークナーが老人に近づいた。

「お気の毒ですが」彼はそっけなくいった。「非常に恐ろしいものが見つかったのです。警察が来るまで、全員がここにいるのが義務なので」

それから、急に思い出したように、彼はシリル・ハウエルのほうを向いて、警察を呼んできてくれといった。シリルは明らかにほっとしたように太った顔を震わせ、向きを変えてギャロップで走り去った。

フォークナーはぶっきらぼうにうなずき、グリムショー家のふたりを、色鮮やかな上着に覆われた小山のところへ連れていった。

このときまで、すべてが途方もない、非現実的なものに思われた。少なくともわたしにとっては、出来事も、感情も、人々も、すべてが混沌ともつれ合っていた。フランシスが新たに権限を発揮するようになった今、すべてが現実味を帯びてきた。彼はうろたえている猟犬係に、犬たちを犬舎に戻すようにといった。それから妻のそばへ行き、何やらささやくと、わたしとグリムショー家のふたりを除く全員に、この場を離れるよう告げた。すぐにクララ・フォークナーは馬の向きを変え、去っていった。ほかの人々も、黙ってそれに続いた。

ようやくバーグがよろめきながら立ち上がった。わたしは彼と話そうとしたが、相手はぼうっとしているようだった。こちらを見る目はどんよりしていた。彼は機械的に鋤を取り上げ、キッネの名残りである黒いしみの横を通って立ち去った。彼はグリムショー父子を一度も見なかった。イライアスとその息子はわたしの隣に立ち、足元の小山を無関心に見ていた。彼らはまだ怒りで顔を曇らせていた。バーグと同じく、驚いた様子も、興味を引かれた様子もない。

「ぼくたちが見つけたんです」フォークナーが素早くイライアスを見ていった。「このキツネ穴で」だしぬけに、彼は死体にかけてあるわたしの上着をめくった。わたしたち四人は下を見た。わたしは医師として、きわめて不快な死を目にしたことがある。だがここには、まったく違う恐ろしさがあった。わたしは冷たい汗が額に浮かぶのを感じた。

「ぼくたちが見つけたんです」フォークナーは繰り返した。その声は落ち着いていて、どこか挑発的でもあった。「あなたの土地で」

わたしはグリムショー父子を見たが、そこからは何も読み取れなかった。イライアスは眉間のしわをますます深くした。ウォルターは緊張した目つきで、繊細そうな口元には細かいしわが寄っている。だが、ここに至っても、どちらも口をきかなかった。フォークナーも無言だった。張りつめた静けさの中、三人の男の間の反感は、それとわかるほどはっきりしていた――グリムショー父子の、キツネ狩りの総指揮者への反感は。死すらも、この地元民の確執にはなんの効力もないようだった。

「さて」わたしはようやくいった。「そろそろ本腰を入れて取りかかろうか」

イライアスが少し場所を変え、わたしは膝をついて、遺体をざっと調べた。だが、身を屈めたときに頭をよぎったのは、ゆうべのミセス・ハウエルとの会話の一部だった。〝ふらりと姿を消して二度と戻ってこない類の女だと、わたしは常々いっていたの〝ブロンドの、はっとするような美貌の彼女が、今朝の狩猟に顔を出さなかったことを思い出した。

「若い女性だ」わたしは声に出していった。「若い女性で——死後二十四時間は経過していないだろう」

「若い女性！」そういったのはウォルター・グリムショーだったように思う。

「二十代前半だと思う」それから、心の中でこうつけ加えた。アン・グリムショーと同じ年ごろだと。

「中背だ」

これもアンと同じだ！　わたしは顔を上げ、イライアスをじっと見たが、冷たいまなざしは揺らぎもしなかった。手は両脇にだらりと垂らしている。まるで何か別のことを考えているようだった。

わたしは検分を終え、ふたたび上着をかけて、三人の男が何かいう前に煙草に火をつけた。ついに沈黙を破ったのは、フォークナーの声だった。

「警察だ！」彼は木々の間を指した。「警察が来る」

数分もしないうちに、保安官とグローヴスタウン警察のコブ警視がやってきた。検死官とふたりの警察官が後をついてくる。彼らを見てほっとした。彼らがいることで、とうていありえない状況に、現実味と公式な捜査であるという感覚がもたらされたからだ。

保安官が遺体のほうへ向かう間、コブと検死官はわたしのそばに来た。わたしは、ケンモアで田舎の開業医を務めるほかに、隣町のグローヴスタウンで顧問医師のようなことをしている。実は、妻の病気で田舎の空気を必要とするまで、そこに住んでいたのだ。ポーラの死後も、なぜだか昔なじんだ場所に帰る気にはなれなかった。だが、検死官のドクター・フォードとは今も公務でしばしば会っていたし、コブ警視も友人のようなものだった。わたしは彼の子供をこの世に送り出す手助けを何度かしたことがある。腕利きの、気持ちのいい男で、あまりしゃべるほうではない。だが、彼のいうことは常に的を射ていた。事件を担当するのが彼でよかった。

わかっていることを大まかに伝えると、警視は部下に、キツネ穴周辺の地面を調べさせた。それから保安官とともに、グリムショー父子に話を聞いた。検死官は遺体の検分を始めた。わたしはしばらくそれを手伝ってから、フランシス・フォークナーを探して辺りを見回した。

彼は少し離れたところで、木にもたれて立っていた。その姿を見てわたしは驚いた。ハンサムな顔がげっそりとやつれている。いつもは血色のいい顔が、糊のように真っ白だ。左の手首を恐る恐るさすっている。そのときになってようやく、彼がサー・ベイジルから落馬したのを思い出した。

「手首の具合は?」わたしは尋ねた。「痛むか?」

彼がわたしを見るまで、しばらくかかった。

「痛むかって?」彼はほほえみながらいった。「ああ、少しね」

わたしは彼の腕を取り、手首の周りに触れた。ひどく腫れている。

「すぐに治療しなくては」わたしはきっぱりといった。

そういっている間に、検死官が体を起こし、わたしを手招きした。

「死体安置所へ運ぼう」彼はいった。「きみもついてきてくれるとありがたい」

保安官は、さっさと立ち去るグリムショー父子と別れ、わたしたちのところへ来た。

「ウェストレイク、考えていたんだ。コブがこの事件を引き継ぐが、地元の人間の助けが必要だ。きみは地元の医師だ。近所のことは誰よりもよく知っている。きみを保安官代理に任命するのに異存はないだろう？」

これまで犯罪捜査に協力したことはないし、特にそうしたいとも思っていなかった。だが、コブが進み出て、改めて申し出てきた。わたしはしぶしぶ承諾し、ケンモアの静かな暮らしに突然、恐ろしい形で降りかかった事件に、正式にかかわることとなったのである。

ふたりの警察官が遺体を持ち上げ、停まっていた車に運んでいた。保安官とコブ、検死官が後に続いた。わたしはフォークナーに向かっていった。

「この嫌な事件に引っぱり込まれてしまったよ。すぐに死体安置所へ行かなくてはならず、きみの手首を治療している時間がない。だが、できるだけ早く手当てするんだ」

「わかった」フォークナーは上の空でうなずいた。「何という騒ぎだろう、ウェストレイク。それにサー・ベイジルを見つけてもらえるといいが。よければ、きみの馬を使わせてくれないか？」

彼は手首をかばいながらわたしの馬に乗った。警察官とその場を離れながら、わたしは彼が冬の日差しの中を去っていくのを見た。

それが、残念な狩りの結末だった。

検死官と保安官はパトカーに乗っていた。コブとわたしは警視の車でその後を追った。グローヴスタウンに入ると、コブは鋭い目でわたしを見た。

「地元の女性だと思うか、ウェストレイク?」

わたしはすぐには答えなかった。その質問は予想していたが、いざ訊かれてみると、妙に居心地の悪い気がした。狩りで見慣れたアン・グリムショーの姿が、脳裏にまざまざとよみがえった。笑みをたたえた赤い唇に、ブロンドの髪。彼女はとても生き生きとして、活気にあふれていた。ありえないことだ……。

「アン・グリムショーが狩りに参加していなかった」わたしは慎重にいった。

コブが眉を上げた。「だからといって、彼女が殺される理由にはならない」

「ゆうべ、ある患者を診た」わたしは続けた。「たまたまその患者が、アンが数日姿を見せていないといったんだ。それに、アンは色白で、中背で、二十代前半だ――」

「あの老人の娘だというのか?」コブは信じられないというようにいった。「だが、さっきあの男と話したばかりだぞ。娘がいなくなったなんてひとこともいっていなかった。特に気を揉んでいる様子もなかったし」

「イライアスは厳格な男なんだ」

コブはうめいた。「まあ、すぐにわかることだ。とはいえ、身元を明らかにするのは骨が折れるだろう。遺体の残りの部分を見つけなくてはならない。それから、服も――今ごろは処分されているだろうが」

このときまで、わたしは多少なりとも冷静だった。最初の衝撃は去り、物事を理性的に、客観的に見ることができた。だが、コブの話を聞いて、わたしは不安な、ぞくぞくするような感じを覚えた。「残りの部分！」日の当たる静かな道や冬の野原、がっしりしたコブの姿までもが、突如として奇妙な、悪夢じみた恐怖に変わった。わたしにはわかっていた――完全に確信していた――残りの部分がどこにあるかが。ゆうべ、犬舎のそばを通ったとき、妙な胸騒ぎを感じた理由が今ならわかる。

「右折してくれ」わたしはいきなり大声でいった。「グローヴスタウンには行かない。狩猟クラブへ行くんだ」

驚きながらも素直にコブは角を曲がった。何もいわず、道端に犬舎が見えてくるまで車を走らせる。

「止めてくれ」わたしはいった。

彼は車を止めた。わたしたちは飛び降りた。わたしは低い針金のフェンスを飛び越えた。彼も後に続き、ふたりして草地に沿って檻へ急いだ。

猟犬たちはすでに連れ戻されていた。ほとんどが檻の中にいたが、数匹は落ち着かなげに狭い敷地を行き来している。遠くに、飼育係がバケツを持ってクラブハウスへ近づいていくのが見えた。わたしは声をかけた。彼は振り返り、こちらに駆けてきた。

「どういうことなんだ？」これ以上落ち着いていられなくなったかのように、コブが訊いた。

「待ってくれ」

飼育係が来ると、わたしは檻を開けるようにいった。彼は鍵を出し、金網を開けた。コブはわたしの後について中に入った。わたしは檻の隅に急いだ。ニムロドとロロがついてくる。愛想よく尻尾を振り、濡れた鼻をわたしの手に押しつけながら。

わたしは急に嫌悪を感じ、犬たちを押しやった。目は地面に釘づけになっている。片隅に、半ば予想していた通りのものが見えた。ひと目で十分だった。わたしはコブに向き直った。

「これでわかっただろう？」わたしは静かにいった。

「わからんね」彼はぶつぶついった。

だが、そういいながら、目に留まったものが何かわかったようだ。彼は目を見開いた。後ろに立っている飼育係は、田舎者らしいのんきさで見下ろしている。

「そうだ」わたしの声は、自分でも聞き取れないほど低かった。「あれは指の関節だ。これらは——人骨のかけらだ」

IV

わたしが調べている間、コブは何もいわなかった。解剖学を学んでからずいぶん経つが、未熟な医学生でも、これらの断片が人間の橈骨と尺骨の一部だということはわかるだろう。わたしは発見したものから、両腕がこのような忌まわしい方法で処分されたことを確信した。しかし、頭蓋骨はかけらもなかった。

ようやく、わたしたちは見つかったものをぞっとするような小山にまとめた。ゆうべ、犬たちの死の饗宴を知らぬままに驚いていたことを思い出し、わたしは少し吐き気を催した。もしミセス・ハウエルにもう少し早く呼び出されていたら、この常軌を逸したとんでもない行動を起こした殺人者を驚かせていたかもしれない。

耳を澄ませ、耳を澄ませ、犬が吠えている……。

不吉な予感は当たっていたのだ。

コブは飼育係に向かって大声で指示していた。猟犬たちは檻に閉じ込められた。検死官のオフィスにすぐさま連絡が取られ、彼自身は、その場でフォード医師の部下の到着を待っていた。

「あまり助けにはならないだろうが」彼は険しい顔でつぶやいた。「罪体の一部なのは違いない」

わたしは身震いしたのだろう。警視がすぐに、上着を着ていないのに気づき、自分の車で家に帰って暖かいものを着てきてはどうかと提案したからだ。

わたしは即座にその提案を受け入れ、できるだけ早く犬舎に戻ってくると約束した。

戻ってきたときには、コブはすでに出発の用意をしていた。彼は町に戻りたがっていた。そして、わたしに死体安置所へ同行し、検死官の予備報告を聞いてほしいといった。

車がグローヴスタウンへ向かう間、警視が内心ではわたしと同じくらいショックを受けているのがわかった。だが、彼の口調にはそんなそぶりは少しもなかった。

「さて、ウェストレイク、今やきみは保安官代理だ。地元の人々に関する知識が役に立つことを期待している。きみはこれをどう思う？」

わたしはこの驚くべき朝に、頭の中に押し寄せた漠然とした考えをまとめようとした。

「これだけは間違いないが」わたしはいった。「殺したのが誰にせよ、そいつはこの田舎町をよく知っている人物だ」

「住民のひとりということか？」

「そのようだ。キツネ穴は、グリムショーの土地の中でも人の近寄らない場所にある――道からかなり奥まったところだ。よそ者なら、暗がりで見つけることは決してできないだろう。それに猟犬を使うこともできなかったはずだ」

「遺体の処分にしては途方もないやり方だ」コブは常に火のついていないパイプを吸った。「さっさと始末したくてたまらなかったのだろう」

「誰だってそうさ」わたしはそっけなくいった。「だが、冬のさなかに遺体を処分するのは、どんなに時間があっても難しい。池は凍っているし、夜の数時間では、硬い地面に深い穴を掘るのは不可能だ。浅い穴に埋めるのは、役に立たないどころかもっと悪い。動物か何かが掘り出すに決まっている」

「動物！」コブが口笛を吹いた。「それでああしたんだな、ウェストレイク。動物に遺体を暴かれる代わりに、それを利用して遺体を処分したんだ」

「そう思う。巧妙なやり方だし、田舎の人間らしい巧妙さだ。この辺りに住む人々は、キツネが常に飢えているのを知っているからね」

「なぜ全身を穴に突っ込まなかったんだろう」

「たぶん、狭すぎたんだろう」わたしは考えながらいった。「それに、地元の人間なら、猟犬を使えば安全なことも計算に入れているはずだ。狩りの前夜はあまり餌を与えられないんだ。気持ちのいい考えではないが、やつらは何だって食べるだろう――あっという間にね。断片が残っても、その夜には飼育係が片づけてしまうだろう。そこにあるのが何の骨かなんて、わかるはずもないからね。まったく頭がいい」

「ああ。きみがその時間に犬舎を通りかかったのは、十に一つの偶然だった――猟犬がキツネを追って問題のキツネ穴まで来たのは、百万分の一の偶然だろう。どんなに運がよくても、その女は数カ月は発見されなかったはずだ」

わたしたちはそれからあまり話さずに、グローヴスタウンまで来た。コブが死体安置所の外に車を止め、わたしたちは中に入った。

殺風景な待合室では、白髪混じりの背の高い人物が、無感動な様子で木の椅子に座っていた。イライアス・グリムショーが先に来ていたのだ。

彼はいつもより肩を落としているように見えた。わたしたちを見上げた黒い目は、昔ながらの清教徒の高潔さにきらめいた。しかし彼は非常に抜け目のない清教徒だった。その目には狡猾さも感じられた。

「ミスター・グリムショーは二十分前からお待ちです」職員が説明した。「あなたと話すまでは帰らないということです、警視」

コブは職員にうなずいて下がらせ、グリムショーを見た。

「それで？」

「娘のことで来た」老人の声は冷たく、感情がこもっていなかった。

「最近、近所で姿を見かけないと聞きました」コブが静かにいった。「それは本当ですか？」

「ああ」

「もちろん、どこにいるかはご存じなのでしょうね？」

イライアスは節くれだった手を握ったり開いたりした。「いいや」

素早い、ぶっきらぼうな答えに、さしものコブも虚を衝かれたようだった。

「というと――？」

「つまり、娘が家を出てから、どこへ行ったかはわからない。だが、今どこにいるかはわかっている」

「どこにいるのです、ミスター・グリムショー？」

老人は立ち上がった。薄い唇がますます薄くなる。彼は片腕をさっと突き出し、内側のドアを指した。

「アン・グリムショーはあの中にいる――死体となって。神の前で罪を犯した者には、必ずや死が訪れるのだ」

わたしは、聖書を思わせるイライアス・グリムショーの口ぶりには慣れていたが、コブは明らかに驚いたようだ。わたし自身、老人の声に奇妙な、勝ち誇ったともいえる響きがあることに驚いていた。あたかも、父親としての悔恨の念よりも、罪を罰する満足のほうがはるかに勝っているかのようだ。

「その――ええと――遺体を確認していただけますか」

コブは立ち上がり、問いかけるようにわたしを見た。ひとりでミスター・グリムショーを相手にするのは、彼には荷が重いのだろう。わたしもこの状況を楽しんでいたわけではなかったので、しぶしぶ内側のドアをくぐり、通路を通って死体安置所へ向かった。

死体安置所にはある雰囲気があった。息苦しさや陰鬱さ、ホルマリンの臭いだけではない。生命や日の光といったものがまったく役に立たず、遠く感じられるような、何とも名状しがたいものだ。その朝は、特にその重圧を受けた。コブとイライアスが前へ出る一方、わたしは後ろに控え、死体仮置台の上にあるものを見ないようにしていた。

煙草が吸えるものなら何だって差し出しただろう。しかし、よくわからない理由から、喫煙は死者への敬意を欠く行為とされていた。わたしはただそこに立ち、グリムショーの顔を見ていた。そして、その眺めも気持ちのよいものではなかった。彼はショックを受けたようにも、苦悩しているようにも見えなかった。冷たい目で真剣に見つめている。半分は他人事のような関心、半分は旧約聖書の預言者が正しきエホバの犠牲者を見るときのような、狂信的な喜びを感じさせるまなざしで。

待合室に戻るまで、彼は何もいわなかった。それから、コブの質問に答えて彼はいった。

「あの死肉を見るまでもなかった。わしにはわかる。自分の判断には自信がある」

「しかし、まだ身元を断定したくはないでしょう？」警視は言葉を切り、途方に暮れたようにわたしを見た。

そのとき、町の病理学助手が、タイプ打ちの書類を手に入ってきた。手渡された書類を見て、予備的検死解剖の報告書だとわかった。

「ミスター・グリムショー」わたしはいった。「この――ええと――特徴を読み上げれば、あなたの娘さんのことかどうかがわかると思いますが」

イライアスはじりじりしたようにうなずいた。

不快な記述や死因、傷の特徴などを省いて、わたしは報告書を読み上げた。

「〝若い女性、二十四歳前後、栄養状態はよく、見たところは健康、中背、色白、特に身元がわかるような痕跡はなし――〟」

「そこまで！」老人が遮った。「あんたが読み上げているのはアン・グリムショーの肉体に関する説明だ。魂については何も語っていない」

「その件について、お聞かせいただければと思うのですが」コブがいった。「一、二、質問しても構いませんね？」

イライアスはそわそわと足を動かした。身元確認をしたところで、これ以上の質問には興味をなくしたかのように。

「水曜日から娘さんを見ていないとおっしゃいましたね？」コブが尋ねた。

「もう三日間見ていない」

「なぜ家を出ていったんです？」

　イライアスは居住まいを正した。「わしが追い出したからだ――二度と戻ってくるなと」

「どうして？」

「わしは家族の運営にある基準を設けている。アンはその基準に合わなかった」

「そんな、ただの一般原則から彼女を追い出したのですね」コブの声からは先ほどよりも同情心が薄れていた。「もっとはっきりした原因はないのですか？　たとえば、あなたが何かに反対したとか？」

「ない」

「正直に話したほうがいいですよ、ミスター・グリムショー。わたしはここにいる女性を殺した犯人を捕まえようとしているんです。事実関係がわかれば、ずっと容易になります」

「わしは嘘はついていない」イライアスはぴしゃりといった。

「いいでしょう。しかし、あなたの行動は少し妙じゃありませんか？　娘さんのことが心配なら、わたしだったら一セントもやらずに追い出したりはしませんよ」

「ああ、その点は不自由しないんだ」グリムショーの声が急に変わった。かすれて、苦々しい響きを帯びている。「今度の木曜であれば二十五歳になる。誕生日を迎えれば、母親から相当な金を相続するのだ――金と土地を」

　わたしはコブの目を見た。ようやく、はっきりした事実が出てきた。アンは遺産を相続するほんの数日前に殺された。コブが警戒を強めたのがわかったが、彼の口調は相変わらずさりげなかった。

「ケンモアの土地ですか？」

「ああ」グリムショーは馬鹿にしたようにいった。「結婚したとき、家内はうちと隣り合った土地を持っていた。ハウエル家の土地からミセス・フォークナーの土地まで広がる、森の中の一帯だ。妻は自分の財産をわしに遺さなかった。すべて娘に譲ると遺言したのだ」

イライアスはわたしが越してくるずっと前から男やもめだった。しかしわたしは、とうの昔に死んだミセス・グリムショーという見知らぬ女性に、急に共感を覚えた。気骨のある女性で、皮肉なユーモア感覚の持ち主だったに違いない。アンの性格がどこから来たのか、今ならわかる。

「娘さんが亡くなった場合」警視はいった。「土地はあなたのものになるのでしょうね？」

「いいや。息子のウォルターのものになる」

「なるほど」コブの目は、じっと老人に注がれていた。「それで、あなたの娘さんをあんな残忍な方法で殺した相手に、心当たりはないのですね？」

イライアスは揺るぎない目で見返した。そして、聖人ぶった口調でいった。

「罪の報いは死なり」

「娘さんのことで、あまり心を痛めてはいないようですね、ミスター・グリムショー」

「娘！」グリムショーはゆっくりと、天を指すように片手を上げた。「生きていようが死んでいようが、あれはもうわしの娘じゃない」

コブはあきらめたように肩をすくめ、わたしを見た。「ドクター・ウェストレイクから、何か質問があるのでは？」

　わたしのほうを見たグリムショーの目に、油断のない表情がよぎった。

「ひとつだけ」わたしは、今も手にしたままの報告書を示していった。「アンは未婚であり、あなたの家庭の基準は非常に厳格なものだとおっしゃいましたね」

　老人は何もいわずにこちらを見ていた。

「村の噂を持ち出すことを許してもらいたいのですが」わたしは続けた。「アンがスカンジナヴィア人の小作人バーグと結婚するという話がありませんでしたか？」

「確か、バーグが結婚を申し込んだはずだ。だが、あの男とは何の関係もない」

　わたしはゆっくりとうなずいた。

「恐らく、わたしたちが見つけた遺体はあなたの娘さんのものではないと聞けば、ほっとするのではないでしょうか」ほかの父親にこんなことをいえば、自己嫌悪に陥っただろう。だがイライアス・グリムショー相手だと、愉快といってもいい気分だった。「あなたはアンがどんな男とも関係がないといいました。そして、検死報告書によれば、この女性は――その――既婚者のようなのです」

　皮肉な言葉が的中したようだ。イライアスは驚き、椅子の肘掛けを握りしめた。

「既婚者？　つまり、妊娠していたというのか？」

　わたしは彼を見つめたまま、検死報告書を放った。

「いいえ、ミスター・グリムショー、そのような兆候はありませんでした。ただ、彼女は既婚者か、あるいは――。つまり、彼女は完全な処女《おとめ》ではなかったということです」

そのとき、イライアスの厳格な落ち着きはすっかり失われた。勢いよく立ち上がった彼の顔は、激情のあまり白くなっていた。

「いったはずだ」彼は叫んだ。「わしには娘はいないと。わしが追い出した女――あそこにいる女は――」彼は震える指で後ろのドアを指した。「――イゼベルだ。聖書にはこう書かれている」

イゼベルの肉は、イズレエルの所有地で犬に食われ、イゼベルの遺体はイズレエルの所有地で畑の面にまかれた肥やしのようになり、これがイゼベルだとはだれも言えなくなる。

彼はしばらくじっと立ち尽くしていた。やがて、ゆっくりとテーブル越しに手を伸ばし、帽子をつかんだ。ひどくぎこちなく、機械的に、彼はドアへ向かい、部屋を出ていった。コブもわたしも彼を引き止めなかった。互いに顔を見合わせるので精一杯だった。イゼベルの肉は犬に食われ！　警察官とわたし以外に、犬舎へのぞっとするような訪問を知る者はいないのに。

イライアス・グリムショーが聖書の言葉を引用するのはしばしば耳にしていたが、これほど異常に、これほど邪悪に本質を突いたことはなかった。

V

グローヴスタウン署のコブのオフィスで彼としばらくふたりきりになったが、イライアスの説明しがたい行動についてはほとんど何も解明できなかった。しかし、警視の徹底ぶりと有能さをわたしは確信した――確信する必要があればの話だが。わたしがそこにいる間に、彼はふたりの部下に、ケンモアの住人全員のゆうべの行動を洗い出すよう命じた。そして、お決まりの手続きとして、アン・グリムショーが生存しているとして広範囲の捜索を始めさせた。また、それよりははるかに結果が出そうな捜索の手配もした――頭部の捜索である。警察犬を要請する彼を置いて、わたしはオフィスを出た。

ようやく帰途につくと、わたしはパイチャーズ・レーンを通って近道することにした。コブは警察署の車を一台わたしに貸してくれた。公務という安心感からか、考えに没頭していたためか、スピードを出しすぎていたに違いない。それに、田舎道は二台の車がすれ違うのに苦労するほど狭いのを忘れていた。ぼんやりしていたせいで、危うく命を落とすところだった。

急カーブを曲がったとき、突然、一台のロードスター（二人乗りのオープンカー）がやみくもにこちらに向かってくるのに気づいた。わたしの車よりもスピードを出している。わたしはブレーキを踏み、道の両側の傾斜した土手に方向を変えた。ロードスターのブレーキのきしむ音がして、相手が奇跡のようなハンドルさばきでわたしの車に接触することなくすれ違ったのが見えた。しかし、ロードスターは反対側の土手に深い溝を掘っていた。

どうにも身動きの取れなくなったわたしは、車を降りて呼びかけた。ウォルター・グリムショーがロードスターから出てきた。帽子はかぶらず、古ぼけたスポーツコートを着ている。

わたしたちは謝罪の言葉と煙草を交換し、少々苦労して、わたしが借りた車を道に戻した。後部バンパーに力を込めるウォルター・グリムショーの若くたくましい肉体を見て、わたしは彼が――少なくとも肉体的には――どれほど田舎暮らしの理想を体現しているかがわかった。筋肉質の体には贅肉《ぜいにく》ひとつない。肩幅は広いが、しなやかで敏捷で、名馬や血統書付きの犬のように均整が取れている。この若きアポロンにとっては、わたしなどローズマリーを争う手ごわいライバルにはなりえないだろうと、がっかりしながら思った。

それに、ウォルター・グリムショーには性格的な長所もあった。大学の成績はよく、楽に生計を立てる誘惑をすべて跳ねつけ、生まれ育った土地に自分が学んだ現代的な方法を適用した。グリムショー農場にトラクターや牛乳分離器が導入されたときには、父親に猛反対されたという噂もあった。だが、この若者が采配を振るようになってから、グリムショー家の預金残高が減ることは一切なくなったという噂もあった。愛想がないことと、狩猟に対してイライアス老人と意見を共にしていることさえなければ、近隣のお気に入りになっていただろう。

車を道に戻したとき、ウォルターが今朝発見された遺体の身元についてまだ聞かされていないことをようやく思い出した。父親が死体安置所を訪ねたことも知らないだろう。誰かが伝えなくてはならないし、わたしなら誰よりも当たり障りのない伝達人になれそうな気がした。

「本当に気の毒なことだ」彼の車に向かいながら、わたしは切り出した。「何かの間違いであることを祈るしかない。あのアンが――」

「アンのことで、何がいいたいんです？」くるりと振り返った彼の虹彩が、ほぼ白くなっているのがわかった。彼の父親が死体安置所に来て、遺体の身元確認をしたいきさつをわたしが語る間、彼の視線は揺るがなかった。

「つまり」彼はようやくいった。「父ははっきりと、あの――今朝あなたたちが見つけたものを、アンだと認めたというのですか？」

「これ以上ないほどはっきりとね」わたしはしぶしぶいった。

ウォルターはしばらく何もいわなかった。わたしから顔を背け、車の踏み板をぼんやり見下ろす。突然、思いがけないことに、彼は耳障りな声で笑いはじめた。ハンサムな顔が醜く歪む。ローズマリーは彼のこんな顔を見たことがあるのだろうか。気づくとわたしはそんなことを考えていた。

「あなたたち猟人は、驚き、喜ぶんじゃないですか？」彼は苦々しげにいった。「もちろん、これで何度か狩りはお流れになるでしょうが、その甲斐はあるはずです。女たちは自分の権利が守られたと思うでしょうし、男たちは――ああ、やつらには反吐が出そうだ」

「こんな知らせを伝えなくてはならないのは残念だ」わたしはいった。「けれども、警察にあれこれ訊かれる前に知らせておいたほうがいいと思ってね」

今では、彼の顔からは完全に血の気が引いていた。

「しかし、コブはまともな男だ」わたしは続けた。「新聞記者に話したり、不要なスキャンダルを広めたりしない」

「スキャンダル？」彼は悪意を込めてその言葉を吐き出した。「スキャンダルになるのは間違いないでしょうね。誰もアンを放っておいてくれない――死んでいようと、生きていようと」

彼の声に鬱積した怒りを感じて、わたしは驚いた。わたしたちへの敵意がこれほど激しいものだとは思わなかった。わたしは彼の父親が警察に、娘を追い出したことについて不適切な指摘をしたことや、警察が当然、彼女が何らかのトラブルに巻き込まれたと考えていることを、うまく説明しようとした。わたしは姉が行方不明になったのを聞いた彼の反応をできるだけ感じ取ろうとした。だが、彼の表情からも言葉からも、何も感じられなかった。彼はこういっただけだった。

「父はある事柄について、大げさに話すきらいがあるんです。芝居がかったことをしたければ、する権利はありますからね。しかし、父がアンを家から追い出したわけじゃありません。いずれにせよ、遺産が入り次第、姉は家を出ていくつもりだったんです」

それから、急いでいるとか何とかつぶやいて、彼は車のドアを開けた。ロードスターは少しばかり傾いていた。ドアが開いた拍子に、それにもたれかかっていた古いスーツケースが転がり、踏み板にぶつかってわたしたちの足元でぱっと開いた。

中身が服なのはひと目でわかった――女性の服と靴だ。

ウォルターは顔を赤らめながら、屈んでスーツケースを拾い上げた。それから、何らかの説明が必要と感じたのか、こうつぶやいた。

「ぼくの――あのう――姉のもののようです。いつの間にか車に置いていったようですね。ぼくは――その――知らなかったもので――」

きわめて不満の残る説明を残し、彼は走り去った。

グリムショー家には、説明のつかない行動をする才能が伝わっているようだ。

ドーンは家で待っていた。今日が土曜日で、学校がなくてよかった。子供らしく自分のことに夢中になっている様子や、滑稽なほど小さなワンピースが、何よりもわたしを元気づけてくれた。ポーラが生きていて、ドーンが大きくなったらこうなるだろうと思われるくらい元気だったかつての日々が、痛切に思い出された。そのことは今朝の不愉快な確信を打ち破ってくれた——人生というのは残酷で、無益で、つまらないものだという確信を。

ローズマリーは、何が起こったかをうまく娘に知らせずにいてくれたようだ。ドーンは平然と狩りの話をし、今朝の自分の行動を話すのに夢中になるあまり、わたしが何をしていたかに興味はないようだった。

レベッカの揺るぎない管理能力のおかげで、わたしが戻るまでには昼食の用意はできており、念願のウィスキーのソーダ割りを飲み終えたころには魔法のように食卓に出てきていた。食事中、ドーンはお小遣いで買うと決めているウサギについて、屈託なく話していた。

「ピンクの目をした、丸々太ったのがいいな、パパ。馬小屋のそばで飼って、外には出さないし、レタスもかじらせない。絶対に出さないから」

誰かがウサギの話をするのを聞くのは素晴らしいことだった。

昼食のすぐ後にコブが来ると、ドーンは彼を患者と思ったようで、小屋をどこに作るか考えるために庭に行くと如才なくいった。

娘が出ていくとすぐに、わたしは彼にウォルター・グリムショーと会ったことを話した。彼は苛立ったような顔をした。

「あの青年は問題になりそうだ、ウェストレイク。たった今、農場で話をした。やけに高圧的な態度だったよ。死体安置所へ行って、父親が身元を確かめたものを確認しても意味がないというんだ。たぶん姉だろうとは認めていたがね」

「異性関係について何か聞き出せたかい？」

「いいや。父親に劣らず用心深くてね。特定の男性とはつき合っていなかったし、アンが家を出たのは、帰りが遅いことで口論になったからだといっていた。彼らはいつもの父子芝居をしているのではないかと思う。彼が隙を見せたのは、頭部が見つかるまで検死審問を延期するわけにはいかないといったときと、警察犬の追跡に使うためアンの服を貸してくれと頼んだときだけだ」

「彼が警察犬を自分の土地に入れるのを断らなかったのは驚きだ」わたしは苦笑いとともにいった。「ほかにわかったことは？」

「ない」コブはパイプを取り出し、火をつけずに頑丈そうな歯の間にくわえた。「アンが家を出てからの足取りを調査している。今のところ成果なしだ。誰も彼女を見ていないようだが、ゆうべまで生きていたとすれば、この辺りにいたはずだ。彼女に関する情報をすべて教えてもらいたい」

「あまり知らないんだ。公式にはわたしはグリムショー家の主治医だが、あの一家はうんざりするほど健康だからね。アンはもう何年も診察に来ていない。ただし、姿はよく見かけた――ブロンドの、はっとするような美人だ。地元の噂に上ることもあったが、本当はきちんとした娘だったと思う。ウォルターは、イライアス老人の家庭運営の基準に合わせるのに異議はないようだ。煙草も酒もやらず、九時半以降は出歩かない。だが、アンには気骨があった。いきなり反抗したんだろう。彼女が少し羽目を外したとしたら、父親が悪い」

コブはグリムショーの娘を道徳的に正当化することには関心はなさそうだった。

「彼女が羽目を外したとしたら」彼はつぶやいた。「男のことだろう。当然、父親も弟も否定するだろうがね。問題は――その男が誰かということだ」

「ルルおばさんによれば、近所の男性のほぼ全員ということだ。たとえば、バーグとは熱烈な関係だったらしい」

「死体を見て、百合のようにへたりこんだ、あのがっしりした男か！」コブが大声をあげた。「あんなふうになった理由が知りたい。彼のことを教えてくれ」

「一時はアンに夢中になっていたようだ。イライアスでさえ、彼がアンに求婚したことを認めている。だがそれは、遠い昔の話だと思う。彼女は貧しい小作人よりもいい相手を望んだのだろう」

「そして、それを手に入れたわけか」コブが皮肉っぽくいった。「ほかにつき合っていた男は？」

わたしはゆうべのルエラ・ハウエルの悪口を詳しく思い出そうとした。

「またしてもルルおばさんの受け売りだが、アンは何度かフランシス・フォークナーとひとけのない場所にいたそうだ。もちろん、田舎に住んでみれば、それぞれの土地にいるルルおばさんの手でどれほど事実を歪められるかを思い知るだろう。だが、フランシスは妻よりもずっと若く、わたしの娘も含め、この辺りの女たちにとっては禁断の果実といった存在だ。個人的には馬鹿馬鹿しいと思うが、一抹の真実はあるかもしれない。アンは魅力的だし、わたし個人としては、フランシスを責められない。わたし自身、影響を受けやすいのでね」

　コブは火のついていないパイプを唇から離した。「しかし、きみ自身は彼女とは関係はないんだな?」彼は真面目にいった。

　わたしはにやりとした。「何度かそんな考えをもてあそんだこともあるが、ドーンは継母について非常に強硬な意見を持っているのでね。継母を歓迎しないのはわかっている——その可能性すらもね」

「まあ、きみは除外するとしよう。ほかには?」

「ミセス・ハウエルは、プロヴァースヴィルのトミー・トラヴァースの名を挙げていた。だが、それにはやや無理がある。この辺りの誰もが、トミーは献身的なイギリス人夫の典型だと考えている。体が不自由になった妻から片時も離れたことがない」

「だが、煙と美しい娘とあれば」コブが指摘した。「火があるに違いない。ミセス・ハウエルは、ほかに誰のことをいっていた?」

「あとは自分の夫だけだ」わたしはにやりとした。「彼に対して、実に悪意のあることをほのめかしていたよ。だが、それをいったら彼女は、コレンソ郡の女という女は気の毒なシリルの後を追いかけていると思っている」

　コブはうめいた。彼にはどこか壊すことのできない単純さと率直さがあった。わたしは彼の丸々太った愛想のよい妻と、五人の子供を思い出した。こんなふうにほのめかされた情事のすべてが、彼にはひどい堕落に感じられただろう。

「どうやら、容疑者と動機は山ほどありそうだな、ウェストレイク」彼は考えにふけりながらいった。「フォークナー、トラヴァース、ハウエル――全員が結婚しており、それもいわゆる幸せな結婚ではない。アンと浮気をし、その後で怖じ気づいたのが誰であってもおかしくない。恐らく彼女は不愉快な行動に出たのだろう。赤ん坊ができたとか何とかいって――」

「しかし、検死報告書にはそう書かれていなかった」わたしは口を挟んだ。

「口ではできたといえるし、できたと思い込んだのかもしれない」警視は穏やかにいった。「最近の若い女は、見かけよりも世故《せち》に長けているわけではないからな」

「妊娠という決定的な不面目か」

「それなら、彼女の身元をわからなくするよう懸命になるのもわかる」警視は急に背筋を伸ばした。「わからないか？　グリムショーが娘を家から追い出したのはみんなに知られている。殺すには絶好の機会だ。家族を含め誰もが、彼女は村を出たと考えるだろう。何の疑問も起こるまい」

「実に頭がいい」わたしは窓の外を見た。「誘惑と殺人。何もかもが当てはまる。だが、どういうわけかわたしには、狩猟クラブの仲間に痴情がらみの殺人者がいる可能性があるとは思えない」

「きみには別の容疑者や動機のほうが好ましいようだな、ウェストレイク」コブはパイプ越しにわたしを見た。「嫉妬に駆られた妻がやったのかもしれない。それに、グリムショーの息子もいる。わたしは彼を信用していないし、考えてみれば数ある動機の中でも一番の動機の持ち主だ。アンが誕生日の前に都合よく死んだことで、遺産は彼のものになる。それに、部下の調べで、彼がミセス・ハウエルの姪に取り入ろうとしているのがわかった。金持ちの女性を追いかけ、その家族にどう思われているか不安ならば、自分もなにがしかのものを持っていたほうがいいと考えるだろう。金は金を惹きつけるというからね」

わたしは愚かにも顔を赤くした。わざと感傷的になっていたに違いない。ゆうべ、おばがあの若い農場の跡継ぎについて長口舌を振るいはじめたときのローズマリーの傷ついた目しか思い出せなかった。

「ウォルターのはずはない」わたしは自分が声を荒らげているのに気づいた。「彼が野蛮人でないのは知っているだろう。大学も出ている。彼は――。それに、姉殺しなんてロシアの小説の中くらいのものだ」

コブの反応は、訳知り顔の笑みだった。

「きみはイライアスを推しているようだな」彼はいった。「わたし自身もそうしたい。明らかに、あの聖書のくだりは常軌を逸している。娘がふしだらな女だとわかったら、たやすく激怒して――」

「〝イゼベルの肉は、イズレエルの所有地で犬に食われ〟」わたしは引用した。「なおさら見込みがありそうだな、コブ」

警視はポケットにパイプをしまい、立ち上がった。

「無駄話をしていてもしょうがない。狩猟クラブのお仲間に会いにいこう――それと、その妻たちに。ミセス・ハウエルは病床にいるといったな。少しばかり様子伺いをしてはどうだ？　医者がそばにいれば、女性は心を開くものだ」

「ミセス・ハウエルが?」わたしは大声でいった。「寝室に警察を連れていったら、かんかんに怒るだろう」

「きみは女というものをわかっていないな、ウェストレイク」コブは狡猾に笑った。「女はそういうのが大好きなのさ」

VI

コブは正しかった。怒りの発作を心配する必要はなかった。コブを外の廊下で待たせて寝室へ入っていったときには、ルルおばさんはすでに怒っていたからだ。丸々とした顔は憤りで震えていた。わたしに一通の電報を放り、大声でいう。

「とんでもないいいがかりだわ、先生。どうしてわたしが彼女の鞄に手をつけるっていうの? それを開けて、あのぞっとするような服を着るとでも?」

わたしは電報を読んだ。屈辱的な解雇をいいわたされたレナード看護師からだった。

取りにいくまでわたしの持ち物に
手をつけないようお願いします　スーザン・レナード

わたしは電報をテーブルに置いた。

「まるでわたしが開けたようじゃないの」ルルおばさんはまた鼻を鳴らし、黄色い波のように髪を揺らした。「厚かましい女！」

あまりにも悪意のある口調だったので〝いいわけをする者は、自らを罪に陥れる〟という、古いフランスのことわざを思い出した。それから演繹的に推理して、心の中でこうつぶやいた。〝鞄を開けていなければ、彼女の服がぞっとするようなものだとどうしてわかるのだろう？〟いずれにせよ、彼女は流感で数週間寝込んでいた。制服姿のレナード看護師しか見ていないはずだ。

だが、看護師と雇い主のちょっとした問題について考えるためにここへ来たのではなかった。今、重要なのは、コブの質問に答えられるようルルおばさんを落ち着かせることだった。少し手間取ったが、脈を取るのを長引かせて、ようやくシルクの枕にもたれて休むよう説得した。

彼女がそのニュースを聞いているかどうかわからないまま、わたしは穏やかに切り出した。彼女の神経衰弱という火に油を注ぐような真似はしたくなかったが、車でここへ来る間、コブが強硬に主張したのだ。わたしよりも賢明な彼は、ミセス・ハウエルの神経症を信じなかった。歯痛やはしかのように、自分自身が慣れ親しんだ明確な病型しか、現実の病気とはみなさないのだ。

「シリルはいますか？」わたしは遠回しに切り出した。

「シリル？　いいえ、外出しているわ。どこにいることやら」ルルおばさんは夫の不在を、自分に対する侮辱であるかのような口ぶりで伝えた。「狩りの後にちょっと顔を出して、どこかへ行ってしまったわ。この家では、誰もわたしを気にかけてくれない――夫でさえも。わたしは役立たずの病人なのよ」

今朝の彼女は、いつにも増して肉づきがよく、健康そうに見えた。その手が大きなスチールのペーパーナイフを探り、すねたようにいじり回した。

「みんなわたしが死ぬのを願っているのよ」彼女は声を張りあげた。「わたしが死ねば、厄介払いができるから！」

「さあさあ、ミセス・ハウエル」わたしはぶっきらぼうにいった。「そんなことをいっちゃいけません」言葉を切り、静かに続ける。「シリルは、狩りでの出来事を話しませんでしたか？」

「狩り？　とんでもない！　狩りの話などさせるものですか。どうせまたキツネを捕まえたんでしょう――そして、犬にずたずたにさせて」彼女は身震いした。「ぞっとするわ！」

わたしは細心の注意を払って、狩りの結末と遺体の発見について話した。

「ミスター・グリムショーは」わたしは結んだ。「それがアンだと確認しました」

「アン・グリムショー？」

ルルおばさんはわたしをじっと見た。深紅色の唇をぽかんと開けている。ペーパーナイフがベッドカバーの上に落ちた。彼女は何かいいたそうにしたが、口からは出てこなかった。

「ええ」わたしはいった。「それで、コブ警視が外にいます。いくつか質問をしたいと。彼はあなたが助けになってくれると考えています」

抗議の嵐が吹き荒れる前に、わたしはさっさと廊下に出て、警視を手招きした。

警視を見たことで、ルルおばさんの舌は命を吹き返したようだ。

「あの人は！　彼が――彼が警察官だというの？」

「ええ。コブ警視が事件を担当しています」

「事件！」ルルおばさんの目のマスカラがにじんだ。「でも、どうしてわたしのところへ？」

「それはただ――」

「わかってるわ」彼女は急に興奮したように指をひねった。「なぜ彼を連れてきたか。ゆうべの話を彼に伝えたのね。そうなんでしょう。あれは本当のことじゃないの。神経質になって、気持ちが高ぶっていたから。あれは嘘よ――全部嘘なの。シリルはアン・グリムショーのことなんて知らないわ。狩りで会うだけよ。彼女とふたりきりになったことはない。わたしは知ってるわ。断言できる」真紅の爪が、わたしのツイードの上着をつかんだ。「シリルは――ときどき少し馬鹿なことをするかもしれない。レナード看護師とは、親密の度が過ぎたかもしれないわ――でも、アンとはそんなことはなかった。アンとは決して」

このヒステリックな爆発に、気の毒なコブが面食らったのがわかった。わたし自身は少し不安だった。抜いた眉の下の彼女の目は、眼窩から飛び出しそうになっている。わたしは本物の心臓発作を疑いはじめた。

「もちろん、警視はシリルが関係しているとは思っていません」わたしはなだめるようにいった。

「ただ、あなたに何か心当たりがないかと思っただけです。あなたは近所の人たちのことをよく知っていますから。わたしたちにとっては計り知れないほど貴重な証言ができるかもしれません」

彼女はそれを聞いて気持ちを和らげた。興奮は鎮まり、邪悪な喜びに目がきらりと光った。自分と近親者が罪を逃れたのを知って、明らかにこれまで転がり込んできたことのない、おいしいスキャンダルを味わおうとしている。

「アン・グリムショーについて教えてくれそうな男の人は、この辺りにはごろごろいますわよ、警視さん。あまり熱心に話したがらないでしょうけど」彼女は身を乗り出し、陰気にうなずいた。「でも、あの娘を殺したのが誰か、想像はつきます。あのアドルフ・バーグという農夫です。ひどい乱暴者で——彼女にずいぶんのぼせ上がっていました。痴情のもつれですわ。わたしにはわかっていたんです。アン・グリムショーは、いずれこんなことになるんじゃないかとね」

どうやらルルおばさんは、快方に向かっているのをいいことに、どぎつい推理雑誌を読みふけっていたようだ。彼女は熱心に協力する姿勢を前面に押し出していた。

だが、コブはもうたくさんといった様子だった。お騒がせしてすみませんと短くいい、ドアへ向かった。

「外で待っていてくれ」わたしはいった。「帰る前に、ミセス・ハウエルが体温を測ったほうがいいだろうから」

コブが引き揚げてから、ルルおばさんはわたしの腕をつかんだ。明るい色の小さな目に、かすかな不安が見て取れた。

「あの人に」彼女はかすれた声でいった。「シリルを疑わせないで、先生。警察がどういうものかはわかっているわ。愚かで——何もしていないといわれたくないために、誰彼構わず逮捕するのよ。彼をシリルに近づかせないで」

わたしは最も高くつく患者への接し方で、彼女の精神的、道徳的、神経的な混乱を元に戻してやった。

外の廊下で、わたしはコブに、彼が聞かなかったルルおばさんとの会話をすべて明かした。

「そこからわかることは何もない」わたしはいった。「シリルがアンの不倫相手でないことを除けばね」

「断言はできない」コブは廊下の壁に巡らされた高価な鏡板を悠然と眺めた。「彼女がわれわれに信じさせたがっているのはたわごとばかりだ。だが、信じさせたくないものは――興味深いといえるかもしれない」

「〝あの妃は誓いのことばが多すぎるように思うけど〟（『ハムレット』三幕二場）といいたいのか？」

彼はシェイクスピアの引用を無視した。

「夫を除外させようと必死になりすぎている」彼はゆっくりといった。「彼が狩猟の帰りに様子を見にきたとき、妻に何といったかぜひ知りたい。シリルがアン・グリムショーを知らないというくだりは予行練習をしていたんじゃないかという気がする」

玄関ホールまで来たとき、ローズマリーが慌てて居間から出てきた。顔は青ざめ、美しい目は不安げだった。

「ああ、ドクター・ウェストレイク、ドーンを家まで送っていったわ――狩りの後で。心配しないで。あの子は何も知らないから」

「ありがとう」わたしはいった。だしぬけに、ウォルター・グリムショーの姿が頭に浮かんだ――若くすらりとした、ブロンドのウォルターが。わたしは自分が年老いた、つまらない人間に思えた。「本当にありがとう」

ローズマリーは神経質そうにコブを見ると、わたしの腕に手を置いた。

「あれは――あれはアンだったんでしょう？」

わたしは問いかけるようにコブを見たが、彼は気づかない様子だった。

「ああ」わたしはいった。「残念だが、これ以上ないほど確からしい」

彼女は後ずさりし、白い木の壁に頭をもたせかけた。

「かわいそうなウォルター」彼女はささやいた。「かわいそうなウォルター。お姉さんのことがあんなに好きだったのに」

おかしなことだ。コブの後について私道へ向かいながら、わたしは思った。この残忍な殺人に、わたしはショックを受け、混乱し、憤りを感じた。だが、グリムショー家の誰のことも、特にかわいそうだとは思わなかった。

「次はどうする？」車に乗り込みながら、わたしは警視にいった。

「お互いの仕事を一気に片づけるのがいいだろう。ほかに往診する患者は？」

「バーグだ。倒れた後の顔つきが気になった。様子を見にいったほうがいいと思う」

「バーグか」コブがいった。「いい考えだ」

「すぐ近くの小さな農場に住んでいる――遺体の発見場所の近くだ」わたしは説明した。「あの道を行ってくれ」

コブは車の向きを変えた。「彼についてはどんなことを知っている？」

「スウェーデン人かノルウェー人だ――あるいは、両方の血を引いているか。無愛想で、孤独が好きな若者だよ。数年前に現れたが、どこから来たのかはわからない。イライアスが百エーカーかそこらの土地を、ただ同然で貸している。イライアスにはよくあることだ。自分で耕し切れないほどの土地を持っているからね。ハウエル家とフォークナー家は、長年その土地を虎視眈々と狙っている。だが、彼は一インチ四方すら売ろうとしない。この土地は農民のもので、退廃的な連中や怠け者のものではないというんだ。たぶん、シリルやフランシスのことを指しているんだろう」

「では、グリムショーは近所の人たちとはうまく行っていなかったのか？」

「うまく行っていなかったというのは、控えめないい方だよ」わたしは声高にいった。「わたしたちの大半を、悪魔の手先だと思っているんだから。特にクララ・フォークナーだ。どういうわけか、彼はこの辺りの堕落という堕落をクララのせいにしている。恐らく、彼女が狩猟クラブ創設者の家系だからだろう」

話しているうち、今朝、遺体を発見したばかりの森から何かが聞こえ、野原にこだました。またしても、わたしは漠然とした不安を感じた。それは不気味な、憂鬱な鳴き声で、寂しい幽霊の嘆きのように聞こえた。

「警察犬だ」コブがいった。「グリムショーの娘の服が手に入り次第、警察犬を出すよう要請したんだ。とはいえ、匂いはもう薄れているだろうが」

かすれた犬の声は、バーグの家までずっとわたしたちをついてきた。それはわたしに、ケンモアではすべてがうまく行っていないことを思い出させた。

バーグの家を訪ねたのはこれが初めてだった——ほとんど目に留めたこともない。この若い農夫も、グリムショー家の人間と同じく健康で質実剛健で、医者など必要としないのだ。小さな緑の門の外でコブが車を止めたとき、わたしは何もかもが念入りに手入れされていることに驚いた。家の正面は磨いたばかりに見えたが、それもバーグ本人に招き入れられた廊下の几帳面なまでの清潔さには比べものにならなかった。

家事を手伝う者がいないことは知っていた。この大柄で、孤独な男が、模範的な主婦を演じているというのは奇妙な感じだった。きっとスウェーデン人の血がそうさせるのだろう。あるいはノルウェー人か——その両方か。

バーグはまだひどく動揺しているようだった。いつもは太陽と風にさらされて日焼けした顔は青ざめていた。畑できつい労働をしているのをよく見かけるその巨体は、力なく、年を取ったように見えた。彼はわたしたちの訪問にも興味を示さなかったが、椅子を勧め、自分はマントルピースの前に陣取った。その上には外国のものらしいこまごまとした飾りがいくつも置いてあった。

コブはわたしに話の口を切らせたいようだった。しばらく間を置いて、わたしはいった。

「バーグ、きみの様子を見にきたんだ。今朝はひどい目に遭っただろう」

北欧人らしい明るい色の目が、身構えるようにわたしを見た。「もう心配ない」彼はいった。

取りつく島もなかった。わたしは黙り、コブが静かに切り出した。

「アン・グリムショーのことで話を聞きにきた」

「彼女の何を？」バーグは唇をこわばらせた。

「きみは彼女を知っているね」

「ああ」

「そして、三日前からこの辺りで姿を見かけなくなっていることも？」

バーグの大きな手がマントルピースをつかんだ。ブロンドの髪を額から後ろへ払う。「ああ、行方不明になったのは知っている。それに、死んだことも」

コブもわたしも驚いた。

「どうしてそう思ったんだ？」警視は鋭く訊いた。

バーグは背筋を伸ばした。たくましい農夫の体には、本物の威厳があった。

「今朝、それに気づかなかったと思うか？　おれが――遺体を掘り出したときに」

「なぜそれがアン・グリムショーの遺体だと思った？」

スウェーデン人は相手を睨みつけた。

「わかっていた」彼は短くいった。「こんなことになるんじゃないかと、おれが想像しなかったと思うか？　ここで――金持ちの、堕落した連中と一緒にいて？」

イライアスの聖人ぶった言葉が、強いスカンジナヴィアなまりで繰り返されるのを聞くのは、奇妙で、どこかぞっとすることだった。「そう、そしてやつらは、おれに掘り出させた。おかしな話じゃないか？　まるで――まるで、知っていたみたいに」

その声は相変わらず静かだが、不吉な響きを帯びていた。淡い色の目は、仮面のような顔の奥からにじみ出る強い感情をあらわにしていた。彼はかすれた笑い声をあげた。

「やつらはおれを選んだ。アンに妻になってほしいといったおれを」彼は急に振り返り、両手を広げた。「この家を見たか？　清潔で、こざっぱりとしているだろう？　そうしたのは——アンに妻として、ここへ来てほしかったからだ」

ゆっくりと、苦労して話すその言葉には、果てしなく悲痛なものがあった。

「彼女にここへ来てほしかった」彼は顔を背け、小さな磁器を撫でた。「こんなことにならなければ。そうすれば、おれと結婚しただろう。ただ、彼女は恐れていた——彼女がおれに何をいうのを恐れていたか、たやすく想像がつく」

「彼女がきみにいうのを恐れていたのは、ほかの男性に興味があったということか？」コブが素早く口を挟んだ。「恋愛関係があったと？」

「恋愛関係！」バーグは軽蔑したように彼を見た。「そんなものはない。アンはいい娘だ、そうだろう？　誰かが——彼女を堕落させたんだ」またしてもイライアスめいた言葉だ。「そういうことなんだ——それで彼女は殺されたんだ」

「誰なんだ？」コブの声はとても穏やかだった。「誰を疑っている？」

「やつらのうちのひとりだ——誰だか知るものか」バーグの唇がわずかに震えた。「やつらはみんな同じだ。ここへ来て、素晴らしい農地を馬と血に飢えた犬で台無しにした。さらには、善良な娘を堕落させ、殺した。それがやつらのしたことだ」

「特定の人物を疑っているのなら」コブはゆっくりと質問を繰り返した。「いったほうがいい」

「知らないといっているだろう。本当だ」彼は大きなこぶしを握り、警視のすぐそばに迫った。「だが、知っていたとして――おれがいうと思うか？　いいや。誰にもいうものか。なぜなら、おれがそいつを殺すからだ。この手で、そいつを殺す」

淡い色の目に危険な光を浮かべ、前のめりになった彼を見て、わたしは本気だと思った。人間の顔にこれほどはっきりと殺人の意思が刻まれているのを、わたしはそれまで見たことがなかった。

VII

この辺りを離れないようにとバーグにはっきり指示した後、コブはわたしの後について庭へ出た。もう夕暮れ時だった。ぼんやりとした薄闇が、家の白い壁に迫っている。結局は迎えることのできなかった妻のために、バーグが〝清潔で、こざっぱりと〟させた家の壁に。

「この辺りの連中は変わっているな」コブが運転席に乗り込みながらつぶやいた。「あの男も、ほかの連中と同じくらい変わっている。だが、あの娘がとても好きだったんだろう。何だか気の毒だ」

「そうだな」わたしは小さな声でいった。「けれども、バーグの手にかかるとしたら、アン・グリムショー殺しの犯人のほうがはるかに気の毒だ」

コブはフォークナー家へ行こうと提案した。フランシスが手首を折ったことを思い出したわたしは、一緒に行くといった。到着すると、クララ・フォークナー本人が、居間から出てきてわたしたちを迎えた。

白いものの混じった髪を短く切り、好戦的な鼻をした彼女は、猟犬のように日に日に大きくなっているように見えた。ヘリンボーン・ツイードの上着にスカート、男もののネクタイを着けている。狩猟の記念品がひしめくその部屋は、彼女にふさわしかった。雄ジカの頭、キツネの尻尾、無数の鳥の剝製。

「こちらはコブ警視」わたしはそういって、妙に鞍を思わせる硬い革張りの椅子に座った。「今朝のことで、いくつか質問がしたいそうだ」

クララは大きな顎をかすかに動かし、質問に答える意思を伝えた。キジの剝製のそばにある椅子に腰を下ろし、脚を組んで、大きな男もののシガレットケースから煙草を出す。

「忌まわしい出来事だわ」彼女はいった。「もちろん、わたしが力になれるなら――」

彼女は言葉を結ぶように、きびきびしたしぐさで煙草を振った。

「ご主人はいらっしゃいますか？」コブが訊いた。

「いいえ」クララはわたしに向かっていった。「あなたと一緒にいると思っていたわ。手首を診てもらうために出かけていったの」

「今日はほとんど家にいなかったのでね」

「だったら、グローヴスタウンのドクター・カーマイケルのところへ行ったに違いないわ。サー・ベイジルが変なの。最近、とてもおかしいのよ。今朝も、鞍を乗せようとしたフランシスに嚙みつきそうになって。心配だわ。ヘレン・トラヴァースの身に起こったことを思い出さずにはいられない」クララは言葉を切った。今はサー・ベイジルのことをくどくどと話すときではないと気づいたようだ。「夫にご用なの、警視？　すぐに戻ると思うけれど」

「いいえ」コブはいった。「遺体はアン・グリムショーのものでほぼ間違いないようです。わからないのは――」

「アン・グリムショー？」クララはしわがれた声で、信じられないというふうにいった。「間違いないの――」

「ええ」

乗馬で硬くなった手が、こわばった唇に煙草を持っていった。クララはそれを深く吸った。

「よりにもよって！」

コブは革張りの椅子の上で身を乗り出した。「最近、彼女を見ましたか？」

「何度も。でも、夫のほうが頻繁に会っていたわ」

フランシスとアン・グリムショーに関する根も葉もない噂を考えると、それは妙な指摘だった。イライアス・グリムショーに比べればクララは心が広いかもしれないが、若い夫が不義を働くのを大目に見ることはまずないだろう。

彼女はわたしの考えを読んだように短く笑った。犬の吠える声と妙によく似ていた。

「嫌ね、ヒュー、何か後ろ暗いことがあるんじゃないかと思っているんでしょう？　ルエラ・ハウエルから聞いたのね。わたしがフランシスより年上なのはわかっているわ。それに、自分が美人だとも思わない。でも、それはないと考えていいわ」彼女は勢いよくうなずいた。「ええ、それはないと考えて結構よ」

「だったら、あなたよりもご主人のほうが頻繁に彼女と会っていたというのは、どういうことです？」コブが口を挟んだ。

クララは煙草をくわえたままほほえんだ。「警察の人にはいずれわかることでしょう。アンには口止めされていたけれど、お話ししておいたほうがよさそうね。彼女の死は、フランシスとわたしにとっては大きな打撃だった。もちろん、不幸なことには間違いないけれど――」ぶっきらぼうに肩をすくめるしぐさが、今朝の悲劇のショックを表していた。「――でも、別の理由があるの」

「というと？」

「しばらく前、アンがうちへ来たの。彼女の父親が、わたしたちに根深い、途方もない反感を持っているのを考えれば、妙なことだと思ったけれど、わたしは彼女を家に入れた。彼女はいい子だったわ。魅力的でもあった。二十五歳の誕生日を迎えれば、パイチャーズ・レーンに沿った土地を相続するというの。うちの土地からシリル・ハウエルの土地までの一帯を」クララは煙草を灰皿に押しつけ、新しい煙草に火をつけた。「もちろん、フランシスとわたしは喜んだわ。何年も前からあの土地を手に入れようとしていたのだもの。本当はグリムショー老人の土地ではなかったなんて、思ってもみなかった」

彼女は不意に警視のほうを向いた。「ところで、死体が見つかったのはアンの土地だったのでしょう。おかしな偶然じゃない？」

コブはその質問には答えず、代わりにこう尋ねた。

「なぜアン・グリムショーが土地を売りたがっていたか、心当たりはありませんか？」

「まったくないわ」クララは短く馬のように笑い、黄色い歯をあらわにした。「父親を困らせたかっただけかもしれない。わたしが知る限り、父娘はうまく行っているようではなかったから」

「それで、取引は成立したのですか？」

「いいえ」クララは鋭くいった。「わたしは不動産管理には縁がないわ。数字もからきしなの。フランシスが法的代理権を持っているので、彼に交渉してもらうことにしたの。とても不自由な交渉だった。わたしの家に近づけば父親に追い出されるというので、フランシスは人里離れた場所で彼女と会わなくてはならなかった。たいていは夜の間に。そのせいで、ルエラ・ハウエルの噂の種になったのでしょう。あの人は何でも知っているから」

クララの口調からは、ルルおばさんを快く思っていないことがよくわかった。馬で障害を飛び越えることも、猟鳥を捕まえることもできない女性など、役立たずと思っているようだ。

「アンはとんでもない安値で土地を譲るといったわ。でも、法的に面倒なことがあった。二十五歳の誕生日を迎えるまで、その土地は彼女のものにならないの。その前にお金を払っても、土地を譲ってはもらえない。だから、取引は彼女の誕生日まで延期することにした――来週の木曜日よ」彼女は厚顔にも、苛立ちを隠そうとしなかった。「こんなことになって、取引はおしまいだわ。土地は父親のものになるんでしょう？」

「いいえ」コブがいった。「弟のものになります」

「ウォルターの？」クララ・フォークナーはわずかに目を見開いた。「すると、彼は得をするわけね？　興味深いわ。疑わしい人物が現れたわね、警視。あの青年は薄情な人物だもの」

コブはパイプを取り出し、驚いたことに、上の空で煙草を詰めはじめた。

「ウォルター・グリムショーが姉を殺したと思っているのですか、ミセス・フォークナー？」

クララは顔を赤らめた。なぜだか苛立ち、混乱しているようだ。彼女は立ち上がり、部屋を行き来しはじめた。

「別に、今のは本気じゃないわ。わたしは何も知らない。わかっているのは、今朝の狩りが台無しになってしまったことと、たぶん今シーズンの予定がすべて狂ってしまうだろうということよ。警察の方々や警察犬が、どこもかしこも踏み荒らしてしまうでしょうからね」

コブも今では、少し苛立って見えた。

「あなたがたの協力があれば、そんなことにはなりませんよ、ミセス・フォークナー。それにどのみち、殺人犯を捕まえることのほうが狩猟の予定よりも大事でしょう？」

明らかにクララはそう思っていないようだった。彼女は顔をしかめ、鋭くいった。「まあ、わたしにいえるのは、わたしや夫を疑うのは時間の無駄だということだけよ。彼女が死んだことで明らかに損害を被っているのだから。わたしたちは、あの土地を喉から手が出るほどほしかった」

クララの心理はわたしには複雑すぎるように思えてきたが、興奮すると手がつけられなくなるのはわかっていたし、ひと悶着《もんちゃく》起こりそうな気配が感じられた。緊張を解こうと、わたしは部屋をぶらぶらと歩き、狩猟クラブとフォークナーの戦利品について好意的な意見をいった。部屋の隅に、フランシスがクララと結婚する前に障害馬術で獲得した堂々たる金の優勝カップがあった。ドーンが心からあこがれ、いつの日か同じものを勝ち取ると決めているものだ。わたしはそれをぼんやりと眺め、銘文を読んだ。それはごく簡潔で短いものだった。

カリフォルニア狩猟クラブ
一九二八年
F・F・V・

「フランシスがヴァージニア開拓時代からの旧家（First Family of Virginia の意）の出とは知らなかった」わたしは上の空でいった。

　クララはわたしのそばに来て、いかにも誇らしげにカップを見た。そして、短く笑った。

「あら、それは彼のイニシャルよ。彼の母親は早くに夫を亡くして、彼が成人しないうちは、新しい夫と結婚するたびに彼の苗字を変えたの。結局、あまりにもこんがらがってしまって、また元のフォークナーに戻したというわけ」

　そのとき、外の私道に車が入ってくる音が聞こえた。

「フランシスだわ」クララがいった。

　わたしが窓に近づいたとき、ちょうど車のヘッドライトが車庫のほうを照らすのが見えた。クララは新鮮な空気が大好きで、寒い夜だというのに窓をすべて開け放っていた。そこに立ったわたしの耳に、またしても犬の遠吠えが聞こえてきた。警察犬はまだ仕事をしていた。

　フランシスはなかなか家に入ってこなかった。しんとした部屋に、絨毯の上を行き来するクララの重いブローグ靴が立てる規則的な足音だけが響いた。彼女は煙草に火をつけ、それを捨て、また別の煙草に苛々《いらいら》と火をつけた。今度も、わたしは隣人たちのこんな率直さと無遠慮さを理解できない自分に気づいた。クララ・フォークナーはなぜこんなに神経を尖らせているのだろう？

ようやくわたしは何かいった。何といったか思い出せないが、ごくありふれたことだと思う。クララがそれに答えようと振り返ったとき、ドアが勢いよく開いた。振り返ると、フランシスが戸口に立っていた。それはひどい有り様だった。頰は青みがかっていた――チアノーゼを起こしているといっていいくらいに。彼は息を切らしていた。誰もが驚いて口もきけないうちに、彼はわずかによろめき、前のめりに絨毯の上に倒れた。

あっという間にクララが彼に駆け寄り、屈み込んだ。わたしは彼女を押しのけ、膝をついた。

「ブランデーを！」わたしは叫び、彼女はすぐに部屋を出ていった。

コブの助けで、わたしは意識を失った男をソファに寝かせた。カラーを緩め、包帯を巻いた手が背中に敷かれていたのを自由にする。それから、クララの指がわたしの手にグラスを押しつけるのに気づいた。わたしはフランシスの歯の間からそれを無理やり注ぎ込みながら、彼女を見上げた。彼女はすっかり別人のようになっていた。険しかった表情は弛緩《しかん》している。目は途方に暮れたようにこちらを見ていた。わたしは初めて、クララ・フォークナーにも人間らしい感情があることに気づいた。四十五歳の彼女は、この若い、乗馬の名手である夫を情熱的に愛しているのだと。

「ど――どうしたっていうの？」彼女は弱々しくいった。

「わからない」わたしは答えた。「馬鹿げているように聞こえるが、ガスにやられたみたいに見える。何であれ、ひどいショックを受けている。だが、すぐに意識を取り戻すだろう」

その間ずっと、コブはわたしの隣で鋭く目を光らせていた。

「ああ」彼は静かにいった。「確かに毒ガスのように見える。戦時中、こんな状態になった同胞を何人も見た」

わたしはできるだけのことをしたが、そう大した処置は必要なかった。彼の脈は徐々に平常に戻り、呼吸も落ち着いた。あとは待つだけだ。

ついに、重かったまぶたが震えた。フランシス・フォークナーのぼんやりした目がわたしを見て、それから妻を見た。彼は起き上がろうとしたが、力なく倒れた。すぐにクララが力強い腕を彼の頭の後ろに回し、起こしてやった。彼は感謝するようにかすかにほほえんだ。それから、聞き取れないような小声でいった。

「厩舎だ！」彼はささやくようにいった。「厩舎だ。早く――サー・ベイジルが」

わたしたち三人は顔を見合わせた。その場を仕切ったのはクララだった。

「行って」彼女はいった。「すぐに。わたしはフランシスを見ているから」

わたしは不安な目で彼女の夫を見たが、コブは出ていった。

「あなたもよ」クララが急き立てた。

わたしはきびすを返し、警視の後から廊下に出た。

階段のところで彼に追いついた。

「場所はわかるか?」彼が訊いた。

「ああ。こっちだ」

コブが懐中電灯を出し、わたしたちは階段を駆け下りて、芝生を横切り、低く細長い厩舎に向かった。黒々とした壁に到着する。

「一番遠い馬房だ」わたしは叫んだ。「車庫の隣だ。サー・ベイジル一頭だけがいる」

わたしたちは走り続けた。中から馬たちの足音がかすかに聞こえる。通りすがりに、その一頭が物悲しい鳴き声をあげるのが聞こえた。

「ここだ」

コブが足を止め、わたしはすぐにその隣に並んだ。

すぐさま、厩舎のドアが大きく開け放たれ、黒々とした洞窟のような馬房があらわになっているのがわかった。明かりのスイッチを手さぐりしたが、見つからない。どこか奇妙な、重苦しい雰囲気が漂っていた。思わず息をのむような雰囲気だ。コブが前に出て、懐中電灯の光を闇に向けた。

そこにどんな光景が広がっているか、はっきり予想はしていなかったが、それはどんな想像よりも恐ろしいものだった。黄色い半円形の光の中に、サー・ベイジルの頭部が浮かんでいた。床に伸び、目は飛び出しそうになっている。白い泡を吹いた口は、苦しげな嘲笑を浮かべるかのように醜くねじれていた。光がさらに上を照らした。乾いた藁の上に横たわる、馬の全身が見えた。

わたしはすぐに馬のそばに屈んだが、調べるまでもなかった。サー・ベイジルは明らかに死んでいた。

「耳を澄ますんだ、ウェストレイク」

コブの声が鋭く響いた。

その声が垂木の中へ消えていくと、沈黙がますます深まった気がした。音に気づくにはそう長くかからなかった。低く、絶え間なく、隣の車庫から聞こえてくる。ショックを受けていたわたしは、その音をありふれたものや自然のものと結びつけることができなかった。催眠術にかかったように、単調なリズムに聞き入っていた。やがて、コブの指が腕に触れるのに気づいた。

「早く」彼はいった。「車の音だ。何者かが逃げようとしているんだ」

わたしたちはうつ伏せになった馬の死骸をそのままにして、隣のガレージへ向かった。大きなドアは勢いよく開いたが、中は真っ暗だった。何とかスイッチを探り当てた。急に明るくなった車庫は、不気味で、荒涼として見えた。なぜだかその臭いは死体安置所を思い出させた。だが、そこには誰もいなかった。車が三台並んでいて、厩舎に一番近いものが、かすかに震えていた。

「フォークナーがエンジンをかけっぱなしにしていたんだな」コブがぶつぶついった。

「これは彼の乗っていた車じゃない。彼は青いセダンを運転していた」

コブは目を細めた。イグニションキーを回し、車の後ろに回る。彼はすぐに背筋を伸ばした。

「どうした?」

「ミスター・フォークナーに対するわれわれの見立ては正しかったようだ」彼は険しい顔でいった。「ガスだ——一酸化炭素だ。それでサー・ベイジルは死に、彼も死にかけたんだ」

わたしは彼のそばに行き、見下ろした。排気管にぞんざいにつながれていたのはゴムホースだった。

「小説にあるような手口だ」コブはひとりごちた。その目がホースをたどる。それはうねりながら壁へと向かい、通気口を通って外に出ていた。警視は考え込みながらガソリンタンクの栓を開け、懐中電灯で照らした。

「来てくれ。厩舎に戻ろう」

わたしは先に立ってガレージを出た。ふたたび、サー・ベイジルの硬直した巨体が横たわる、暗い馬房へ戻る。コブの懐中電灯の光が壁の後方を照らした。通気口からホースの口が見えていた。ようやく明かりのスイッチが見つかり、厩舎が照らし出された。コブは隅に膝をつき、通気口とホースの口を調べていた。

「しかし、どうやって——?」わたしはいった。

「どうやったかは簡単なことだ」コブが遮るようにいった。「わたしにわからないのは、なぜということだ」

いつもは健康的な褐色の彼の顔は、病的に黄色みがかっていた。わたしはそれを見て、ドアを開け放っているにもかかわらず、厩舎の空気が決して健康的でないことに気づいた。わたしは離れるよう促したが、彼は聞く耳持たなかった。

「どうやったかは簡単なことだ」彼は、半ば自分にいい聞かせるようにつぶやいた。「あの車はキーが挿しっぱなしだった。不注意だ——ああ——とんでもなく不注意だ。ガレージのドアにも鍵がかかっていなかった。これも不注意だ。フォークナーの留守に誰でも出入りできる。ただ、ホースの端を排気管に突っ込み、反対の端を通気口から厩舎に入れて、エンジンをかけるだけでいい——。馬は簡単に死ぬだろう。しかし、なぜそんなことをした？」

わたしには答えられなかった。

沈黙の中、コブとわたしは明かりを消し、馬房を後に庭の暗闇に出た。ふたたび新鮮な夜の空気を吸うとほっとしたが、まだ理路整然と考えることはできない。

猟人たちの性格には、どこか本質的に歪んだところがあった。アン・グリムショーの死は、わたしたち全員に、ぞっとするような恐ろしいショックをもたらした。だが、どういうわけか、個人の感情にただちに影響することはなかった。アンにはアンの問題があり、承知の上でそれに飛び込み、敗北した。しかし、彼女は自由に行動していた。馬のほうは事情が違う。サー・ベイジルが馬房の中で死んでいるのを目にし、誰かが故意に彼を殺したと考えると、すべてが生々しく迫ってくる。以前は恐怖と嫌悪を感じたが、今では個人的な怒りを感じていた。今なら相手に飛びかかり、この手で殺すことができそうなほどに。

自分たちの背後に横たわっているのがサー・ベイジルだとは、ありえないことに思えた。何年も前から、彼はこの近隣の一種の象徴だった。半径数マイルで最も素晴らしい馬なのは間違いない。その無鉄砲さや危険な移り気にもかかわらず、誰もが本能的に彼を尊敬した——そして愛した。サー・ベイジルのいないケンモアなんて——信じられない。

「望みはないのか、ウェストレイク？」

フランシス・フォークナーの声に、わたしは振り向いた。彼は厩舎の壁のそばに立ち、木材に寄りかかって体を支えていた。

「来ちゃいけない」わたしはすぐさまいった。「横になっていなければ」

「ああ、平気だ」その声は平坦で、だるそうだった。「ただのショックだよ。いったい、馬に何があったんだ?」

わたしはできるだけ穏やかに、車とホースのことを説明した。暗闇の中で、かろうじて彼の顔が見えた。灰色の、死人のような顔色だった。

「じゃあ、本当なんだな。彼は――死んだんだな」

「苦痛はなかったはずだ」わたしは力なくいった。

フランシス・フォークナーのような男が取り乱すのを見ることはめったにないが、彼がその寸前まで来ているのがわかった。

「償いをさせてやる」あまりにも低い声だったので、やっとのことで聞き取れた。「誰であろうと――償いをさせてやる」

その後は沈黙が続いた。遠くから、猟犬の遠吠えだけが聞こえる。ようやく口を開いたのはコブだった。都会から来た男だけあって、三人の中で彼だけが、この新たな暴虐に冷静に対処できた。

「あなた自身が死ななかったのは運がよかったと思わなければいけません、ミスター・フォークナー。具合がよくなったようでしたら、いくつか質問をさせてもらいたいのですが」

フランシス・フォークナーは、どんよりとした大きな目で彼を見た。それから、馬房の扉に目をやった。警視の懐中電灯は、今も下に向けられていた。その光は、サー・ベイジルのビロードのような耳と、豊かでつややかなたてがみを照らしていた。

「質問？」フォークナーはぼんやりといった。「もちろんどうぞ。何でも訊いてください」

「サー・ベイジルを発見したのはたった今ですか？」

「ええ」フランシスは夢の中で話しているかのようだった。「昼食の後、ぼくは手首を治療してもらうためドクター・ウェストレイクのところへ行きました。先生が不在とわかって、車でグローヴスタウンのドクター・カーマイケルのところへ行ったのです。土曜日の午後は厩務員が休みなので、週末はいつも、ぼくがサー・ベイジルに餌を与えています――いました。帰宅して、ガレージに車を入れた後、すぐにこの馬房へ来ました。彼はそこに横たわっていました。ぼくは屈み込んで様子を見ました。最初は理解できませんでした――現実だとは思えなかったのです。やがて――やがて、ガスにやられたのでしょう。気を失いそうになるのを感じました。何とか家まで帰り着いたのです。後のことはご存じでしょう」

コブはうなずいた。「グローヴスタウンへ出かける前に、サー・ベイジルの様子は見ましたか？」

「ええ。いつも厩舎を覗くのです。何も問題はありませんでした」

警視はわたしのほうを見た。「馬が死んでどれくらい経っているかわかるか？」

「すぐには無理だ。いささか複雑でね――どれだけ速くガスが馬房を満たしたかによる」

「エンジンはどれくらいの間かかっていたのだろう？」警視はフランシスに向き直った。「車に入っていたガソリンの量を、覚えていないでしょうね？」

「ええ、残念ながら」

「厩務員が休みのとき、この辺りに人はいますか？」

「庭師だけです。しかし警察に、遺体の残りの部分の捜索に駆り出されてしまいましてね。ぼくは彼を行かせるべきだと思いました。この一帯のことを、誰よりもよく知っていますからね」フランシスはさらにぐったりと壁にもたれた。「誰がやったにせよ、そいつは時機を見てやったに違いありません」

「ガレージには車が三台ありますね。全部あなたのですか？」

「一台だけです。あとの二台は妻のものです」

「ガレージに入ったとき、一台のエンジンがかかっているのに気がつかなかったのですか？」

「ええ。戻ってきて、すぐに出たものですから。サー・ベイジルのことが気がかりだったのだと思います。夜の餌やりの時間でしたから」

「なるほど」コブは考え込むようにいった。「ガレージにはいつも鍵がかかっていないのですか？」

「ええ、昼間は」

「すると、誰でも入れた？」

「ええ、誰でも」

「そして、母屋から見られることもない？」

フランシスはうなずいた。「そう思います。厩舎の裏を回って、反対側から入れば。シャクナゲの茂みが目隠しとなって、母屋からは見えませんせん」

「そして、キーはいつも車に挿しっぱなしなのですね、ミスター・フォークナー？」

「ええ、そうです。ぼくたちは――ここは上品な共同体だと思っていましたから。誰かが――誰かが侵入して、殺すなんて……」

彼の声はわずかに震え、途切れた。その手が、木材をぎゅっと握りしめるのが見えた。

「来るんだ」わたしはきっぱりといった。「ここで立ち話をしている場合じゃない」

彼はわたしを見て、サー・ベイジルに目を戻した。それからうなだれ、急にきびすを返した。コブとわたしが手伝って、彼を家に戻した。

クララは玄関ホールで待っていた。やつれた、心配そうな顔をしていた。

「彼は行ってしまったのよ」クララは鋭くいった。「厩舎へ行ってしまったの。行っても無駄だといったのに――ベッドに横になっているべきだと」

彼女は夫の腕を取り、階段へ連れていった。子供を相手にするように、なだめるように声をかけながら。わたしが手を貸そうというと、頭として跳ねつけた。

サー・ベイジルが死んだことについて、彼女は自分の感情を口にしなかった。彼女の頭にはフランシスのことしかなかった。この新たな、人間的なクララを見るのは興味深く、どこか心を動かされることだった。

VIII

ふたりきりになると、コブとわたしは椅子にどさりと腰を下ろした。フォークナー家の居間は陰鬱な雰囲気だった。サイドボードの上で鈍い光を放つ金色の優勝カップだけが、温かみを添えていた。

コブはぼんやりと周囲を見回した。

「またしても忌まわしい犯罪だ」彼はつぶやいた。「しかも、まったく意味がない。いったいどんな人間が馬を殺したいと思う？」

わたしはすでにそれを自問していた。もう一度、サー・ベイジルの数え切れないほどの友人や崇拝者を思い浮かべた。わたしの知る限り、敵になる可能性があるのはひとりだけ――あるいは、ふたりだけだ。ヘレンもトミー・トラヴァースも、自分たちの人生をこんな悲劇に導いた動物に好意を持っているとはいえないだろう。だが、トミー・トラヴァースが！　信じがたい。妻の事故の復讐という、常軌を逸した考えを抱いたとして、なぜ三年も待たなくてはならなかった？　それに、女性の体をばらばらにして、あのようなおぞましいやり方で処分とは、とうてい信じられない。

わたしは急に疲れを感じた。「〝血が血を呼ぶ〟（『マクベス』三幕四場）」暗い気持ちで引用する。「たぶん、ケンモアに恐怖政治が訪れようとしているんだ。今なら何が起こっても驚かない」

コブはしばらく黙っていたが、やがていった。

「馬は偶然死んだにすぎないのだろう、ウェストレイク。本当に狙われていたのはフォークナーかもしれない。彼は毎週土曜日の夜に馬房へ行くようだ。明らかにそこにとどまり、しばらく馬の様子を見るだろうし、一酸化炭素には臭いも何もない。誰かを殺すには実に巧妙なやり方だ」

「魅力的な考えだ」わたしは険しい口調でいった。「しかも、それで行くと、次に誰が狙われても不思議じゃない」

「警察にとっては、決して簡単なことではないな」コブがため息をついた。「こんな事件が起これば、どこに応援を要請すればいいかわからない。ここにはふたり置かなくてはならないし、もう一度アリバイを確かめるのに、あとふたりは必要だ。時間もかかるだろうし、結果も前と同じだと思う。全員が家にいた――ひとりで」

　彼が話しているうちに、クララのブローグ靴の音が玄関に聞こえた。入ってきた彼女は先ほどより落ち着いて見えたが、高慢そうな顔はまだ青白かった。

「それほどお邪魔はしません、ミセス・フォークナー」コブは穏やかな声になっていた。「しかし、いくつかはっきりさせなくてはならないことがありまして」

　クララの指が、当然のように煙草を探った。「はっきりさせなくてはならないでしょうね。こんなひどい目に遭ったことはないわ。サー・ベイジルは素晴らしい狩猟馬だった。それに――」彼女は煙を吐き出した。「――フランシスまで。あんなに打ちのめされた彼を見たことがないわ」

「馬は今日の午後に殺されたようです。恐らく、ご主人が出かけた三時から、帰宅した七時の間に」警視はいった。「その間、家に誰か来ませんでしたか？」

　クララは彼をちらりと見た。「ええ、シリル・ハウエルが来たわ。いろいろと話し合うために。そう長くはいなかった」

「彼はガレージに入りませんでしたか?」

「シリルが?　まさか。普段はドアも開いていて、車にはキーも挿しっぱなしだわ。でも、彼が入るなんて馬鹿げてる」

「ほかには誰か?」

「トミー・トラヴァースよ。彼は――」クララは言葉を切り、わずかに目を見開いた。「彼も様子を見にきただけよ。何か進展があったかと」

彼女は顔を背け、サイドボードの上の優勝カップをぼんやりと見た。数分前にわたしの頭をよぎったことを、彼女も考えているのだろう。

「ほかにはいないようですね?」コブがいった。

「わたしの知る限りは。執事を呼びましょうか?」

「お願いします」

クララは立ち上がり、少しよろめきながらベルのところへ行った。すぐさま温厚そうな、これといって特徴のない黒服の男が、彼女のそばに現れた。

「お呼びでしょうか、奥様?」

クララは一瞬コブに目をやり、ふたたび執事を見た。「ハル、今日の午後、家の周囲で誰か見なかった?――ミスター・ハウエルとミスター・トラヴァース以外に」

「あの農夫だけです、奥様」

「どの農夫だ?」コブがすかさず尋ねた。

執事は彼のほうを見もしなかった。クララに向かっていう。「バーグです、奥様。たまたま、厩舎の後ろの草地で見かけました。それをお尋ねでしたら――」

「彼が何をしていたか知らないか？」コブが口を挟んだ。

「存じません。ただ、そこに立っているのを見ただけです。家に来るのかと思いましたが、来ませんでした」

「ほかには？」

「いませんでした」

「よろしい」

執事は音もなく向きを変え、姿を消した。

ほとんど間を置かずにコブが立ち上がった。「さて、本当にありがとうございました、ミセス・フォークナー。ご主人のそばについていたいところを、お時間を取らせてすみません」

クララは寛大な笑みを見せた。「ちっとも構わないわ」それから、急に笑みを引っ込めた。「警視、こうお考えじゃないでしょうね――夫が狙われていたわけではないのでしょう？」

彼女の声に、抑えようもない不安がこもっていることに、わたしは驚いた。それまで見たことのないクララを目の当たりにしたのは、この夜三度目だった。コブは何やら曖昧な、要領を得ない言葉をつぶやき、わたしたちは揃って辞した。

ようやくわたしの家まで来ると、わたしは警視を遅い夕食に誘った。しかし、彼は断った。

「まだ仕事がたくさんあるのでね。グローヴスタウンに戻ってからサンドウィッチでも食べるよ。食べそびれるかもしれないが」

彼が去っていくのを、わたしは門のところで見送った。警察官でなくてよかった。少なくともわたしは家に帰り、平和な夕食を楽しむことができる。

ドーンはお風呂に入り、新しいワンピースに着替えていた。鼻の頭がてかてかしているのでそれがわかる。彼女は天使のように素早く飲み物を持ってきた。こんなときには疑ってかからなければいけないことを、わたしは学んでいた。

「疲れてるし、怒ってるみたい、パパ」彼女はいった。「お仕事のしすぎ？」

「年のせいだよ」わたしはそういって、こめかみの白髪を軽く叩いた。

「それがいいたかったの」娘は無情にいった。「でも、ローズマリーが今日の午後に来たの。わたしの部屋の写真を見て、お父さんになったときにはとても若かったのねっていってた。今はずいぶんしょげているように見えるって」

「しょげているとはいってくれるね」わたしは暗い声でいった。

「どっちにしても、あの人はパパが好きだし、わたしはあの人が好きよ」

その言葉は嬉しくもあり、やや驚きでもあった。いつもは、わたしの人生にほかの女性が入ってくることを、ドーンは毛嫌いしていた。わたしは急に衝動に駆られ、屈んで娘のおでこにキスをした。

「わたしもおまえが好きだよ」

この感傷的な一瞬を、娘はただちに利用することにしたようだ。どこにポケットがあるのか、ひどく小さなハンカチを出し、何度もいじり回す。大きく見開いた目は取り入ろうとしているかのようだった。

「ローズマリーとぐるっとひと回りしたんだけど、パパ、彼女は、前にニワトリを飼っていたところの近くがいいって……」

わたしは飲み物をありがたく飲み、話の内容よりも静かな幼い声に聞き入っていた。

「それでね、彼女はとっても安く作ってくれる大工さんを知っているんだって」

「へえ、そうかい？」わたしは上の空でいった。

「ねえ、パパ、飼ってもいいでしょ？　真っ白のと真っ黒のを一羽ずつ飼えば、赤ちゃんが生まれると思わない？」

わたしは飲み物を置いた。「何の赤ちゃんだって？」

ドーンはうっとりしたように目を輝かせていた。

「ウサギよ」彼女はいった。

その後、とても疲れていたので早くにベッドに入ったわたしは、ウサギのことを考えようとした――大きくて、太った、おとなしいウサギのことを。

だが、あまりうまくいかなかった。ときおり遠くで、だがいまいましいほどはっきりと、警察犬の吠える声が開いた窓から聞こえてきた。そしてときおり、それに挑発されたように、近くでケンモアの猟犬たちが吠える声が闇の中に響いた。

犬はまだ吠えている。

IX

日曜日の朝はまばゆく、素晴らしかった。冬のさなかなのに、すでに春の目覚めが感じられた。日の光は暖かく、風は十一月にしては妙に穏やかだった。よくも悪くもない夜だったが、わたしは驚くほどすがすがしく、休んだ気がした。冷たいシャワーの衝撃に四十を目前にした年齢を思い知らされることもあるが、この日はそんなこともなかった。

ドーンは控えめな安息日の服装で朝食の席につき、ホットケーキとソーセージを食べながら、讃美歌やウサギのことをとりとめもなく話した。殺人のことはとても遠いものに思われた。

車に乗り、地元の小さな教会――ケンモア唯一の礼拝所だ――への週に一度の旅に出発すると、それはなおさら遠いものに感じた。信条に関係なく、近隣の人々の大半が日曜の説教に出席した。それはほとんどイギリス的な慣例となり、貧しい者も富める者も、敵も友人も集まって、おおむね一体となった兄弟愛の一時間を過ごすのだ。教会の質素な壁の中では、イライアス・グリムショーとクララ・フォークナーのような敵でさえ、同じ場を共有していた。

ドーンはといえば、この日は非常に信仰心に篤く、罪のない宗教心を大いに発揮していた。元気いっぱいの高揚感とともに讃美歌を歌い、本番でオルガンの音をかき消そうと張り切っていた。

フォークナー家の地所を過ぎるとき、たくさんの男たちが、中央の芝生に隣接した狭い草地に集まっているのが見えた。最初、彼らが何をしているのかわからなかったが、鋤やつるはしが日光を受けて光るのが見え、凍った地面に刺さる音が聞こえた。地面を掘っているのだ。しかし、何のために——それはわからなかった。わたしはどこか不安な気持ちで、警察犬のことを思い出した。

幸い、ドーンは気づいていない様子だった。少なくとも何も訊かなかった。讃美歌を大声で歌いながら、讃美歌第九十二番が歌えることを熱心に祈っていた。

どういうわけか、わたしたちは遅刻してしまった。小さな郡の教会に着いたときにはすでに全員が揃い、礼拝が始まっていた。

「忍び足でね、パパ」ドーンは畏れるように小声でいった。

手に手を取り、わたしたちは床板をきしませて信徒席へ向かった。娘はわたしを先に座らせ、自分は通路に脚をぶらぶらさせられるよう端に座った。

説教師が聖書の一節を読み上げていた。なぜだか、その朗々とした声を聞いて、昨日の恐怖がよみがえってきた。磨き上げられた硬い信徒席に座ったとき、今にもあの不吉な言葉を聞くのではないかという気がした。

イゼベルの肉は、イズレエルの所有地で犬に食われ……

そんな不愉快な考えから、わたしの目はイライアス・グリムショーに向かった。彼はいつもの席に座っていた。教会の壁に飾られた真鍮の記念物を背景にした横顔が、かろうじて見える。険しい、無表情な顔だ。がっしりした顎の下には、硬いカラーと黒い上着の一部が見えた。イライアスは安息日にはいつも厳格な服装をしていた。自分の信徒席で、自分だけのささやかな清教徒的世界を創ろうとしている。

聖書の言葉が続く中、わたしは、あの年寄りの白髪混じりの頭にどんな考えが去来しているか想像しようとした。そして、その鷹のような表情に、人間らしい情を見つけ出そうとした。娘が昨日殺されたんだぞ。わたしは心の中でそういった。彼には何の意味もないのか？　エリヤですら、犬に引き裂かれて横たわるイゼベルの姿を想像すれば、一抹の同情を寄せるに違いないだろうに。

聖書に傾いた気持ちを恥じながら、わたしは父親の隣に座っているウォルターに視線を移した。ウォルターの若々しい背中はまっすぐで、窓の色ガラスを通した光に輝く髪はブロンドだが、にもかかわらず、ふたりは驚くほどよく似ていた。恐らくそれは、鋤であれトラクターであれ、大地と格闘する人生を送ってきた者の、無関心で無慈悲ともいえる気質のせいだろう。だがその日のウォルターは青ざめ、やつれているように見えた。わたしはローズマリーの言葉を思い出した。〝かわいそうなウォルター。お姉さんのことがあんなに好きだったのに〟。恐らく、その厳格さの裏にはある感情が存在するのだろう。それはわたしに、大義のために命を投げ出したソヴィエトの指導者を思い出させた。

娘が発した抑えきれない歓喜の声が、わたしの気を引いた。朗読が終わり、説教師が讃美歌を歌うと告げたのだ。

「これよ、パパ！」娘はささやいた。「第九十二番」

会衆が立ち上がり、わたしは讃美歌集をめくった。オルガンが鳴る——そしてドーンの声が、ときおり裏返りながら、恍惚とした高音で響きわたった。

〝きよきみつかいよ、
　かみをたたえよ……〟

一瞬、ローズマリーと目が合った。彼女はわたしの前の列で、恰幅のよいおじの隣に立っていた。彼女はほほえみ、わたしも笑みを返した。またしても、わが村の教会通いがどれほど完璧なものかと、不思議な気がした。殺人が起こっても、誰ひとり安息日の義務をないがしろにしないとは。

そのとき、わたしはフランシスに気がついた。フォークナー家の信徒席は、わたしの席からかろうじて見えるところで、讃美歌のために立ち上がるまで彼の姿は見えなかった。あれだけさまざまな昨日の出来事の後で、彼がここにいることに驚いた。もっとも、驚くことではないとわかってはいたが。クララと結婚する前はカトリックだったが、改宗した後も、彼は祈りの習慣を欠かさなかった。まだひどく具合が悪そうだったが、きちんとした服装で、妙に落ち着いていた。不屈のクララがいることで、心の荷が下りたのだろう。石の柱を背景にした、クララの単純で人を寄せつけない、馬のような横顔には、力と磁力が感じられた。そして、彼女はそれを他人に伝えることができた。

ドーンは誇らしげに歌っていた。

〝かみにたよる民
つみと死に勝ち〟

それはある意味、ほっとすることだった。

讃美歌が終わると、祈りの前の足音の中、わたしはちらりと後ろを見た。扉の近くの席に、アドルフ・バーグがいた。日曜日の礼拝用の青いセージのスーツを着た彼は、非の打ちどころなくきちんとしていた。髪はグリースで光っている。彼は礼拝のために自分を〝きちんとして、こざっぱり〟とさせていた。アン・グリムショーとの結婚式にも、きっとそうしただろう。またしても、わたしは彼にかすかな哀れみを感じた。

人々がひざまずこうとするころ、教会の扉がそっと開くのが見えた。驚いたことに、トミー・トラヴァースが通路に現れた。このイギリス人はプロヴァースヴィルに住んでいて、わたしたちのささやかな礼拝にはめったに参加しなかった。今日の彼は、ほかの人々と同じように、疲れ、どこか悩んでいるように見えたが、祈りが始まる直前に音もなく席についた。なぜ、よりによってこの日曜日に、彼は姿を見せたのだろう?

祈りが終わり、わたしたちは説教を聞く用意をした。ドーンは背筋をまっすぐに伸ばし、耳を澄ませた。ときおり、わたしの腕に手をやり、わたしがちゃんと聞いているのを確かめると引っ込めた。説教師の声は、今では心地よく思えた。その声は、床の赤いタイルに差す冬の光や、まばらな聖歌隊の白い法衣、頭上の木の天井と、心地よく調和していた。何もかもが平和だった――平和すぎるほどに。

突然わたしは、暴力的な力で現実に引き戻された。これらの真面目な顔のどこかに、殺人者の顔が交じっているという現実に。何があろうと教会通いをするこの村の誰かが、心に大きな罪を抱えたまま、創造主と向き合っているのかもしれない。

わたしはもっとよく考えようと目を閉じたが、ドーンはそれを誤解したようだ。小さな指がとがめるように脇腹をつつくので、わたしは目を開けて、起きていることを伝えなくてはならなかった。

説教は続いた。皮肉なことに、それは罪人への神の慈悲を語るものだった。わたしはまた目を閉じた――だが今度は、本物の眠気からだった。肩を軽く叩かれ、わたしは後ろめたい気持ちでドーンを見た。だが、娘は気づいていない様子だ。まっすぐに前を見て、シリル・ハウエルの禿げ頭にちらちらと映る光のプリズムに見入っている。

また前を向くと、小さな声がわたしの名を呼んだ。

「ドクター・ウェストレイク」

ひとりの少女が通路に立って、こちらを見ていた。見覚えのある顔だが、どこで会ったか思い出せない。手には封筒を持っている。彼女はドーンの安息日用の帽子越しに、それをわたしによこした。

わたしはぼんやりとそれを見て、封筒を開けた。中には短い手紙が入っていた。


すぐにおいでください、先生。また心臓の発作です。

お約束の看護師はまだ来ないようです。

ルエラ・ハウエル

このときまで、約束のことはすっかり忘れていた。わたしは一瞬、医師として自分を恥じた。自分の知る限り、医師の義務を失念したのはこれが初めてだった。

それもこれも殺人事件のせいだ。

今度はわたしがドーンをつつく番だった。怒ったように見る彼女に、わたしはいった。

「ミセス・ハウエルの様子を見にいかなくてはならない。一緒に来るかい、それともローズマリーと家に帰るかい?」

ドーンの黄褐色の目に、驚きが走った。

「お説教の途中で抜け出すの?――パパったら!」

わたしはほほえんで娘の肩を叩き、通路に出た。ミセス・ハウエルのメイド――その顔をどこで見たか思い出した――が待っていた。わたしは彼女に続いて外へ出ると、車でハウエル家へ向かった。

ルルおばさんが深刻な状態でないのはすでにわかっていたが、メイドは経験を積んだ使用人らしい如才なさでそれを裏づけてくれた。しかしわたしは、これほど金になる患者をほったらかしにしたことを後悔していた。そこで、ようやくルエラのベッドまで来ると、わたしは謝罪した。

わたしはただちに診察を始めた。例によって悪いところは見つからなかった。ミセス・ハウエルは信じられないようだったが、わたしは精一杯納得させた。今回は紫のパジャマを着ていて、それは彼女に似合わなかった。それに気づいたためか、あるいは別の理由で機嫌が悪いのかは、わたしにはわからなかった。

「新しい看護師を送ってこないだけじゃないわ」彼女は傷ついたような、重々しい声でいった。「前の看護師の荷物で、いつまでもうちを散らかしておくつもりね！　ああ、先生、本当にひどい夜だったわ！　一瞬たりとも眠れなかった――あの恐ろしい警察犬やら何やらで」

レナード看護師の荷物と警察犬とひどい夜に何の関連性も見いだせなかったが、わたしは和解する義務を感じていた。

「本当にすみません」わたしはいった。「すぐに看護師を探します。しかし、この事件で保安官代理に任命されてしまったので、自分ひとりの体ではないことをご理解ください」それで彼女の気持ちは少し和らいだようだった。わたしは心理学の達人として駄目押しした。「それから、よければレナード看護師の荷物はうちでお預かりしましょう。あなたの目が届かないところで」

ルルおばさんはにっこり笑って、コンパクトに手を伸ばした。どうやら正解だったようだ。彼女は半分謎めかした、半分悪意のこもった表情で身を乗り出した。

「すぐにわたしの家から持っていってほしいわ、先生。どうしてあんな看護師を推薦したのか想像もできない」

「訪問看護師協会は、そのときに都合のつく女性しか送ってこないのです」わたしはうんざりしていった。「それに、彼女は問題ないように思えましたから。推薦状も素晴らしかったし、以前はミセス・トラヴァースの看護をしていました」

「トラヴァース?」またしても、ルエラのマスカラを塗った目を、狡そうな表情がよぎった。「それを聞いても驚かないわ。それに、あの――あのレナードとかいう女の何がわかっても、驚いちゃいけないわ。わたしのいうことを信じてちょうだい。いろいろとあるのよ――」

彼女は言葉を切り、一瞬、頬が赤みを増したように見えた。ふと、わたしは自分の疑惑が当たっていたことに気づいた。ルルおばさんはあの女性のスーツケースを開けたのだ。恐らく、軽はずみな手紙か何かを見つけたのだろう。スキャンダルに歪められるような何かを。

だが、この日の朝は惑わされなかった。噂話を聞く時間はミセス・ハウエルへの請求書に上乗せする習慣になっていたが、殺人事件が起こった今、彼女とだらだら過ごす気にはなれなかった。それに、わたしの時間は自分ひとりのものではない。

ルエラは何とかうまいことアン・グリムショーの話に持っていこうとしたが、わたしは取り合わなかった。メイドが昼食を告げにきたのでほっとした。

ミセス・ハウエルは常に食事を楽しみにしていた。マッシュルームスープとサーモンステーキへの期待で、元看護師の怠慢や死んだ娘へのいかがわしい興味は消え失せてしまったようだ。

わたしは間もなく辞去した。これほど食欲旺盛な患者のそばに医者が長居する理由はない。

礼拝の大部分を逃したわけではなさそうだった。玄関ホールに下りたとき、ドアが開き、ローズマリーとシリル・ハウエルが入ってきたからだ。ローズマリーはどこか上の空でほほえみ、急いで二階へ行ってしまった。わたしはシリルとふたりきりで残された。

「ルエラは大丈夫かね？」彼は穏やかに訊きながら、毛皮のコートをクローゼットの奥に放り込んだ。

「ええ。よくなったようです。今、昼食を召し上がっています」

シリルはうめき声をあげ、抜け目なく目を光らせてわたしを見た。

「食欲は問題ないということか。飲み物はどうだね？」

わたしは喜んで応じ、ふたりして居間へ向かった。太った男性の例に洩れず、シリル・ハウエルも自分が心地よく過ごすことを重視していた。彼が座る椅子はとても贅沢で、たっぷりと詰め物がされていた。

「サー・ベイジルのことは気の毒だった」飲み物が運ばれてくると、彼はつぶやいた。「今日の午後の話はフランシスに聞いているだろう？」

「いいえ。何です？」

「彼はサー・ベイジルの葬儀を盛大に行い、家の前の芝生に埋葬するつもりだ。彼とクララは、わたしたち全員に狩猟服で参列してほしいといっている。きみにもその話があると思う」

それで今朝、教会へ行くときに地面を掘り起こすのを見て、あれほど不吉な憶測が生まれたのか。

シリルは根っからの猟人だ。いつもは楽しげな目が厳粛な表情を浮かべているのを見て、彼もサー・ベイジルに対してわたしと同じ思いを抱いているのだとわかった。

「もちろん、きみも行くだろう?」

「ええ。何時です?」

「二時半きっかりだとフランシスはいっていた。何てことだ! サー・ベイジルは最高の狩猟馬だった。この先ずっと、この辺りには現れないだろう」

わたしも同感だった。わたしたちはしばらく黙って座っていた。やがて、コブとわたしが前日に正式な質問をしなかったのは、この近所ではシリルだけだと気づいた。保安官代理の義務が何なのか、まだよくわかっていなかったが、今はちょうどよい機会だったし、如才なく質問するにはわたしがふさわしいだろう。

「知っての通り、保安官代理に指名されましてね」わたしはいった。「この辺りのことを調べるようにと。協力していただけますか?」

「きみが何をしようと、味方になるとしかいえないね」

「遺体がアン・グリムショーだったのは知っていますね?」

シリルはうなずいた。赤ら顔がさらに少し赤みを増す。ルエラが彼とアン・グリムショーとの仲を躍起になって否定したのを思い出し、自分がいささか難しい話題を切り出そうとしているのがわかった。

「そのことについてはあまり聞いていない」彼はぶっきらぼうにいった。「ローズマリーがアンだといっていた。それだけだ」

「彼女は遺体で発見された三日前から行方不明でした。彼女がどこへ行ったか誰も知りません――父親でさえも」

「三日前？」シリルは驚いたようだった。時間をさかのぼって考えている様子だ。「つまり、水曜日に姿を消したというのか？」

「ええ」

「それはおかしい。何かの間違いか。いいや、間違いない。わたしのいうことに間違いはない。ウェストレイク、わたしは木曜に彼女に会ったのだ！」

「何ですって？」わたしは心底驚いて叫んだ。

「ああ」シリルは丸々とした手を揉んだ。「木曜日だった――」

「でも、どこで？」

ミスター・ハウエルが身を乗り出し、大きな腹で膝がほとんど隠れた。彼は弱々しくほほえんだ。「ルルにはいわんでくれよ。どうなるかわかるだろう――」彼は手振りで結んだ。「いつでもありもしないことを疑っては、興奮し、思い悩んで、神経をすり減らしてしまうのだ」

「もちろん、何もいいません」

「ああ、少しばかり奇妙ないきさつでね。以前はアンのことなどほとんど知らなかった――狩りで会うだけでね。だが、木曜日に、グローヴスタウン方面のトップ・ウッズを馬で走っていると、木立の間からいきなり彼女が姿を現したんだ」

「ええ」わたしは熱心に相槌を打った。

「聞くと、わたしを待っていたのだそうだ。わたしはいつも、午後にはそこを通るので、彼女はその習慣を知っていたのだろう。どうかしたのかと訊くと、土地を売りたいというのだ。すぐにお金が必要なのだと。どうやら、母親の遺言で――」

「ええ、そのことは知っています。間違いありません」

「間違いないって？」シリルはほっとしたように笑みを浮かべた。「いずれにしても、それを聞いて安心したよ。彼女の土地は、グリムショー老人の土地の周辺にある。そこが彼のものでなかったなんて知らなかった。われわれの側には数エーカーあり、フォークナー家の側にはもう少し多くあるはずだ。グリムショーがどんな男か知っているだろう。何年も前から、土地を売ってもらえるよう努力してきた。まるで天から降ってきたチャンスのように思えたよ」

「買ったのですか？」

「まあ、先買権を買ったということだ。彼女は図面と、きわめてまっとうに見える書類を持っていた。もちろん、異例のことだ。しかし、彼女はかなり広い土地を安値で売るといった」

彼は間を置き、辺りを見回した。まるで、ルエラが紫のパジャマを着て、非難するように現れるのを予期したかのように。

「取引はその場で決まったのですか？」わたしは訊いた。

「まあ、全部ではないが。わたしは金を持っていなかったし、彼女は先買権は現金で売ると主張していたからね」

わたしはクララ・フォークナーの話を思い出した。なぜアン・グリムショーは、そんなに金が必要だったのだろう？

「わたしは彼女を家へ連れていこうとした」シリルが続けた。「しかし、彼女は来ようとしなかった。父親に見られるかもしれないといってね。何かを恐れているようだった。わたしは彼女を森に残し、できるだけ急いで戻ってきた。ありったけの現金を持ってね――数百ドルだが。彼女はそれを受け取り、わたしたちは先買権の書類にサインをした。それから、彼女は森に消えた。それが彼女を見た最後だった」

彼はポケットを探り、一枚の紙片を取り出した。

「これがその書類だ。それ以来、ずっと肌身離さず持ち歩いている」

わたしはそれを見た。手書きで、法律にかなったところはひとつもない。シリルは土地ほしさに、金と引き換えにこんなでたらめな書類を受け入れたのだ。アン・グリムショーの幼い、苦労して書いたようなサインに目が留まった。そこには、どこか哀れが感じられた。その金がほとんど役に立つことがないと、彼女が知っていたら……。それとも彼女は、自分を脅かす運命を察し、逃れるためにその金を使おうとしたのだろうか？

「しっかり虫に刺されてしまったがね」シリルは悲しげにいった。「しかし、あの土地を手に入れるためなら、その甲斐もある」

彼の話は荒唐無稽だったが、今では荒唐無稽なことには慣れてしまっていた。そして、それが本当なら、シリルにもフォークナー夫妻と同じく、アンに生きていてほしい理由があることになる。

「彼女がどこから来たか、どこへ行ったか知りませんか?」

「見当もつかない。あのときにもひどく妙だったが、今ではますます奇妙だ」

わたしは彼を見た――くつろいだ、丸々とした体を。血色のよい顔と、すがめた明るい色の目を。

「それで、事件全体に何かご意見はありませんか?」

「何もないよ。クララが昨日の午後にいっていたように、まったく不名誉なことだし、狩りは台無しになってしまうだろう」

「ああ、そうだ! 昨日の午後、クララに会いにいったんでしたね?」

「ああ。なぜだ?」

「何でもありません。ただの確認です。サー・ベイジルを殺した犯人について、何か見ませんでしたか?」

「まさか」シリルは真っ青になった。

わたしはハイボールの最後の一滴を飲み干し、腰を上げた。

「ありがとうございました。このことを警視に伝えても構いませんね? 内密にしておきたい話ではないでしょう?」

「もちろん構わんよ。誰に話してもいい――ただし、ルルを除いて」

シリルはほほえんだ。どこか弁解がましい笑みだった。たまたま、彼の手に目がいった。それはかすかに震えていた。

わたしはすぐに、その現象を説明するさまざまな、ぞっとするような理由を山ほど考え出している自分に気づいた。

それから、わたしは頭の中で犯人を激しくののしった。わたしが保安官代理になって、まだ二十四時間しか経っていない。なのに、すでにわたしは、誰よりも無害な隣人を疑うようになっていた。

X

家に帰るとすぐに、わたしはコブに電話して、シリル・ハウエルから仕入れた情報を伝えた。わたしは自分を誇らしく思い、大っぴらに褒めてもらうことを期待したが、それは裏切られた。コブは黙って聞き、おざなりな礼をいって電話を切った。腹立たしいことに、彼は自分の考えを明かさなかった。

しばらくして、フランシス・フォークナーから電話があり、サー・ベイジルの葬儀に出てほしいといわれた。わたしは参列すると答え、娘を探しにぶらぶらと居間へ行った。

ドーンは紙と鉛筆に没頭していた。近所の人々も、数少ない使用人も、彼女にサー・ベイジルが死んだことを伏せておくだけの思慮深さがあったのは明らかだった。わたしはすぐに彼女の作品を褒める羽目になった。どうやらウサギ小屋の設計図のようだ。非常に凝った、現代風のもので、雄ウサギと雌ウサギで別々の寝室まであった。

「きっときれいよ」娘は熱っぽくいった。「大人になったら、ウサギの飼育家になるの」

「ミスター・フォークナーのように障害馬術の騎手になるのかと思っていたよ」わたしは上の空で感想をいった。「彼のような優勝カップがほしかったんだろう」

娘は少しも気にしていないようだった。天使のようにほほえんでいった。

「あら、ウサギの飼育家だって優勝カップをもらえるわ。今朝、新聞に写真が出てたもの」

娘というのは永遠の恵みだ。けれどもこの瞬間、その実感は二倍になった。どんな種類であれ、殺人事件に取り組もうとする男性には、小さい娘を持つことを勧めたい。彼女たちには、間違いなく物事の釣り合いを取る素質がある。

昼食の後、わたしが正式な狩猟服に身を固めているのを見て、ドーンは驚き、少しむっとしたようだった。だが、わたしは委員会の会合があるとか何とか言葉を濁し、彼女の質問をかわした。それでも納得しない様子だったので、わたしは三羽目のウサギを買ってやると約束してなだめた。伴侶がいないのが気に入らなければ、四羽目を飼ってもいいと。それはうまくいった。

フォークナー家には早く着いた。わたしの車が最初に私道に入り、クララ本人がステップを下りて迎え出た。真紅の乗馬服と鉄灰色の髪、感情を表さない唇は、いつにも増して古い写真めいて見えた。

フランシスの様子を訊くと、よくなったというぶっきらぼうな返事があった。

「サー・ベイジルの死は途方もないショックだったけれど、葬儀が終わればフランシスも立ち直るでしょう。彼が厩舎に倒れていたのを考えると――それに、警察があちこちつつき回したのを」

彼女の口調はつっけんどんで、自信を取り戻していた、昨日の女らしいクララはどこかへ消えていた。ミセス・フォークナーは、ふたたび自分自身とその場を上手に支配していた。

車を降りたわたしは、ランブルシートが完全に畳まれていないのに気づいた。畳もうと押してみたが、うまくいかない。ついにシートを開くと、見慣れないスーツケースがふたつ、その上に置かれていた。

クララはわずかに目を見開いた。

「どこかへ行くんじゃないでしょう?」

何が起こったか把握するまで、しばらくかかった。明らかにルルおばさんが、レナード看護師の荷物の約束を守らせたのだ。今日の午後、シリルと話している間に、わたしの車に積ませたのだろう。

「狩猟シーズンに、ケンモアを離れるわけがないわよね?」クララの鋭い、好奇心に満ちた声がまた響いた。

わたしはランブルシートを畳むのをあきらめた。

「ああ。これはハウエル家にいた訪問看護師の持ち物なんだ。ウェストレイク医師の車のランブルシートには、レナード看護師の鞄があるというわけさ。フランス語の所有格の練習にぴったりだ」

クララの馬のような顔は、依然として理解できないという表情を浮かべていた。そこで、わたしは馬鹿げたいきさつを説明した。彼女は「ルエラらしいわ」といって顔をしかめ、その場を去った。わたしもそれに続いて玄関ホールに入った。

フランシスの姿はなかった。厩舎にいるのだろう。家の中はがらんとして見え、人が死んだかのような厳粛な静けさに包まれていた。ただの馬の死に、こんな雰囲気を感じさせるのは、フォークナー家らしかった。

クララとわたしが陸軍葬の主催者のように堅苦しく、黙って立っていると、外の私道に一台の車が入ってきた。さらにまた一台。わたしたちのささやかな狩猟クラブの関係者が、ひとり、またひとりと姿を現した。その数は驚くべきものだった――半径二十マイルから三十マイルに住む、すべての馬主が来たといってもよかった。サー・ベイジルには大勢の崇拝者がいたのだ。

イライアスとウォルター・グリムショーは、もちろん顔を出さなかった。ルルおばさんもだ。しかし、参列を半ば期待していたのに、見えない顔がひとりいた――トミー・トラヴァースだ。すぐさま、保安官代理の立場がわたしを支配した。なぜこのイギリス人は現れないのか？　だが、わたしは自分を叱りつけた。妻の体を不自由にした馬の葬儀に、トミーが来ないのは当然だ。

最後の車が、厳粛な面持ちの乗り手を降ろすと、クララがわたしたちを集め、霜の降りた芝生の上を歩いて、今朝男たちが地面を掘っていた場所に案内した。太陽は灰色の雲の後ろにしばらく隠れた。天気さえも、コレンソ郡で最も脚が速く、最も愛された馬に敬意を払っているかのようだった。

作業員は非常に手際がよかった。硬い地面にもかかわらず、哀れなサー・ベイジルの墓は広く、深かった。掘り返されたばかりの土は冷たく湿っているようで、穴そのものはとても陰鬱に見えた。わたしは果てしない憂鬱を感じた。馬も人間も――どちらも死んだ後に大した安らぎは得られない。

わたしたちは墓の周りを囲んだ。向かいにはローズマリーがいた。深紅色の乗馬服の上で、彼女の顔は白く、目は大きかった。シリルがその隣にいた。少年のような顔が、全体の厳粛な雰囲気に飲まれている。猟犬係は、堅苦しい様子で下座に集まっていた。上座には、細くがさついた手を体の前で握りしめ、クララ・フォークナーが立っていた。

緋色の乗馬服、白い霜の降りた芝生、黒々とした空っぽの穴は、胸を打つ眺めだった。

わたしたちはみな、フランシスを待っていた。

やがて、沈黙を破って、車のエンジン音が後ろの私道に響いた。振り返ると、長い車体の緑のセダンが近づいてくるところだった。ひと目でトミー・トラヴァースの車だとわかった。すると、結局彼も来たのだ！

車はぎりぎりまでわたしたちのそばへ来た。トミーが車を飛び降り、運転手が続いた。そして、ふたりの男はごく慎重に、低い車椅子を後部座席から降ろした。驚きの声が、会衆の間にさざ波のように広がった。

来たのはトミー・トラヴァースだけではなかった——彼は妻を連れてきたのだ！

トミーが来た驚きは、彼の妻が現れた驚きには比べようもなかった。三年前のあの日、サー・ベイジルに猟場で振り落とされてから、ヘレン・トラヴァースはほぼ全身不随になってしまった。主治医として知る限り、彼女が自分の家と庭から出たのは、これが初めてだった。

しかも、彼女は自分を振り落とした馬の葬儀に来たのだ！　それはドラマチックで、驚くべきことだった。

長くて低い車椅子は、今や芝の上に降ろされていた。運転手に車で待つようにうなずきかけ、トミーはそれを押してわたしたちのところへ来た。とっさに人々が後ろへ下がり、道を開ける。車椅子は墓穴の縁まで来た。トミーは片手を取っ手に、片手を妻の肩に置いて、その場に立った。

ふたりでいると、トラヴァース夫妻は驚くべき、どこか悲劇的な夫婦に見えた。瘦せた体にぴったりしたイギリス風の狩猟服を着て、熱っぽく目を輝かせているトミーは、活気にあふれて見えた。そしてヘレンは……。

ヘレン・トラヴァースを描写するのは難しかった。かつての彼女は村を引っ張る性格だった——明るくて、無鉄砲で、献身的な夫だけでなくケンモアの誰からも愛されていた。そして事故が起こった。それは突然の、恐ろしい出来事だった。わたしたちはみな、彼女が死に、この先に待っている人生を経験せずに済むことを祈った。だが、彼女は生き延び、そしてある意味、昔のままのヘレンだった。勇気を殺すのは難しい。

だが、車椅子に座った青白い肌の女性を見て、三年前の若く陽気な彼女だとわかるのは難しかった。ヘレンの美しさは変わらなかったが、今では穏やかな、修道女のような美しさに変わっていた。地獄を見ながらも、人間として最小限の傷しか負わずに脱してきたかのようだ。だが、わたしは彼女を見ると、決まって痛々しさを感じた——あれほど機敏だった女性が腕一本動かせないのを見ると。

ヘレン・トラヴァースの登場によって、その場の雰囲気に緊張が加わった。人々が何を考えているかがわかった。わたしも同じことを考えていた。なぜ彼女は、この午後に現れたのか？　精神分析医なら、たっぷりと時間をかけて理論化したことだろう。復讐コンプレックス、つまり、自分の人生をめちゃめちゃにしたものの死を見届けたい病的欲求といったことを口にするだろう。だが、わたしはただの田舎医師だ。ヘレンにそうしたものは感じられなかった。

沈黙は深かった。やがて、背後の厩舎のほうから車のエンジン音が聞こえてきた。振り返ると、塗り替えたばかりの干草運搬用のトラックが、芝生を横切ってゆっくりとこちらへ近づいてくるところだった。運転台にはフランシスがいた。赤い上着が、急に差してきた日に明るく照らされた。

ほとんどの人には、すべてが滑稽な場面に見えることだろう。大の大人が集団で馬の墓を囲んでいるのだから。仰々《ぎょうぎょう》しい退廃だ！　だが、これは滑稽でも、仰々しくもなかった。猟人は変わった感情表現をするものだ。これは単なる馬の葬儀ではない。意思表示だった——フォークナー家とケンモアの人々が、はっきりと口には出さないやり方で、平和な近隣に突如として入り込んできた残忍な暴力への衝撃と嫌悪を表しているのだ。サー・ベイジルは狩りの象徴にとどまらなかった。彼は正義と良識の象徴でもあった。誰かに——恐らく、この小さな集団のどこかにいる誰かに——気まぐれに冒瀆された、正義と良識の象徴だ。

トラックはわたしたちの真横まで来ていた。真っ青な顔で、唇を引き結んだフランシスは、トラックの後部が墓に向くようバックした。荷台では、磨き上げられた木の台の上に、サー・ベイジルが横たわっていた。クララの家の紋章の入った紫色の馬用毛布に覆われ、その姿は見えない。ゆっくりと、猟犬の飼育員が前に出て、おもむろにトラックの荷台を傾けはじめた。フランシスが運転席から飛び降り、それに加わる。

ヘレン・トラヴァースが口を開いたのはそのときだった。静かで柔らかな声が深い沈黙を破り、誰もが彼女を振り返った。

「毛布を少し上げてくれない、フランシス？　長いこと、ベイジルを見ていないものだから。見たいの——もう一度だけ」

つまり、そんな単純な理由だったのだ。しかも、胸を打つ理由だった！

フランシスの指が、毛布をそっとどけた。サー・ベイジルの漆黒の頭部が、日の光を受けて輝いていた。死んでもなおつややかで、堂々たる姿だった。

ヘレンはそれを見た。かすかな、悲しげな笑みが、唇の端に浮かぶ。きっと思い出しているのだろう……。

「ありがとう、フランシス。感傷的なのはわかっているわ。でも、確かめたかったの。彼が——変わっていないことを」

彼女が話している間、わたしはその夫をちらりと見た。トミー・トラヴァースの口元はこわばっていた。目には奇妙な表情が浮かんでいる。馬に恨みを抱くのは子供っぽいことだとヘレンは学んでいた。だが、トミーもそうなのかどうかはわからない。

飼育係は馬の遺骸を墓に下ろそうとしていた。フランシスも自ら毛布をつかんでそれを手伝い、最後に、未練を残しながら手を離した。あっという間にそれは終わった。

サー・ベイジルは安息の地を見つけたのだ。

わたしたちは一様に無言で、身動きもせず立っていた。続いて狩猟用ラッパの音がした——追悼のラッパだ。なぜだかわからないが、それはわたしの胸を打った。ほかの人たちも同じだったろう。ローズマリーが不意におじの腕をつかんだ。クララは両手を見下ろした。

長い沈黙が続いた。誰も口をきかず、動きもしなかった。わたし自身は、アドルフ・バーグが近づいてくるのに気づかなかった。ほかの人々もそうだったと思う。彼がフランシス・フォークナーの後ろに立って、墓穴を見下ろしているのに、わたしたちはだしぬけに気づいた。

彼の何かが、わたしたちの注意を惹いた。今も日曜日用の青いスーツを着て、グリースを塗った髪が日差しに光っている。きちんとした服装と、自暴自棄な、凶暴といってもいい目つきとが、はっとするような対照をなしていた。

「馬か！」彼はごく小さな声でいった。「馬のためにはずいぶん気を遣うんだな、え？　馬が死んだら葬式をやって、きれいな着物を着せてやるわけだ」

彼はよろよろとフランシスのそばへ行った。酔っているのがわかる。だが、それだけではなかった。彼は夢の中にいるようにぼうっとして、放心状態でいるようだった。

「ああ、馬が死んだら、あんたたちは泣くんだ。だが、昨日遺体で見つかった娘のために、何をしてやった？　アンは何をしてもらった？　みんなが集まって葬式でもしたか？」彼は髪をかきむしり、ヒステリックに笑った。「警察犬の群れ。彼女が得たのはそれだ――警察犬の群れだ」

フランシスは真っ青になっていた。猟犬係は油断なく指示を待った。だが、やはり誰も、何もしなかった。わたしはバーグのそばへ行き、腕をつかんだ。

「やめるんだ。自分が笑い者になるだけだとわからないのか？」

彼は蠅を追い払うように、わたしの手を振り払った。

「ああ、あんたたちはあの娘を好きにして、飽きたら殺したんだ。切り刻んで――忘れた」彼は驚く人々を見回した。誰ひとり、開いた墓穴の周りを動かない。「逃げられると思っているんだろう。だが、おれは見つけ出す。見つけ出して――殺す」

「なあ、帰ったほうがいい」

フランシスが振り返り、彼と向き合った。一瞬、ふたりの男は六インチと離れていないところに立った。フランシスは背筋を伸ばし、断固とした態度だったが、バーグの巨体を前にすると小さく見えた。

「フランシス」わたしは警告した。「下がるんだ。彼は自分のしていることがわかっていない。感情的になっているんだ」

ふたりとも聞く耳を持たなかった。お互いしか目に入らないかのように睨み合っている。

「フランシス！」今度はクララの声だった。このときまで、彼女はヘレン・トラヴァースの車椅子の向こうに立ち、冷たい目で唇をきつく結んでいた。だが、今では急に命を吹き返したようだ。彼女は前に出て夫を押しのけ、バーグを見上げた。両手で乗馬鞭をいじっている。

「出てって」彼女は静かにいった。「わたしたちの土地から出てって」

大男は彼女をぼんやりと見下ろした。徐々に、相手が誰だかわかったようだ。

「クララ・フォークナー」彼は侮蔑に満ちた低い声でいった。「あんたが始めたんだ。やつらをここへ連れてきた――やつらみんなを」

わたしはクララが鞭をいじっているのを見た。その顔は襟飾りと同じくらい白かった。と、彼女は腕を振り上げ、彼の顔を鞭で打った。

バーグは後ずさりした。口元が、泣き出す寸前の少年のようにくしゃくしゃになる。それから荒々しく、狂ったように笑い出した。

またしても鞭が飛んだ。紫色の筋が二本、彼の頬に走った。彼はしばらく口を半開きにして立っていた。それから小さくため息をついた。首を振り、周囲を見回す。驚いたことに、今では彼の顔には気まずそうな表情しかなかった。わたしたちひとりひとりを順に見た後、彼は地面に目を落とした。

「悪かった」彼はつぶやき、不意にきびすを返した。「悪かった」

気まずい沈黙が流れた。やがて、ヘレン・トラヴァースがまた口を開いた。彼女は穏やかな、優しいまなざしで、若い農夫を見ていた。

「悪かったと思わなければいけないのはわたしたちのほうよ。実際、そう思っているわ。それは信じてちょうだい」

バーグは彼女を見てほほえんだ。静かな笑みが、無表情だった農夫の顔に不意に現れた。足早に去っていく彼を見ながら、わたしはあることを確信していた。あの男はアン・グリムショーを愛していた。殺したのが彼だといわれても信じられたが、彼がアンを情熱的に愛していなかったとは信じられなかった。

コブが待っているのではないかと半ば予期しながら家に戻ったが、彼はいなかった。ある意味、ほっとした。しばらく何もかも忘れるのはいいことだ——この数時間で思い出そう。医師としては当面仕事にならないだろうが、家庭の日常は多少なりとも普通に続いていることを。

わたしは苦労してレナード看護師の鞄を玄関ホールに運び、それからドーンを探しにいった。娘はまだお絵描きをしていたが、今回は想像力が暴走しているようだった。わたしの一番高級なメモ用紙いっぱいに、妙な丸やしみのようなものを描き、それをウサギだといった。

ミセス・ハウエルのために看護師を呼ぶことを考えたが、訪問看護師協会は日曜日が休みだということを思い出した。好むと好まざるとにかかわらず、ルルおばさんは明日まで待たなくてはならない。

今のところは寝るしかないように思えた。わたしはこの機会をありがたく利用することにした。部屋はとても静かだった。警察犬は遠くで仕事をしているのだろう。この恐ろしい出来事が始まってから初めて、彼らの鳴き声に安息を邪魔されずに済んだ。

目覚めたときには、夕食の時間が迫っていた。お腹が空いているドーンはわたしを急かせた。わたしは急いだ。ポーラがいつも日曜の夕食をたっぷりと食べていたことを、わたしは少し悲しい気持ちで思い出した。これもまた、新たな遺伝の証拠だった。

コーヒーを飲み終えようとしたとき、シリル・ハウエルから電話が来た。狩猟クラブの委員が、今夜、彼の家で緊急会合を行うとのことだ。彼はわたしにも出席してほしいといった。今年の委員は、シリル、フランシスとクララ・フォークナー、トミー・トラヴァースだが、名誉委員として出席してほしいと。

なぜだか、狩猟クラブのことがとても遠い、取るに足りないことに思われた。わたしは疲れているといいわけし、電話を切った。

その夜は、家庭的な幸福に包まれていた。ドーンは何やら得体の知れない装飾品を編んでいた。クリスマスプレゼントにしてわたしを驚かせるつもりなのだろう。彼女がせっせと編み物をしている間、わたしは日曜版の新聞に目を通し、近所の悲劇をよそに、世間ではいつものように銀行強盗や離婚、危機や紛争が起こっているのだと自分にいい聞かせた。

九時ごろになるとドーンは寝室へ引っ込んだ。どんな意味かはわからないが、わたしから〝十五分くらい〟ベッドで本を読んでもいいという約束を取りつけて。昼寝をしたのに、わたしは疲れていた。それから一時間もしないうちに、わたしも二階へ行った。

わたしはほとんどすぐに眠りに落ちたに違いない。自分の部屋も、ベッドも、何も考えられず、ただ無意識の世界へと滑り込んでいく心地よい眠気しか感じられなかった。しかも、ぐっすりと眠っていたようだ。後からドーンがいうには、起こすのにずいぶん苦労したらしい。低くかすれた娘の声が、少しずつ夢に忍び込んできた。寝返りを打って見上げたとき、彼女が緊張した小さな幽霊のようにそこに立っていたのを覚えている。

「パパ、パパ、早く!」彼女が耳元でささやき、柔らかい髪がわたしの頭をかすめた。「起きて、パパ！」

「な、何だ？」わたしは、思いがけなく夢を邪魔されたことに少し腹を立てながら訊いた。

「泥棒よ」ドーンは警戒しているというより興奮しているようだった。「本物の泥棒よ。本当にいるの。しばらく外を歩き回っているのが聞こえて、それから、居間の窓がキーっていったの――開けるとき、そういう音がするでしょ」

わたしはすぐに跳ね起き、ガウンを羽織った。ドーンは適当なことをいって人を起こすような子供ではない。

ふたりして、忍び足で階段の下り口まで来た。わたしは耳を澄ませた。階下は静まり返っていた。本当にそうだろうか？　ドーンがわたしの手を握り、わたしはそれを聞いた――静かな、こっそり動き回る足音を。彼女のいう通りだ。何者かが下を歩き回っている。しかし、いったいなぜ、わたしの家なんかに押し入るんだ？　わずかばかりの銀器や狩猟のトロフィー、ポーラの形見のロイヤルクラウンダービーの磁器のために、一年を刑務所で過ごす危険を冒そうとする人間がいるだろうか？

「聞いた、パパ？」

「ああ」わたしは彼女を手で下がらせた。「バスルームに入って、鍵をかけておくんだ。決して下へ行かないように」

「わかった」答えは闇に消えていった。続いて、何かが手に押しつけられるのを感じた。メロドラマのようだが、娘はわたしのために古い鴨撃ち用の銃を持ってきたのだ。

わたしは裸足だったので、足音を立てずに階段を下りることができた。最初は、目の前に何が出てくるかに気を取られていて、娘がいうことを聞かなかったのに気づかなかった。首の辺りに静かな息づかいを感じたときには、何をするにも手遅れだった。わたしは娘の背中を押したが、彼女はお構いなしだった。もう一度押した。しかし、無駄だと気づくべきだった。娘は明らかに、ウサギと同じくらい泥棒に心を躍らせていた。

そろそろ玄関ホールまで来ていた。ふたたび、辺りは静まり返った。しかし、忍び足で居間へ向かうと、また音が聞こえた——静かなすり足の音。そして、沈黙。

「誰だ?」わたしは大声でいった。

返事はなかった。ドーンがそばへ来て、小さな手でわたしの手を握った。

「誰だ?」わたしはまた叫んだ。

混乱した、何かにつまづくような音がした。テーブルが引っくり返り、リボルバーの銃声が闇を切り裂く。ドーンが小さな悲鳴をあげてわたしにしがみついた。娘のほうを振り向いたとき、何かが壊れるような音と、外の芝生に重いものが落ちる音が聞こえた——そして——沈黙が訪れた。

「ドーン!」わたしはまったくの、絶望的なパニックに駆られた。「ドーン——怪我はないか?」

「ないわ、パパ」落ち着いた返事があった。「大きな音がしただけ」

彼女はわたしのそばを離れ、すぐに明かりをつけた。窓のひとつが開いていた。わたしはそれに駆け寄り、見通すことのできない真っ暗な芝生を見た。

「気をつけて!」ドーンが急に叫んだ。「窓から離れて! 姿を見られちゃう。また撃たれるかも」

驚くべき冷静さに圧倒され、わたしは従った。割れた音の原因を探って辺りを見回すと、窓の下枠に並んだポーラの磁器のボウルが目に入った。そのひとつが絨毯の上に落ち、粉々になっていた。ドーンはわたしの隣にいた。大きな笑みを浮かべている。「楽しくない、パパ？　何か盗まれたの？」

わたしは精一杯険しい顔で娘を睨みつけた。「こんなふうにいうことを聞かない自分を恥ずかしく思いなさい。殺されていたかもしれないんだぞ」

ドーンは嫌になるほど釣り込まれてしまう笑い声をあげた。「面白い顔、パパ。それに、ガウンが裏表だよ」

「おまえだって」わたしは父親としての威厳を捨てていい返した。「怯えた猫みたいだ。銃声がしたとき悲鳴をあげたじゃないか」

ドーンは口を尖らせた。「そんなことないもん」

「ある」

「ないもん」

夜中の一時に娘とやり合うのは、とても楽しく、家庭的なことだったが、たった今、泥棒に入られたばかりなのだ。何かしなくては。わたしはすぐに、いわゆる貴重品をしまった場所に駆けつけた。すべて揃っていた。家の中を隅々まで見て、なくなっているものがないか探した——だが無事だった。侵入者は、ただうろつき回るために押し入ったかに思える。実に奇妙な泥棒だ。

十分後、わたしは階段に座って考えていた。何となく傘立てに目が留まったとき、驚きととももにまったく疑ってもみなかったことに気づいたのだ。レナード看護師の鞄が消えていたのだ。

最初のうち、この否定しようのない事実を何とも解釈できなかった。ようやく、ゆっくりと、もっともらしい説明が生まれ、それがまったく新しい展望を開いた。コブとわたしはこれまで、怪しい人物や動機がないかと近隣を探した。すべての人に話を聞いた。ただひとり――しばらくの間この近所にいて、去っていった、目立たない訪問看護師を除いて。

ルルおばさんの家で何度か見かけたレナード看護師のことを思い出した。ブロンドで、物静かで、人を安心させる感じの女性だった。彼女が犯罪にかかわっているはずがない。それは馬鹿げている気がした。それでもミセス・ハウエルは、彼女に関して悪意のあることをほのめかしていた。そして――ここで、わたしの頭は新しい手がかりをつかんだ。レナード看護師は鞄にやけに執着しているようだった――それが開けられないことに。遺体が発見されたまさに翌日、彼女はミセス・ハウエルにあの電報を送っている。何か不吉なもの――謎の手がかりとなるものが、ずっとあの鞄に入っていたということがあるだろうか？　わたしは警察犬と成果のない捜索のことを思い出し、かすかに身震いした。

ドーンは上の屋根裏部屋を探し回っていた。ほかにも泥棒がいるのではないかと、のんきに期待しているのだろう。やがて、後ろの階段を下りてくる足音がした。

わたしは素早く立ち上がった。「ドーン、玄関ホールにスーツケースがあったのを見てなかったか？」

娘は澄ました、遠くを見るような顔をした。何か後ろめたいことがある顔だ。

「知っているんだろう」わたしは責めるようにいった。「ありふれたスーツケースがふたつ」

「ありふれたスーツケースがふたつ」ドーンは急に思い出したようにいった。「ああ、それなら、庭師の洗面所にあると思うわ」

真夜中にそんな話を聞こうとは思わなかった。

「庭師の洗面所？」わたしは呆然と繰り返した。

「あのね、パパ」娘は説明した。「今日の午後、パパが寝ている間に〝旅行ごっこ〟をしていたの」

明らかにそれですべて説明がつくと思っているようだ。わたしはもっと詳しく話すようにいった。

「だから、旅に出るの。キッチンが駅で、ワシントンのホワイトハウスへ行くところなの。列車が遅れて、長い時間待たされたから、荷物を預けたの」彼女は落ち着き払ってわたしを見た。「庭師の洗面所が荷物預かり所なの」

わたしはそれ以上待たなかった。見るからに驚いている娘をよそにキッチンを走り抜け、後ろでガウンをはためかせながら外の洗面所に向かった。明かりをつける。ドーンのいった通りだ。レナード看護師の鞄は、結局盗まれてはいなかった。

わたしはそれをキッチンに運び、ドアを閉めた。最初に感じたのは後悔だった——輝かしく登場した新しい容疑者は、結局、殺人の容疑者ではなかった。だが、二つ目の説明には納得がいった。やはり、泥棒はあのスーツケースを探していたのだ。それなら、盗られたものがないことも、どうしても必要ではないのに発砲するほどの覚悟があったのもわかる。そいつはとても大事なものを探していて、その大事なものは、わたしの家にはなかったということだ。わたしはふたつの

〝あいふれたスーツケース〟を見ながら、その確信が強まるのを感じた。あの物静かで控え目なレナード看護師は、本当はこの事件で途方もない重要性を持っているのかもしれない。そして結局、ドーンが泥棒の目的を妨げたのだ。

そのとき娘が来て、お茶が飲みたいかと訊いてきた。いい考えに思えたので、お茶を淹れてもらうことにした。ドーンは忙しく動き回り、やかんに水を入れ、彼女には高すぎる棚からティーポットを出した。わたしは彼女を見た。

「おちびちゃん、おまえは何でもできるんだろう。合鍵で鞄が開けられるかい？」

娘は青と白のティーポットを手にしたまま動きを止めた。「パパ、人のものを開けるんじゃないでしょうね？」

「そうじゃない」わたしは嘘をついた。「自分の鞄だけれど、鍵をなくしたんだ」彼女はまだ疑わしそうだったので、少し発破をかけてみた。「結局、開けられるほどお利口さんじゃないんだな」

馬鹿にするようにいう。

「お利口さんじゃないって！」彼女は叫んだ。目が危険な光を帯びる。

「じゃあ、証明してくれ」

わたしの児童心理学はうまくいったようだ。娘は自尊心が危機に瀕しているのを感じたらしい。しばらくの間、針金を曲げてせっせとほじったり、つついたりした。何も起こらなかった。さらに針金で探ると、ついに片方の鞄の留め金が開いた。ドーンは鷹のような目でふたつ目の鞄に飛びつき、何とか同じ奇跡を起こした。

「悪かった」勝ち誇ったように見上げる娘に、わたしは謙虚にいった。「悪かった。馬鹿にしたことを謝るよ」

ドーンは立ち上がり、寝間着を上品に直して、髪を撫でつけた。「どういたしまして。実は、そう難しいことじゃなかったの。だって、鍵はかかっていなかったんだもの」

この痛烈な反撃を残して、彼女はやかんの様子を見に行った。

鞄を見下ろしながら、わたしは例の気まずい思いが戻ってくるのを感じた。中を調べたくてたまらないが、何となくためらってしまう。警察犬の記憶がわたしを悩ませるのだろう。だが、わたしは気をしっかり持ち、鞄を持ち上げた。

「これを二階へ持っていく」わたしはドーンにいった。「お茶の用意ができたら呼んでくれ」

娘はうなずき、わたしはやかんを見ている彼女を置いてその場を離れた。

部屋に入ると、わたしはスーツケースをベッドの上に放った。どちらも中くらいの大きさで、ごくありふれた合成皮革でできていた。こんな平凡な品を探るのが馬鹿馬鹿しく思えた。娘が好奇心を刺激されたときのことを考えてドアに鍵をかけ、ひとつ目の鞄の留め金を外した。

そこには服がぎっしり詰まっていた——種々雑多な、特徴のない婦人服だ。レナード看護師は急いで出ていったのか、それともだらしない性格なのか、ベッドの上に広げた衣類はしわくちゃだった。服のほかには洗面用具、本が二冊ほど、さまざまな瓶類と替えの白衣が入っていた。

どこも怪しいところはなさそうだった。次の鞄を開けたが、同じようなものが、同じように乱雑に詰めてあるだけだ。

ふと気がついた。こんな乱雑な詰め方をしたのは、レナード看護師ではなくルルおばさんなのではないか。彼女は下品な好奇心から鞄を開けたのではないかと、前々から思っていたのだ。漠然とした期待とともに、わたしはくしゃくしゃになった下着を探った。かなり手さぐりしたところで、何か固いものに手が触れた。引っぱり出してみると、小さな葉巻の箱だった――シリル・ハウエルが使っている銘柄だ。蓋を開けてみると、紙の束が入っていた。わたしは熱心に目を通した――オレンジ一ダースのレシート、何かの生地三ヤード分の請求書、格安シルクストッキング店のチラシ、そして最後に――一枚の封筒。

宛名はミセス・ハウエル方、レナード看護師となっていた。日付はごく最近だった。文字は詰まっていて、どこか見覚えがあった。特に目立った特徴はなく、それだけに怪しく思えた。レナード看護師はなぜわざわざ、空の封筒を取っておいたのか？　手紙を取っておきたいのなら、中身も取っておくだろう。手紙を処分したければ、封筒を取っておく理由はない。しばらくして、わたしは疑う余地のない結論に達した。レナード看護師は手紙を入れていたが、ルルおばさんがそれを見つけ、読み、抜き出したのだ。それが唯一、この状況を説明するのに筋が通っている。ルエラ・ハウエルの詮索《せんさく》好きな好奇心が報われたのだ。

今朝の彼女の独白が、切れ切れに頭に浮かんだ。

〝あのレナードとかいう女の何がわかっても、驚いちゃいけないわ〟

ミセス・ハウエルは結局のところ、本当に重要な情報を手に入れたのだ。今朝、彼女にもっと話を聞かなかった自分は、何という愚か者だろう。レナード看護師が事件に何らかのつながりがあるとわかっていたら……。

わたしは泥棒と、彼の異常な行動を思い返した。彼の行動！　どうして侵入者を男性と決めつけたのだろう？　レナード看護師本人が、必死に鞄を取り返そうとしたのではないか？　もしそうなら、それほど取り返したかった鞄の中には何が入っていたのか？　たぶんあの封筒に入っていた手紙だろう。すでにその中にないことを知っているのは、ミセス・ハウエルだけだ。あるいは、別のものかもしれない……。

大いに発奮して、わたしはふたたび、ベッドの上の服の山を徹底的に探った。ストッキングを裏返し、ブラウスをひねり回し、服の袖ぐりに触って隠しポケットがないか調べた。わたしが彼女の服に何をしているかを見たら、レナード看護師の衛生本能は大いに激怒するだろう。

わたしは熱心に探り続け、とうとう最後の服になった――汚れた制服だ。左のポケットは無駄に終わったが、右は――。ほとんど信じられないことに、自分の手がかさかさしたものに触れた――紙片だ。

わたしはそれを引っぱり出し、熱心に読んだ。直感に従っただけなのに、こんな目覚ましい成果を挙げるとは思ってもみなかった。

わたしの手の中には、タイプ打ちの短いメモがあった。わたしはそれを読んだ。だが頭では、一瞬、目で見たものが信じられなかった。あまりにも荒唐無稽だったからだ。

暇乞《いとまご》いをするより解雇されるほうがいい。そのほうが怪しまれない。金曜の昼に家を出て、いつもの場所で会うまで、人目につかないところにいてくれ。手はずはすべて整っている。そのころには計画は完了しているだろう。それが終われば、金の心配はなくなる。きみの分はたっぷりある。

この信じがたい手紙のおかげで、今夜の出来事がはっきりした。なぜ泥棒があれほど熱心に鞄を取り返したかったたか、今ならわかる。発覚したり、捕らえられたりする危険を冒すくらいなら発砲もいとわないほど必死になっていた理由が。そして、レナード看護師が共謀しているという明確な証拠がここにある。彼女を近所の人間に紹介した責任は自分にもあると思うと、わたしは気が滅入った。

わたしの心に湧き起こった問題はあまりにも大きく、あまりにも手に負えなくて、こんな夜中にひとりで取り組むことはできなかった。わたしはできるだけそれを頭から追い払おうとした。それでも、誇らしい気持ちが忍び込んでくるのを感じずにはいられない。確かに、この驚くべき情報は、まったくの偶然で手に入れたものだ。もっと気をつけていれば、ミセス・ハウエルからその重要な情報を引き出せていたかもしれない。だとしても、この保安官代理が、気高い地位にふさわしい働きをしたのは間違いないだろう。

手紙と封筒をポケットに入れた後に、最初に浮かんだ理性的な考えは、ドーンに見られる前にこれらの服をどこかへ隠すことだった。次に浮かんだのはコブに電話することだ。今、最も差し迫った任務は、レナード看護師の居場所を突き止めることだった。それは明らかに警視の仕事だ。

わたしはふたつの鞄に元のように服を詰め、ベッドの下に入れた。続いてベッド脇の電話へ向かい、グローヴスタウンに電話した。電話に出た警視の声は低く、機嫌が悪そうだった。

「金曜の夜以来、初めて眠れたところで起こしてくれたな」

「それは気の毒に。だが、報告があるんだ。家に泥棒が入って発砲し——それから、とても重大なことがわかったんだ」

受話器の向こうから、大きな欠伸が聞こえてきた。

「それだけか?」

「それだけじゃ足りないのか?」

「朝まで待てるだろう」

「しかし、これは今までに起きた一番大きな出来事だ。わたしは——」

「きみは泥棒に入られ、発砲され、とても重大なことを発見したんだろう。ちゃんと聞いてるよ。しかし、もう夜中の三時近い」

「じゃあ、来ないのか?」

「きみ自身が保安官代理じゃないか、ウェストレイク。朝まで何とかできるだろう」コブの声から、場に不釣り合いな軽薄さが消え、ひどく険しくなった。「朝一番にそっちへ行く。今夜はもう何も起こらないだろう。それに、今行っても頭が働かない。この事件で何らかの進展を望むなら、みんな少しは寝なくては」

彼は受話器を置き、わたしもそうした。じれったい気持ちだったが、彼の考えにも一理ある。

わたしはあまりにも熱心で、素人すぎるのだろう。鍛えられたプロは、そのままにしておくのが一番だと知っているのだ。

わたしはドアへ向かい、鍵を開けた。そのとき、ドーンのとがめるような声が、階段の下に大きく響いた。

「何度いわせるの――お茶よ！」

XII

ドーンが淹れてくれた、待ちに待ったお茶を飲んだ後、わたしはベッドに戻った。もう四時近くで、平和な安息日に慌ただしく動き回ったために、わたしは疲労困憊していた。この日、唯一よかったのは、一日が終わったことだ。その考えに慰められたまま、わたしはシーツを引っぱり上げ、深い眠りに落ちた。

だが、その後に何が待ち受けているかを知っていたら、これほど簡単に眠りには落ちなかっただろう。後からわかったことだが、その三十分後、わたしは眠気でぼんやりした頭に響きわたる千の火災報知器にも似た音に起こされた。わたしはうめき、身じろぎした。ふたたび音がした。脳の中で鳴っているかのようだ。目を開けると、見慣れた家具の黒っぽい輪郭が、わたしの意識を引き戻した。また電話の音がしたとき、わたしは起き上がり、受話器を耳に当てた。

「もしもし」

「もしもし、もしもし……ドクター・ウェストレイク？……先生なのね？　ああ、よかった！」

その声は張りつめ、ヒステリー寸前だった。すぐにルルおばさんだとわかった。彼女が真夜中に想像上の病にかかる癖を知っているわたしは、驚いたというより腹が立った。今はルルおばさんの面倒を見ていられない。

「どうしました？」わたしは不機嫌にいった。「具合が悪いのですか？」

「いいえ。それよりも悪いことよ」電話の声が、ささやくように低くなった。「信じてちょうだい、ドクター・ウェストレイク――信じてくれなきゃ駄目よ。最初にそれを聞いたとき、シリルを呼んだのに、部屋にいなかったの。わたしは待ち続けたわ。眠れなかった。すると、もう一度聞こえたの。わたしは飛び起きてローズマリーを呼んだ。でも、あの子はすべてを笑い飛ばした――わたしの想像だといって。それが二時ごろのことだったわ。そして今、またなの。それで電話したのよ。先生と話すと落ち着くから――お願い――」

「何の話をしているんですか？」わたしは激怒していった。

「何時間も前から、誰かが家の周りをこっそり歩き回っているの」彼女は小声でいった。「私道で足音が聞こえたの。一階の窓のどこかから侵入しようとしているに違いないわ。わたしが明かりをつけるたびに、こっそりと遠ざかっていく足音がするの」

「どうしてシリルか使用人を起こさないんです？」

「無理よ」ルルは泣きそうな声でいった。「シリルはまだ部屋にいないの。それに、誰も信用できない。わたしはあることを知っているの――わたしが知ったら危険なことを。そして、シリルが知ったらもっと危険なことを。だから、先生に来てほしいの」

　どうやらルエラは、わたしの身に危険が及ぶ可能性についてはあまり心配していないようだ。わたしは笑い声に似た声を出したのだろう。彼女はすぐさまこういった。

「あなたは笑って、わたしを神経質だというでしょう。でも、わたしは恐ろしいことが起こるのを知っているの。金曜日の夜、犬が吠えるのを聞いて何かが起こるとわかったように、これも確かなことなの。わたしには霊感があるのよ、ドクター・ウェストレイク。誰かに追われているのがわかるの。その理由も」

　彼女はわたしを驚かせたまま、言葉を切った。彼女の声には、それまで聞いたことのない、怯えた真剣さがあった。わたしはつい信じそうになっていた。彼女がまた話しはじめたときには、完全に信じていた。

「わかるでしょう、ドクター・ウェストレイク」彼女は静かにいった。「わたしは、あの恐ろしいことをしたのが誰だか知っているの。その理由もわかっている。ベッドに横になりながら答えを出したのよ。まだ警察には伝えていないわ。あまりにも――あまりにも恐ろしく、信じがたいことだから。でも、先生の助言が必要なの」

「もう少し大きな声で話してください」彼女の声はほとんど聞き取れなくなっていたので、わたしは怒鳴った。

「駄目よ――電話では」彼女はささやいた。「でも、レナード看護師の鞄のことなの。わたしはそれを開けて、手紙を見つけたの。誰かが、わたしに見られたと思ったに違いないわ。それで、ここに侵入しようとしているのよ。早く来てくれないと、わたしは殺されてしまうわ、ドクター・ウェストレイク。数分前にあの足音が聞こえたの。わかるの――」

彼女は間を置いた。また話しはじめたとき、その声には間違いなく恐怖があった。

「足音がする――今、家の中にいるわ――ドアの外に――ああ、どうしよう――」

長く恐ろしい沈黙が訪れた。続いて、引き伸ばしたひとことが、甲高い悲鳴に変わった。

「レナー――ド！」

電話の向こうからくぐもった音がした。受話器が勢いよく床に落ちるような音だ。わたしは耳を受話器に押し当て、聞き耳を立てた。一瞬、何ともつかない雑音しか聞こえなかった――続いて、ひどくひずんだ音がした。くぐもった、必死の叫び……首を絞められたような、喉を鳴らす音……。

わたしはただ呆然としていた。その夜の、恐ろしいクライマックスだった。今では完全に、ルルおばさんの恐怖が想像ではなかったことがわかった。わたしに疑惑を打ち明けているまさにそのとき、彼女は何者かに襲われたのだ。あの恐ろしい〝レナード〟という金切り声が、まだ耳にこだましている。ルルおばさんは、部屋に忍び込んできた人物が、あの控えめな看護師本人だと伝えようとしていたのだろうか？

わたしは何とか落ち着きを取り戻した。飛び起きて服を引っかけ、玄関ホールに駆け下りる。玄関のドアを開けたとき、ドーンのことを思い出した。使用人はこの家で寝起きしていない。そして、こんな不健全な夜に娘をひとり残していくわけにはいかなかった。わたしは急いで二階の娘の部屋へ行き、揺り起こした。

「おいで、おちびちゃん」わたしは短くいった。「ドライブに行こう。服を着るんだ。何も訊かずに」

わずか数分後、わたしたちは一緒にガレージへ走った。

ハウエル家では、ローズマリーがドアを開けた。灰色の目はぼんやりとして、恐怖の色を浮かべていた。顔色は死人のように青ざめていたが、やっとのことでドーンに笑顔を見せ、何もいわずに彼女を連れていった。

しばらくして、ローズマリーが戻ってきた。

「あの子は大丈夫よ。わたしの部屋へ連れていったから。来てくれてよかった！　でも、どうしてわかったの？　ずっと電話していたけれど、応答がなかったのに」

わたしは彼女を探るように見た。

「じゃあ——本当なんだな。実は、おばさんがわたしに電話をしてきたときに……」

わたしの説明を、彼女は黙って聞いていた。

「ええ」最後に彼女はいった。「ルルおばさんは亡くなったわ——殺されて」彼女は機械的に階段へ向かった。「何も触れていない。警察には電話したわ。すぐに来るでしょう」彼女は衝動的に振り返り、わたしの肩に顔を埋めた。「ああ、本当に恐ろしいわ。わたしたちはどうなるの？　これには——これには終わりがないの？」

殺人に強盗という こんな恐ろしい夜でも、彼女がそばにいるのはうっとりすることだった。わたしは彼女の髪に優しく触れた。

「気をしっかり持つんだ、ローズマリー。みんながそうしなくては」

彼女はゆっくりと体を離し、片手で額を拭った。何もいわず、先に立って階段を上る。

ミセス・ハウエルの寝室には、明かりが煌々《こうこう》とついていた。ローズマリーはわたしをドアのところまで案内し、目を背けて急ぎ足で去っていった。わたしはひとりで部屋に入った。

ここ数日で、暴力的な死に慣れてもよさそうなものだったが、その光景は恐ろしかった。ある意味、キツネ穴から見つけたものよりもひどかった。あの死は残酷でショッキングだった。しかしここには、生者に恐ろしいほど似ているというグロテスクさがあった。

ルエラ・ハウエルは紫のシルクのパジャマを着て、枕にもたれていた。両手はベッドカバーの上で交差させており、赤紫色のマニキュアが明かりを受けてけばけばしく光っていた。明るすぎるブロンドの髪は顔にかかり、開いた目を半ば隠している。その目は、歪んだ祈禱者のように上を見ていた。

わたしは少し近づいたが、死の原因は探るまでもなかった。左胸の下で、ベッドカバーが血に染まっていた。そして、紫色のパジャマから突き出ていたのは、長いスチールのペーパーナイフの柄だった——往診のときにルエラのベッドのそばで何度となく見かけたペーパーナイフだ。

わたしはそれを抜かなかった。ひと目見れば、ミセス・ハウエルが死んでいるのはわかったからだ。

一瞬ためらった後、わたしは何とか部屋の捜索を始めた。電話の受話器は、今も分厚いペルシア絨毯の上にわびしくぶら下がっていた。椅子が一脚、横を向いていた。そのほかに混乱の跡はない。

わたしはルエラの絞り出すような断末魔の叫びを思い出した。死は素早く、無慈悲に訪れたのだ。何年もの間〝狼が来た〟と叫んできた女のところへ。かわいそうなルエラ！　彼女はさまざまな想像上の病で死ぬことを予期していたが、胸にナイフを突き立てられて命を奪われるとは思わなかっただろう。

わたしにできることはほとんどなかった。理路整然とした考えはできなかった。明るい色のベッドカバーをはがし、彼女にかけた。少なくとも、硬直した体を見なくて済む。

開いた窓に近づき、外を見た。その間にも、車のライトが私道に入ってきて、玄関の外まで来た。ありがたい、コブだ！　今夜はもう何も起こらないといったくせにと、わたしは皮肉に思った。

ほんの数分のうちに、警視が部下を引き連れて慌ただしく部屋に入ってきた。今のコブはぱっちりと目を開けていた。大股でベッドに近づき、カバーをめくって見下ろす。きびきびと命令を下し、部下のひとりに指紋を採らせ、もうひとりに写真を撮影させた。警察の手順が動きはじめた。

「さて、ウェストレイク」警視は険しい顔でいった。「どうやらわたしは、わが友を見くびっていたようだな？」

わたしはうなずいた。それから彼にルエラの悲劇的な電話に至るまでの顛末を聞かせた。彼は注意深く耳を傾け、わたしがレナード看護師の鞄から見つけた封筒とタイプ打ちのメモを見て眉根を寄せた。

「すると、ミセス・ハウエルはその封筒に入っていた手紙を持っていて、そのために殺されたというのか？」彼は訊いた。

「そのようなことを電話でほのめかしていた。タイプ打ちのメモについては――彼女は発見できなかっただろう。制服のポケットに隠されていたから」

コブはそれを聞いていないようだった。

「ミセス・ハウエルがその手紙を持っていたとすれば、この部屋のどこかにあるはずだ――殺人者が取り返さない限り」彼は肩をすくめた。「ここにあれば部下が見つけるだろう。ミス・スチュアートが遺体を発見したようだが、彼女がどこにいるか知っているか？」

「いいや。探してこよう。だから――手加減してやってくれよ」

わたしはローズマリーの部屋を目指して廊下を急いだ。中から彼女の静かな話し声が聞こえた。ノックをして入ると、彼女は有頂天のドーンにお話を読んでやっているところだった。あまりに対照的なためか、それはわたしが今夜見た、最も心を動かされる眺めだった。ほんの少し前に殺人の起こった家で、若い女性が眠そうな子供に静かに本を読んでいる。

わたしの姿を見るなり、ローズマリーは本を置き、わたしの後について廊下に出た。

「あの子がいろいろ訊きはじめたものだから」彼女は小声でいった。「少し本を読んであげようと思って。あの子は何があったか知らないわ」

「きみには言葉でいい尽くせないくらい感謝してるよ」

「ああ、あの子がここにいるとほっとするの――すべてと縁のない人が」ローズマリーは疲れ切っている様子だった。「警察はわたしの話が聞きたいんでしょう？」

「ほんの二、三ね――きみさえ大丈夫なら」

彼女はうなずき、青いガウンを羽織った。

ふと、わたしはシリルのことを思い出した。目まぐるしい出来事の中で、ミセス・ハウエルの夫のことをすっかり忘れていた。電話での彼女の話を思い出す――シリルを呼んだが、来なかったという。彼の寝室がルエラの部屋の隣だったことも思い出し、少しばかりショックを受けた。彼はなぜそこにいなかったのか。あるいは、なぜ何も気づかないほどぐっすり眠っていたのか。

「おじさんはどこにいる？」わたしは尋ねた。「出かけているのか？」

「出かけている？」ローズマリーは驚いた顔をした。「いいえ。今夜は予備の寝室で寝ていたの。おじは――何も知らなかった。もちろん、知らせなくてはならなかったわ。おじは――すっかり動揺していたけれど、近づかないよう説得したの。いずれにしても、なぜおじに見せなくてはならないの――何もかも？　おじにできることは何もないのに」

わたしたちはミセス・ハウエルの寝室まで来た。声を聞いて出てきたコブは、ドアを閉めた。

「申し訳ありませんが、ミス・スチュアート、お話を伺いたいのです。下へ行きませんか？」

ローズマリーは何もいわずに背を向けた。わたしたちは彼女に続いて、階下の居間へ行った。

「さて、ミス・スチュアート」コブが身を乗り出した。寝不足のせいで目はぎらぎらし、うつろだった。「どんなふうに発見したのか、お聞かせ願えますか？」

「お話しすることはあまりありません」ローズマリーは静かに話しはじめた。「わたしは疲れていたので、狩猟クラブの会合が終わるのを待たず、十時半にはベッドへ向かいました。あまりよく眠れませんでした。二時ごろ、わたしの部屋のドアを誰かが叩いたような気がしました。ルルおばさんでした。窓の外で足音を聞いて、怖いといって」彼女は目を閉じた。「同情してあげればよかったのですが、その気にはなれませんでした。ご存じの通り、おばはいつでもあれこれ想像するものですから。でも、おばの部屋まで一緒に行き、耳を澄ませました。何も聞こえませんでした。それで――心配しないでベッドに戻るようにいったのです。今では――恐ろしいことに思えますが、でも――」

「ご自分を責めることはありません」コブが口を挟んだ。「知るはずもなかったのですから」

ローズマリーはかすかに笑みを浮かべた。「わたしはまた眠り、嫌な夢を見ました。最後には悪夢になっていたと思います。どんな夢かは忘れましたが、最後は長々とした、恐ろしい悲鳴で終わりました」彼女は少し身震いした。「それで目が覚めたんです。しばらくの間、その悲鳴が夢の中のものなのか、実際に聞いたものなのか、はっきりわかりませんでした。わたしは怖くなって、明かりをつけました」

「それで?」

「家の中は静まり返っていました。急に、ルルおばさんのいったことを思い出しました。わたしは――わたしは起き上がり、おばの部屋へ行きました。しばらくドアの外で聞き耳を立てていました。おばの寝息は大きいほうなのですが、何も聞こえませんでした。わたしは足音を立てないように中へ入りました。そのときに見たのです。窓は開き、月光が射し込んでいました。それが

——ナイフに反射して」彼女は言葉を切り、口元にハンカチを当てた。

コブの表情は思いやりがあり、穏やかだった。「それで、明かりをつけたのですね？」

「ええ。それから玄関ホールへ行き、あなたとドクター・ウェストレイクに電話をしたのです」

「おじさんを起こしたのは？」

「その後です。おじは——まだ寝ていました。最初は信じてもらえませんでした。恐ろしいことでした。それから——やっとのことで部屋から出ないようおじに約束させました。おじに何もできないのはわかっていましたし、おじにとっては、ますます悪いことになったでしょうから」

「もちろん、そのペーパーナイフは見ましたね、ミス・スチュアート。それはおばさんのものでしたか？」

ローズマリーはうなずいた。「おばはいつも、ベッドのそばのテーブルにそれを置いていました——毎朝、手紙の封を切るために」

「では、入ってきた人は必ずそれを目にするわけですね——夜の間でも？」

「そう思います」ローズマリーはまた身震いした。「月は明るかったので」

「あと少しだけ訊かせてください、ミス・スチュアート。窓はどうでした？　夜には鍵をかけていますか？」

「シリルおじさんは、家に鍵をかけたことはないと思います。誰でも、どこからでも入れます。おわかりでしょう、まさか——まさか……」

「そうでしょうとも」コブはうなずいた。「狩猟クラブの会合があったとおっしゃいましたね。今夜、家には誰がいましたか？」

ローズマリーはちらりと彼を見た。「クララとフランシス・フォークナーに、トミー・トラヴァースだけです。彼らは委員なのです。狩りのスケジュールを組み直していました」

「そのうち誰かが、おばさんに会いに行きましたか？」

「ええ。クララとフランシスは、おばに貸していた本を取りに二階へ行きました。トミーも行きました。ルルおばさんは、誰かが家に来ると、顔を出してもらいたがっていましたから」

「ほかには誰も来なかったのですね――狩猟クラブの委員のほかには？」

「え、ええ」ローズマリーの頰が、かすかに赤くなった。「どうしてそんなことをお訊きになるの？」

「ただのお決まりの質問ですよ」コブはそう答えたが、彼女が赤くなったのに気づいたのは間違いない。「さて、ミス・スチュアート、少しおやすみになったほうがいいでしょう」

ローズマリーはよろめきながら立ち上がった。少したためらってから、静かな声でいう。

「これも同じ事件なのでしょうか？　つまり――ルエラおばさんを殺した人物が、アン・グリムショーも殺したのでしょうか？」

「あまり考えすぎないように、ミス・スチュアート」コブは父親のような、だが断固とした口調でいった。「頭を悩ませるのはわたしたちの仕事です。では、もしおじさんがよければ――」

「呼んでこよう」わたしはすかさずいった。

ローズマリーをこんなふうに追い出すのには耐えられなかった。ほんの少しだけでも、彼女とふたりきりになりたかった。

わたしは彼女と一緒に部屋を出た。くたくたに疲れていたが、彼女を慰める言葉をかけたいという思いに圧倒されていた――彼女を助けたい。だが、いざとなるとうまくいえなかった。結局、沈黙を破ったのはローズマリーだった。

「ドーンはここへ置いていくといいわ。わたしが一緒に寝て、朝には学校へ連れていくから。学校だなんて！」彼女は少し笑った。「何だか信じられないわね。そうじゃない？」

わたしたちは彼女の部屋まで来た。衝動に駆られ、わたしは彼女の手を取った。

「いいたいことはたくさんあるのだが」わたしは口ごもりながらいった。「どういうわけか出てこない。ただ、きみに感謝していると伝えたい。それに、心から気の毒に思うと」

彼女はほほえんだ。どこか悲しげなほほえみだった。「ありがとう、ヒュー。おやすみなさい」

彼女がわたしを名前で呼んだのは、それが初めてだった。

XIII

予備の寝室へ行くと、シリルが歩き回っていた。彼はパジャマの上にガウンを着て、残り少ない髪の毛を、禿げ頭の周りでふわふわさせていた。丸々とした顔にはしわが刻まれていた。

ほかの夫なら、この異常な、恐ろしい瞬間に部屋にいるなどということはありえない気がするだろう。しかしなぜだか、それは非常にシリルらしかった。彼はいつもおとなしい、どこか頼りない子供のように思われていた。彼には頼るべき強い人物が必要だった。そして、ルエラを妻にした運命は、彼に親切とはいえなかった。今の彼は、嘆き悲しんでいるというよりも途方に暮れているように見えた。長年の神経衰弱と口うるささは、彼がかつてルルに抱いた愛情のほとんどを損ねずにいるわけにはいかなかったのだ。

コブが話をしたがっていると告げると、彼は黙ってついてきた。居間に入った彼は、無意識のうちに一番座り心地のよい椅子を選んで腰を下ろし、ガウンの紐を神経質そうにいじった。

わたしは彼と自分のために飲み物を注いだ。

「恐ろしいことです」彼はようやくつぶやいた。「恐ろしい。少しぼうっとしていてもご容赦ください、警視。あまりにもショックなもので。信じられない――」

「そうでしょうとも」コブがきびきびとした口調で遮った。「必要以上にお時間を取らせるつもりはありません。ただ、夕食の後のあなたの行動を聞かせてほしいのです」

「ええと、わたしは――そうそう、狩猟クラブの会合がありました。フォークナー夫妻とトラヴァースは、十一時ごろに帰ったはずです。わたしは葉巻を吸い、まっすぐに予備の寝室へ行って、ベッドに入りました」

「予備の寝室で寝るのはいつものことなのですか?」

「いえ、あの、厳密には違います」シリルはうろたえているように見えた。「しかし、レナード看護師が家を出てからは、そこで寝ています。ご存じの通り、わたしの寝室はルエラの隣で、実のところ、妻は夜中にしょっちゅう目を覚ますのです。それで、看護師がいないときにはわたしを呼んで、水を持ってこいとか何とかいうのです。もちろん、妻が病気だったのは知っています――世話が必要なのは――しかし、それが負担だったのです」

熟睡するために予備の寝室へ逃げ込まなくてはならなかったシリルには哀れを感じた。わたしはまたしても〝オオカミが来た〟の逸話を思い出した。ルエラがその想像力で夫を遠ざけていなければ、事態はまったく違っていたかもしれない。

「誰かが侵入してきた物音を聞きませんでしたか？」警視が訊いた。

「ええ。わたしは眠りが深いほうでして。いつもそうなんです」

コブはしばらく何もいわなかったが、やがて考えながらいった。

「今夜、あるものが見つかりました、ミスター・ハウエル。レナード看護師が犯罪にかかわっていたと考えられるものです。また、彼女がわざと、あなたの奥さんから解雇されるよう仕向けたという疑いもあります。その件について、何か心当たりはありますか？」

シリルの丸々とした顔に、驚きの表情が浮かんだ。子供のように、一度にひとつのことしか考えられないようだ。レナード看護師に興味が移ったことで、妻の死に対する嘆きは一時的に消え去ったかに見えた。

「わざと解雇されるよう仕向けた？　ああ、それで腑に落ちました」

「何が腑に落ちたんです？」

「今となっては実に馬鹿馬鹿しいことで――もちろん、そのときにはルルもわたしを信じてくれなかったのですが、絶対に本当なんです」

コブは少しばかりじれったそうにうなずいた。

「ええ、わたしの部屋とルルの部屋は、更衣室で隔てられているのです。金曜の朝、わたしはたまたま、そこへ何かを取りにいきました。レナード看護師がそこにいました。彼女とはあまりかかわることはありませんでしたが、いつも感じのよい女性だと思っていました。わたしたちはしばらく――その――妻の健康状態についておしゃべりをしていましたが、そのとき、彼女がひどく妙なことをしました。小さなテーブルにわざとつまずいたのです」

悲劇的な状況なのに、シリルの真面目な顔にはどこか滑稽なところがあった――看護師との会話に後ろめたいところがないのを熱心に強調するところも滑稽だった。

「ルルが呼びかけました」彼は続けた。「すると、あの看護婦は恐ろしい音を立てて椅子を引っくり返しました。わたしはびっくりして身動きもできず、それを見ていました。ルルがベッドを出て、急いでこちらへやってくる気配がしました。妻が入ってきた瞬間、レナード看護師は両手をわたしの肩にかけ、素早く後ずさりしたのです」

「つまり、彼女はあなたに迫られたと見せかけようとしたわけですか？」コブが訊いた。

「ええ。ルルはかんかんに怒り、わたしと看護師をののしりました。わたしの話は聞いてもらえず、看護師のほうもわたしに味方しませんでした。彼女はただ叱責に甘んじていました。ルルがこの家を出ていけというと、彼女は喜んでとか何とかつぶやいて、部屋を出ていきました」シリルはため息をついた。「前からお話ししていればよかったのですが、興味を持たれるかどうかわからなかったもので。若い娘を理解するのはあきらめましたよ――レナード看護師のようにいきなり首に手を回すような娘も、アン・グリムショーのように森に逃げ込むような娘もね」

コブはわたしをちらりと見た。彼が何を考えているかがわかった。シリルは、あの途方もないタイプ打ちのメモの少なくとも一部が真実であることを証明したのだ。レナード看護師がその指示に従い、最も可能性の高いやり方で解雇されたのは明らかだった。

「その後、レナード看護師を見ましたか？」警視が不意に尋ねた。

「ええ——ああ——見ました。数分後、わたしの部屋へ来たのです。謝罪も何もありませんでしたよ。厚かましくも、鞄を持っていくのを許してくれるようルエラを説得してくれといってきました」

「鞄？」わたしは熱心に訊いた。

「ええ。ルエラは——それについてはおかしな態度を取っていました。看護師に、鞄も何も持たずに、すぐに出ていけと命じたのです」

「そのことで、あなたは何かしましたか？」

「まさか。どのみち、わたしが何をしても無駄でしょうからね。ルルはベッドを出て、看護師がうちの敷地を出るのを見届けるまで、玄関ホールを離れようとしませんでした。その後、メイドに荷造りをさせました。それで、鞄がこの家にあったのです」

そんなこととは思いも寄らなかった。シリルはもうひとつの点を明らかにしていた。レナード看護師が、自分に不利なメモを残していったのは間違いない。ルルおばさんは容赦なく、彼女に処分したいものを処分させる時間も与えなかったのだ。

コブがまた口を開いた。

「あとひとつ訊かせてください、ミスター・ハウエル。今、こんなことを訊くのは申し訳ないのですが——奥さんがどのように財産を遺すつもりだったかご存じですか？　彼女は裕福な女性だったと思いますが」

「ええ、わかると思います」シリルは太い指で、椅子の肘掛けを叩いた。「土地の半分はローズマリーのもので、もう半分はわたしのものになります——わたしが再婚しない限り」

ルエラらしいと、わたしは皮肉に思った。

「それで、もし再婚したら？」コブが訊いた。

「そのときは、すべてローズマリーのものになります。あの子はルエラのお気に入りの姪でしたから」

「なるほど」コブは手帳を閉じた。「今夜のところはこれで全部です、ミスター・ハウエル。どうぞ、少しおやすみください。われわれは必ず、この恐ろしい事件の解明に全力を尽くしますので」

シリルは立ち上がり、ぼんやりと周囲を眺めた。

「ただし、部下はもうしばらくここにいます、ミスター・ハウエル」警視はわたしを見た。「きみは家へ帰ったほうがいい、ウェストレイク。もう五時近いし、今日もきみが必要になる。わたしよりも寝ていないだろう」

わたしは立ち上がってドアへ向かいかけたが、そのとき、ある考えが浮かんだ。

「ところでシリル、レナード看護師に、この辺りに友人がいるかどうか知りませんか？　彼女に電話などはありませんでしたか？」

シリルは考えているようだった。やがて顔を上げた。

「ああ、ありました。先日――金曜日――彼女が出ていった直後です。わたしが出ると、彼女への電話でした」

「本当に？」わたしは熱心に訊いた。

「ええ。相手はグリムショーの息子――ウォルターでした」

「ウォルター？」

コブとわたしは素早く目を見交わした。わたしはさらに詳しく訊こうとしたが、警視は首を振った。それ以上追及しないという彼の考えは正しいと思った。今夜は十分すぎるほど情報を得ている。

ようやくたどり着いた家は、他人のもののように思えた。ドーンのいない家で寝るのはこれが初めてだ。隣の部屋に娘がいないのを寂しく思いながら、その夜三度目の着替えをして、疲れた体でベッドへ向かった。

明かりを消す前に、何かが、というより、何かがないことがわたしの注意を惹いた。

寝室はどこか違って見えたが、最初、その変化がわからなかった。次第に、電話台が消えていることがわかった。ベッドの向こうに回ると、それは床に倒れていた。

わたしはぼんやりと、馬鹿みたいにそれを見ていた。それが倒れている理由は、説明がつかないように思われた。

やがて、あることに気づいた。わたしは素早く屈み、ベッドの下を見た。

やはりそうだ――あきれるほど思った通りだ。またしても泥棒が入り、今度こそ成功したのだ。レナード看護師の鞄は消えていた。

わたしは笑いたくてたまらなくなった――とことんまで笑いたかった。

「本当に」わたしはつぶやきながら明かりを消し、ベッドに潜り込んだ。「もうたくさんだ」

XIV

翌朝早く、わたしはグローヴスタウン署のコブのオフィスにいた。警視はわたしと同じくらい疲れているようだったが、不滅の元気は何物にも損なわれないようだった。

「それで、何か新しいことはわかったかい？」わたしは訊いた。

「新しいこと！」彼は鼻で笑った。「もうすでに、手に余るほどあるじゃないか。今の時点で、捜査の線は六つほどある。だが、時間がない、ウェストレイク。時間がないんだ」

「君の部下は、ミセス・ハウエルの部屋で手紙を見つけられなかったのか？」

彼は気短にかぶりを振った。「殺人者が持ち去ったようだ。しかも、やつは何も残していない。指紋も、手がかりも――何もだ」

「ウォルター・グリムショーのレナード看護師への電話について、シリルからほかに訊き出せたことは？」

「それ以上は何も知らなかった」コブはぶつぶついった。「そこから始めなくてはならない。いつになったら真相にたどり着けることやら。ケンモアから戻って、部下を集めた。何か行動を起こせないかとね。警察犬は相変わらず何も見つけていない。ゆうべのアリバイの確認を始めたが、何の役に立つだろう？　夜間に殺人が起これば、どのみちアリバイなど証明できまい。特にきみの近所ではね。夫と妻はみんな別々の寝室に寝ている——あるいは、何やら馬鹿げたことをしているようだから」

「それで、これからどうすればいい？」

「一番いいのは、事実をもう少し整理することだ」火のついていないパイプが、コブの唇に挟まった。「ずっと考えていたんだ。いくつかの点は非常にはっきりしている。われわれは多少なりとも、ミセス・ハウエルが殺された理由を知っている。彼女は手書きの手紙を読み、それを持っていた。その中に、彼女が疑惑を抱き、打ち明けたくなった事実があったのだ」

「それは間違いないだろうね。昨日の午前中、彼女はレナード看護師について不愉快なほのめかしをしていた。しかしわたしは、看護師がかかわっているとは少しも思わなかったので、気にしなかった。いつものルルおばさんだと思っていたんだ」

「ああ、彼女はきみに話した。ほかにもたくさんの人に話したのではないかと思う。それで、殺人犯は彼女が危険な存在になりつつあるのを知ったのだ。だが、彼女は最初、その手紙を殺人と結びつけることができなかった。結びつけていれば、誰かに話しただろう。気づいたのはゆうべのことだったに違いない——彼女がベッドに横になり、階下で狩猟クラブの会合が開かれていたときだ」

わたしはうなずいた。すべてがやるせないほどはっきりと頭に浮かんだ。

「それに、犯人の動きを再現することもできる」コブは続けた。「彼はやることで手一杯だったろう」

「彼！」わたしは繰り返した。「犯人がレナード看護師本人でないとなぜわかる？　ミセス・ハウエルが電話でわたしに叫んだのは、レナード看護師の名前だったことを忘れないでくれ」

「そうとも。しかしわたしは、レナード看護師が部屋に入ってきたのを見たわけではないと思う。いずれにせよ部屋は暗かった。誰だかわからなかっただろう。ただ、看護師がかかわっているのがわかったと、きみに伝えたかっただけなのだと思う」コブは火のついていないパイプをしきりに吸った。「わたしに何かわかるとすれば、その女は今ごろこの地区を出ているだろう。実際に殺したのは、彼女と手を組んだ男だ」

「わたしの家に忍び込んだのも？」

「ああ。それなら筋が通っている。そいつはミセス・ハウエルが非常に危険だと考え、始末しなくてはならないと思った。しかし、あのスーツケースがあちこちたらい回しにされ、開けられるかもしれない間は、彼女を殺す危険を冒せなかった。レナード看護師は、メモがどうやって彼女の手に渡り、処分する暇がなかったかを説明したのだろう。男はスーツケースを取り戻そうと躍起になっていた。そこで、まずきみの家に侵入した。しかし、きみの娘が鞄を隠したために見つからず、どのみちきみが邪魔をした。鞄が手元にないままミセス・ハウエルを殺すのは危険極まりなかったが、彼女を生かしておくのも非常に危ないことだった。彼はハウエル家の周りを探った。しばらくは鞄を探したのだろうが、二階へ行ったところで、ちょうどルルおばさんがきみに電話しているところに出くわしたのだ。そして、彼女が秘密を漏らす直前に殺した」

「彼は運がよかったわけだ！」わたしは険しい顔でいった。

「二重に運がよかった。やつは恐らくリボルバーを持っていただろう。ミセス・ハウエルを撃ち殺そうと。しかし、彼女はもっとよい武器を持っていた。月明かりに光るペーパーナイフが目に入らなかったはずはない」

「侵入するのはたやすかったようだな？」

「朝飯前さ。一階の窓はどれも開け放たれていた。犯人はそこから入り、階段を上るだけでよかった。きみのご近所さんはみな、施錠にかけてはだらしないようだな。わたしは部下をやって、きみの家の周辺を調べさせた。きみの家の窓も開いているのがわかるに違いない」

警察官からのこの非難に、わたしはぺしゃんこになった気がした。椅子に深く腰かけ、わたしは煙草に火をつけた。

「それにしても、ルエラは何を見つけたのだろう？」わたしはようやくいった。「その手紙に何が書かれていたのか？　そして、誰が書いたのか？」

コブは火のついていないパイプを口から離した。「どうだろうな。手の空いている部下が捕まり次第、封筒の筆跡を照合させ、近隣のタイプライターを調べさせる。それで何かがわかるだろう」

わたしたちはしばらく黙って座っていた。やがて警視が立ち上がった。

「やらなければならないことはたくさんあるが、まずはそのレナードという女について調べることだ。訪問看護師協会へ行ってみよう。場所はわかるか？」

わたしはうなずき、ふたりして通りへ出て、コブの車に乗り込んだ。

十分後、わたしたちは殺風景で衛生的な部屋で、非常に衛生的な感じの女性と話していた。訪問看護師協会会長のミセス・フィッシャーだ。彼女は鼻眼鏡の奥から、相手の年齢、体重、身長を用紙に書き込もうとしているかのような目でわたしたちを見た。

「レナード看護師とおっしゃいましたね、ドクター・ウェストレイク？」コブが医者ではないとわかると、ミセス・フィッシャーは彼とは関係ないとばかりに、わたしだけに話しかけていた。

「ファイルを見てみます」人を寄せつけない手つきでキャビネットを探り、カードを抜き出す。

「何をお知りになりたいのです？」

「何もかも」コブがうなるようにいった。「彼女は、ここに登録して長いのですか？」

「ほんの数カ月です。ミセス・ハウエルがふたり目の患者ですわ。その前はプロヴァースヴィルのミセス・トラヴァースのところにいました」

「トラヴァース？」

コブは口笛を吹いた。わたしは何となく居心地の悪い気がした。レナード看護師がヘレン・トラヴァースのところにいたのは前から知っていたのに、その事実が記憶から抜け落ちていたのだ。

「ええ」ミセス・フィッシャーはきびきびといった。「レナード看護師はミセス・トラヴァースのところに二カ月間いました」

「なぜそこを出たのでしょう？」

「それは申し上げられません。記録には、ミセス・トラヴァースの気分転換のためとしか書かれていません。今はプロザロ看護師が担当しています」

「ええ」わたしは口を挟んだ。「わたしはミセス・トラヴァースの主治医ですが、彼女はよく看護師を変えるのです。常に看護が必要なものですから、同じ顔をずっと見ていると飽きるのでしょう」

「すると、ミセス・トラヴァースの看護師を手配しているのはきみなのか、ウェストレイク」コブが明らかに驚いて訊いた。

「実際はそうじゃない。彼女は直接ミセス・フィッシャーに依頼している」

ミセス・フィッシャーはその言葉を肯定するようにうなずき、鼻眼鏡越しにコブを厳しく見た。

「レナード看護師の経歴をお知りになりたいですか？　素晴らしいものです。彼女はセントルイスの病院から来たのですが、ドクター・スティールのお話では――」

「ドクター・スティールのお話は結構です」コブがぼそりといった。「経歴をごまかすことはできないのですね？」

鼻眼鏡が憤慨したように揺れた。「もちろんです。新人を採用するときには徹底的に調査します。紹介状もありますわ――」

「なぜ彼女をミセス・ハウエルのところへ派遣したんです？」コブがぶっきらぼうに割って入った。

「ええと！」それは公式な質問ではなかったし、ミセス・フィッシャーは記録にないことを質問されると、考えずには答えられなかった。「ドクター・ウェストレイクはいつもグリーン看護師をミセス・ハウエルのところへ送っていました。そうでしたわね、先生？　でも、ハウエル家のお話が来たときにはグリーン看護師はすでに別のところへ派遣されていたのです。それでレナード看護師を送りました」

「しかし」コブがなおもいった。「ほかの看護師ではなく新人のレナード看護師を派遣したのはどうしてですか?」

ミセス・フィッシャーは一瞬固まり、じっくりと考えた。「ようやく思い出しましたわ」彼女はいった。「わたしがオフィスに行くと、グリーン看護師がいました。私物を取りに戻ったのです。わたしはケンモアのハウエル家のことを話し、誰か担当してくれる人はいないかと訊きました。自分に来た話を断らなくてはならないときには、本人が代わりを指名するのが習慣なものですから」人間味にあふれていることを証明したミセス・フィッシャーはにっこりした。「グリーン看護師はトラント看護師を推薦しましたが、たまたまそれをレナード看護師が聞いていたのです。彼女はわたしのところへ来て、自分が行ってもいいかと訊いてきました」

コブは素早くわたしを見た。「するとレナード看護師は、熱心に仕事をほしがっていたということですね?」

「ええ、そうですね。うちの看護師はみんな、熱心に仕事を求めていますから」ミセス・フィッシャーは辛辣に返した。「それに、レナード看護師はケンモア周辺の患者を受け持ったばかりですし」

「なるほど。それで彼女に行かせたのですね?」

「ええ。最初はトラント看護師を行かせようとしたのに、結局レナード看護師になったことについて疑問はあるかと思います。でも、そういうことは当人たちの間で決めてもらうことにしているのです」

コブは満足げにほほえんだ。

「どうもありがとうございました」

ミセス・フィッシャーは質問は終わりと考えたようだ。彼女は立ち上がった。

「もちろん、レナード看護師の行動に不満がおありなら、わたしに知らせてください。すぐに対処しますから」

その冷淡な顔を見ながら、レナード看護師はこの鋭い目に非難されるよりも警察の手の中にいたほうが安全に違いないとわたしは思った。

「不満はありません」コブが静かにいった。「ただ、ミセス・ハウエルが数日前に彼女を解雇したのです。そのことはご存じでしたか？」

ミセス・フィッシャーは一瞬、驚いたようだった。「いいえ。本当に知りませんでした。普通はありえないことです。そんなことがあれば、本人がわたしに報告することになっていますから」

「いい換えれば、彼女はここへは戻ってこなかったということですね？」

「もちろんです。どういうことなのか――つまり、わたしはまだ、彼女がケンモアにいると思っていたんです」

コブは立ち上がり、ドアへ向かった。

「ええ、彼女は出ていきました。どこへ行ったのかみんなが知りたがっています」彼は間を置いていった。「ところで、彼女の外見について教えてもらえますか？」

それはミセス・フィッシャー向きの質問だった。彼女は悪意に満ちた態度でカードを見て、告げた。

「身長五フィート四インチ、ブロンド、セントルイス卒、二十六歳、左腕に大きなあざ、色白、宗教はカトリック、胸囲は標準――」

「写真はありませんか？」コブが穏やかに促した。

そのときになってようやく、ミセス・フィッシャーは警視が公務で訪れたことを完全に理解したようだった。

「写真？　ええ、あります。でも、まさか――うちの看護師が警察のお世話になるようなことはないでしょうね？　と――とうていありえませんわ」

彼女は別のファイルキャビネットへ向かい、数分もしないうちに二枚目のカードを出した。ほかの書類とともに、コブにそれを手渡す。

「何もかも揃っていると思います」

わたしは写真を見た。ああ、レナード看護師だ。魅力的で、落ち着いていて、慎み深いといってもいい――事件によって明らかになった邪悪な性格とは正反対だ。

ミセス・フィッシャーは貧弱な胸の前で腕を組んだ。

「うちの看護師が警察のお世話になるなんて！」彼女はまたいった。「本当に、こんなことは初めてです。不名誉ですわ」

わたしたちはそこを出た。

「うんざりするような相手だったな」車に向かいながらコブはつぶやいた。「しかし、ひとつわかったことがある。レナード看護師は明らかにケンモアへ戻りたがっていた。まるで、しばらく前から犯罪を計画していたかのように」

「レナード看護師がトラヴァース家にいたときには、すでにアン・グリムショーを殺す計画を立てていたということか？　それはまったく馬鹿げているように思える。どのみち、看護師を共犯にする理由が思いつかない」

「看護師には便利なところもある」コブはひどく穏やかな声でいった。「薬のことを知っているし、解剖学のことも知っている」

わたしたちはグローヴスタウン署に戻った。警視はすぐにセントルイス警察に連絡し、レナード看護師の素性を洗わせた。彼が部下に質問している間、わたしは待っていた。ふたつの殺人のどちらも大きな進展はなかったが、窃盗の報告がもう一件あった。コブは鼻で笑いながら、書類をわたしによこした。

「誰かさんはゆうべは大忙しだったようだ、ウェストレイク」

わたしは公式の覚書を読んだ。そこには、ミスター・フランシス・フォークナーが電話で、夜の間に泥棒に入られ、優勝カップを含むさまざまな貴重品を盗まれたと通報したとあった。泥棒は、フォークナー夫妻が狩猟クラブの会合に出かけた昨夜八時半から、カップがなくなっていることに気づいた今日の正午の間に入ったと見られる。時期が違えば、この事件はケンモアの一大事とみなされただろう。だが今では、論評する価値もないように思える。

「気の毒なフランシス！」わたしは大声でいった。「最初はサー・ベイジル、次はカップとは――彼はそれをとても大事にしていた。まったく筋が通らない、コブ。実に荒唐無稽だ」

「そうかな」警視は考え込むように書類を見た。「われわれの追う殺人者が猟人のひとりなら、スポーツマンらしからぬことをして、わざと煙に巻こうとするんじゃないか？」

コブの説には一理あったが、わたしはやはり、正気の人間がそんな意味のないことを二度もやるとは納得できなかった。サー・ベイジルを殺し、カップを盗んだことは、フォークナー夫妻か、あるいは猟人全体に対して異常な憎しみを持っている証拠である可能性のほうが高いように思えた。

「フォークナー家に行ってこの件を調査したほうがよさそうだな」コブは憂鬱そうにいった。「しかし、こそ泥にあまり時間をかけるわけにはいかない。わたしが気になるのはレナード看護師だ――それと、アン・グリムショーを殺した人物だ。行こう」

ケンモアに向かう途中、わたしは普段よりもう少し冴えたことを思いついた。

「聞いてくれ」わたしはいった。「あのカップを盗んだのには意味があると思う。あれは、ただの目くらましなのだろう」

「意味がわからないのだが」コブがいった。

「泥棒が、本当はレナード看護師の鞄に興味があったのはわかっているだろう。実は昨日、ランブルシートにその鞄を置いたままフォークナー家へ行ったんだ。犯人はサー・ベイジルの葬儀でスーツケースを見かけ、わたしがそれをフォークナー家に置いていったと思ったのかもしれない。わからないか？　わたしの家で鞄が見つからなかったものだから、そいつはフォークナー家に当たってみたんだ。そこも外れだったため、手当たり次第に貴重品を持ち去った。本当の泥棒に見せかけようとしてね」

「持ち去るほどの貴重品がなかったからさ。それに、ドーンとわたしの邪魔が入ったからだ」

「実に頭がいい、ウェストレイク。しかし、なぜ犯人はきみの家で同じことをしなかったんだ？」

そういっている間に、ふたつ目の考えが浮かんだ。

「しかも、容疑者を絞るいい方法がある。わたしの家とフランシスの家に押し入ったのが誰にせよ、そいつはわたしがハウエル家から鞄を持ち出したことを知っていなくてはならない。知っている可能性があるのは誰か？　明らかにそう多くはない。たぶんシリル・ハウエルは、使用人がそれをわたしの車に載せるのを見ているだろう」

「それにローズマリー・スチュアートも」コブは思い出しながらいった。「そうだな。それは核心を突いている。ほかには誰がいる？」

わたしは前日のことを振り返り、鞄がランブルシートに置いてあるのに初めて気づいたときの、クララ・フォークナーとのやり取りを思い出した。

「ミセス・フォークナーは知っている」わたしはコブにいきさつを説明した。「彼女はほかの人に話しているかもしれない」

「ああ。それに、あのバーグというスカンジナヴィア人がいる」コブはわたしを素早く見た。「なぜあの男が、あの馬の葬儀に出てきたのかが気になる。鞄を追ってきたと思わないか？」

「可能性は低いが、あるかもしれない」わたしはうんざりしていった。「かもしれないというところから始めたら、頭がおかしくなってしまう」

フォークナー家に着くと、クララがいた。堅苦しく男っぽいツイードの服を着て、見張りにつく歩哨のように正面の芝生を行き来している。

「来たのね」彼女の馬のような顔には、不愉快そうなしわが刻まれていた。「かわいそうなルエラ――それだけでもひどいのに、今度は――フランシスのカップが盗まれるなんて――もう我慢の限界よ。入って」

彼女は大股で家に入り、二頭の雌の子馬を追い立てるようにわたしたちを先に行かせた。

居間で彼女は椅子を勧め、煙草を出してマントルピースに寄りかかった。コブがひとこと質問すると、彼女は泥棒のことをまくし立てはじめた。フランシスはがっかりしているし、彼女自身は誰かの首を絞めたいくらいだという。ええ、金の優勝カップと、家に伝わる銀器がいくつか――ほかには盗まれていないわ。居間の窓のひとつが開けたままになっていたので、泥棒はそこから家に入ったのでしょう。家が荒らされた形跡はなかった――少しも。まったく恥ずべきことだわ。

彼女が要点を強調するように短い髪を勢いよく上下に振るのを見ながら、この事件がこれまでケンモアで起こったどの出来事よりも、はるかにクララ・フォークナーを怒らせていることがはっきりわかった。

コブは窃盗についてのわたしたちの説をクララにはいわなかった。ただ、盗まれたものを取り戻すのに全力を尽くすとだけ約束した。それから、真面目な顔でミセス・フォークナーを見上げていった。

「昨日、ドクター・ウェストレイクがランブルシートに置いておいた鞄を覚えていますね。それがレナード看護師のものだと、誰かにいいましたか？」

クララは驚いたようだったが、何の説明も求めなかった。勢いよく煙を吐き出してからいった。

「ええ。ゆうべの狩猟クラブの会合で話したわ。わたしたち――ルエラのことでよくシリルをからかっていたの。あの出来事はちょっと面白いと思ったので、話題にしたのよ。気の毒なルエラを笑うなんて、冷酷ね――つまり、死んでしまった今となっては」

わたしは少々がっかりした。容疑者を絞り込む計画は、あまり役に立たなかった。クララとローズマリーだけでなく、狩猟クラブの委員全員――シリル、フランシス、トミー・トラヴァースも知っているのだ。

「ところで」クララが急に訊いた。「どうしてレナード看護師に興味があるの？　彼女がこの事件に関係していると思っているんじゃないでしょうね？」

「なぜそんなことを訊くんです？」コブが素早く質問した。

「ああ、何となくよ」クララは肩をすくめた。「ゆうべの会合の前、フランシスとルエラの部屋へ行ったの。彼女に本を貸していて、返してもらいたかったので。彼女はレナード看護師のことでとても妙な態度を取っていたわ。手紙のことを何かいっていた」

「どんなことを？」わたしは熱心に訊いた。

「覚えていないわ。よく聞いていなかったので――もう何年も前から、ルエラの話は聞いていないの。手紙のことだった。それと、レナードという女は、それほど善良ではないとか」

わたしは泣きたくなった。ルルおばさんが何をいいたかったのかを知る二度目のチャンスだったのに。クララもわたしと同じく、ミセス・ハウエルの不愉快なほのめかしには、頑として耳を貸さなくなっていたのだ。


そのときフランシスが入ってきた。疲れ、どこか戸惑っているように見えた。彼もクララと同じくらい、大切にしていたカップを失ったことに怒りを感じているのがわかったが、クララよりもましな態度を見せた。警察の仕事を増やしたことを詫び、ほかの事件に比べれば、泥棒など本当につまらない犯罪だとわかっているが、当局に通報するのが義務だと思ったといった。

「それに、できる限りのことはするつもりです」彼は静かな口調でいった。「あのカップを取り戻し、盗んだ犯人を捕まえるために。サー・ベイジルとカップ！」彼は笑った。「そんな軽い被害で済んで、ぼくたちは感謝すべきなのでしょうね」


彼はコブにいきさつを説明した。彼もクララも、狩猟クラブの会合から帰った後、居間には入らなかったという。それで、泥棒がいつ入ったかわからなかったのだ。コブはきちんとメモを取り、できるだけのことをすると繰り返し約束した。フランシスは彼に礼をいい、それから訊いた。

「何か進展はありましたか？　かわいそうなルエラ。恐ろしいことじゃありませんか？　しかも、まったく意味がない。いったいなぜ、彼女が殺されなければならないんです？　何の害もない人なのに――たぶん、噂好きなのを除けば」

「それですよ」コブがむっつりといった。「噂好きのせいで命を落としたのだと思います。ところで、ゆうべ彼女があなたと奥さんに、レナード看護師のことで何かいったのを覚えていますか？」

「レナード看護師？」身を乗り出したフランシスは、ハリスツイードに身を包み、とてもハンサムに見えた。「ええ、覚えています。はっきりしたことはいっていませんでした。そうだよね、クララ？　その看護師を不道徳な女性だとののしっていました。しかし、ルエラにかかれば、ほとんどの女性は不道徳といわれますよ。ぼくはあまり耳を貸しませんでした」

コブは考え込むようにうなずき、パイプを離した。

「でも、まさか」フランシスが突然いった。「あのレナードという女性が、アン・グリムショーの死にかかわっているんじゃないでしょうね？」彼の話しぶりは熱心で、妻の顔にいぶかしげな表情が浮かんだのが見えた気がした。

コブもそれに気づいたのだろう。すかさずいった。「その点で、あなたと奥さんに力になってもらえるのではないかと思います。あなたは関係者全員を知っていますから」

「ええ、ひとつ、ちょっとした出来事があって」フランシスは少し顔を赤らめた。「このことは誰にもいっていません。実は、今朝までクララにもいわなかったのです。それはアン・グリムショーのことで——レナード看護師にも関係があるのです」彼はまた妻のほうを見た。「いうのが正しいのかな、クララ？」

「もちろんだわ」クララは断固とした態度で、煙草の灰を落とした。「警視とヒューは、新聞記者に明かしたりしないもの」

「こんなことを報告するのは軽蔑すべきことかもしれません。特に、気の毒にも相手は亡くなっているのに」フランシスの黒い瞳が、ブローグ靴を見下ろした。「しかし、どのみち多少は想像がついているでしょう。もちろん、ぼくが彼女と土地の売買の交渉をしていたのはご存じですよね。それは完全にまっとうな取引でしたが、彼女とは人里離れた場所で会わなくてはなりませんでした——」

「その話は聞いています」コブが口を挟んだ。

「それでルルは、ぼくが彼女と浮気しているといったんじゃありませんか?」フランシスは薄く笑った。「そんなことはなかったと断言できます。しかし、取引を通じて、彼女とは非常に仲よくなりました——実際よりもずっと安い値段で土地を買う気になれなくなるほどに。彼女は現金がほしいあまりに、二束三文で土地を手放そうとしていたんです。ケンモアから永遠に出ていくつもりでした。この土地を憎み、父親を憎み、すべての人を憎んでいたんです」

「なぜ?」コブが訊いた。

「ぼくもそれが不思議でした」フランシスはいった。「土地が法的に自分のものになるまで、売るのを待てない理由が思いつきませんでした。ぼくは彼女にこういいました——この取引が正式に合法的なものになる前に、妻の金を払うのは正当なことと思えないと。しかし、彼女は今すぐに出ていかなければならないというばかりでした。現金を手に入れなければならないと」

彼の話は、すでにシリル・ハウエルから聞いた話によって裏づけられていた。

「ついに」彼は続けた。「彼女は折れ、ぼくに打ち明けました。それは哀れを誘う話でした。彼女は近所の男と愚かな行為をし、そして——」

「どこの男かいいましたか?」コブが口を挟んだ。

「いいえ。もちろん、ぼくもそこは追及しませんでした。しかし、彼女は赤ん坊ができたようだといいました。そういうことだったんです。イライアスに知られるのを、彼女は死ぬほど怖がっていました」

「何てことだ!」わたしは叫んだ。「なぜわたしのところへ来なかった?」

「ぼくはそう勧めたんだ、ヒュー」フランシスはいった。「けれども彼女は、とても怖かったといった。代わりにレナード看護師のところへ行ったら、最後まで面倒を見てくれると約束してくれたそうだ」

「レナード看護師が!」

コブとわたしは顔を見合わせた。このなじみのない、ほとんど知らない女性が、要所要所で謎めいた登場をする。無数の恐ろしい疑惑がわたしの頭をよぎった。スーザン・レナードが、共犯者の手によってアンを死に追いやる光景が頭に浮かぶ。男と女が気の毒な娘の死体を切断する、忌まわしい、真夜中の光景が……。

「ええ」フランシスは続けた。「レナード看護師は赤ん坊についての不安に耳を傾けて、アンがケンモアを離れたら、すべて面倒を見るといったそうです」

「すべて面倒を見る」わたしは驚いて繰り返した。「アンはその看護師が違法な手術を提案したとほのめかしたのか?」

「とんでもない」フランシスのハンサムな顔が、嫌悪に歪んだ。「ぼくは——ぼくたちは——ええと、ぼくは、それほど彼女とは親しくなかった。彼女は今いった通りのことをいったにすぎない。もっと早く知らせるべきだったかもしれないが、もう知っているだろうと思っていたし、レナード看護師が事件にかかわっているなんて夢にも思わなかったものだから。ところで、彼女がどこにいるかわかっているのですか？」

「それさえわかっていれば！」コブが大声をあげた。「わかっているのは、彼女がゆうべハウエル家にいたはずがないということだけです。今、この辺りに姿を見せるのは危険すぎる。しかし、ミセス・ハウエルを殺せたはずがない人物は、彼女ただひとりといっていいでしょう。アリバイというのは厄介です、ミスター・フォークナー。アリバイに関して、あなたは助けにはならないでしょうね？」

「クララのアリバイは保証します」フランシスはかすかな笑みとともにいった。「彼女はずっとベッドで寝ていました。しかし、彼女がぼくのアリバイを証明することはできないでしょう」

「狩猟クラブの会合から帰ってから、また家を出たということですか？」

フランシスはうなずいた。「サー・ベイジルのことや、いろいろなことで、ぼくは――ええ、眠る気になれませんでした。クララが寝てすぐに、ぼくは起きて外へ出たんです」

「どこへ行きました？」

フランシスは何かいいかけたが、顔を赤くして言葉を切った。

「彼がどこへ行ったか知っているわ」驚いたことに、クララが口を出した。

「でも、あなたは寝ていたんでしょう」コブがつぶやいた。

「いいえ」クララは鋭くいった。「寝たふりをしていたの。フランシスが起きる物音がしたので、どこへ行くのだろうと思った――でも、彼は知られたくないのだろうと」

「それで、ミセス・フォークナー？」

「怒らないでね、フランシス」夫のほうを向いたクララの声は、優しいといってよかった。「いつかは知れるのがわからない？　あなたが出ていってからしばらくして、わたしは起きて、確かめようと下に行ったのよ。あなたにはわたしは見えなかったでしょうけれど、あなたの姿は月明かりで見えた――居間の窓から」

彼女は警視に視線を戻した。先ほど夫に向けたときには、同情で和らいでいた目が、今では財産とプライバシーに対する暴力への怒りに燃えていた。こんな打ち明け話をしなくてはならなくなった暴力に。

「夫は脇の草地にいたんです――サー・ベイジルのお墓のそばに」

XV

ふたたび車に乗り込んだコブは、厳めしく黙りこくっていた。フォークナー家が松林の後ろへ消えてからようやく、彼は怒鳴った。

「真夜中に起き出して、馬の墓の前でぼんやりしていただと！　意味がわかるか？」

「フランシスは本当にサー・ベイジルのことが好きだったんだ」わたしはいった。

だが、猟人の変わった流儀についてわざわざ警視に説明する気はなかった。現実的で百パーセントの都会人である彼に、この土地ならではの感傷に少しも共感してもらえないのはわかっていた。それでもわたし自身は、クララの小さな告白に純粋に心を動かされていた。ゆうべの光景が、わたしの心にくっきりと浮かんできた。クララが、いかにも彼女らしい不格好な古いガウンをはおり、夫がとても大事にしていた馬の墓のそばに黙って立っているのを、窓越しに見ている光景が。

そんな哀れを誘う一面が、犯罪に人間味を与え、関係者たちを手段や動機、アリバイを検証すべきただの人形とは考えられなくなった。わたしはまたしても、とらえどころのないレナード看護師と、同じくとらえどころのない共謀者に対して、強い、個人的な憎しみが湧いてくるのを感じた。

最初に保安官代理に指名されたとき、わたしはどんなにささいなものであろうと、その役目を演じるのが不安だった。同じ人間を逮捕し、ひょっとして電気椅子に送り込むかもしれない役目を。だが、今ではそんなためらいもなくなっていた。

「さて、これでまったく新しい視点が出てきたな」コブの声に、わたしはわれに返った。「フォークナーのおかげで、思いも寄らなかった形で看護師と計画が結びついた。結局、アン・グリムショーは故意に殺されたのではないのかもしれない」

わたしは驚いて彼を見た。「どういう意味だ?」

「これがどう当てはまるかわからないか? アンを悪い道へ引きずり込んだ男は、彼女が妊娠したのを知って、レナード看護師に違法な手術をさせようとした――それが失敗したんだ。アンは死んだ。看護師と男は焦り、遺体を処分しようとした」

　ぞっとするような説だが、説得力はあった。

「それに、あのタイプ打ちのメモは！」わたしは考えながらいった。「計画は完了しているだろうというのと、金のこと――それは殺人にも当てはまるが、手術にも当てはめることができる。完全に筋の通った話だ」

「ああ。だが、これはただの仮説にすぎない」コブは広い肩をすくめ、自分で自分の提案を却下した。「今はこの説のことで無駄にする時間はない。トラヴァース家へ行ってみよう。昨日、あのイギリス人と話しておけばよかった――しかし、一日は二十四時間しかないのでね」

　わたしは暗い気持ちで同意した。頭の中で憂鬱な計算をし、キツネ穴で遺体が見つかってからまだ三日と経っていないことに気づいた。殺人となると、さまざまなことが目まぐるしく起こるものだ。

「それに、トラヴァースにきわめて不利な証拠もある」コブは考え込むようにいった。「ミセス・ハウエルは彼とアン・グリムショーを結びつけた。サー・ベイジルはかつて彼の馬だった。彼は数カ月間、レナード看護師とひとつ屋根の下に暮らしていた。しかも、ゆうべミセス・フォークナーがスーツケースのことを明かした狩猟クラブの会合に出ていた」

「ああ、彼を怪しむのはわかる」わたしは浮かない気持ちでいった。「しかし、ほかの人たちと比べて特に怪しいとはいえない」

「それが殺人の厄介なところだ」コブはプロヴァースヴィル方面へ車を向けた。「健全な世の中なら、まともな市民の中から殺人者を見つけるのは、白い羊の群れの中から黒い羊を選び出すのと同じくらい簡単なことだろう。しかし、現実はいつもこんな調子だ。犯罪が起これば、きわめて怪しい人間がすぐさま一ダースは現れる。わたしには、犯人を捕まえる方法はひとつしかないように思える。目を閉じて、共同体の中で最も尊敬されている人物をじっくり調べることだ」

「この場合はわたしということかな？」

「きみか、きみの娘だ」

コブは達観しているような雰囲気で、それが何やら不気味だった。

トラヴァース家は、プロヴァースヴィルの郊外に建つイギリス風の魅力的な家だった。一部の同国人と違い、トラヴァースは楽してひと山当てようとアメリカへ来たイギリス移民ではなかった。彼はすでに十分すぎるほどの金を持っていて、アメリカの家をできる限りイギリス風にするために大金を投じていた。彼がイギリスを出たのは、純粋な旅心によるもののようだ。多くのイギリス人がその旅心のおかげで、世界で唯一暮らすことのできる国と褒めそやす母国を離れていた。当てのない旅の果てに、彼は六年ほど前にグローヴスタウンへやってきてヘレンと恋に落ち、そこに根を下ろすことにしたのだ。

妻が事故に遭うまで、彼は道楽で不動産の取引をやっていた。だが、それもやめた。彼の仕事は、いくつかの地元の大企業で名ばかりの取締役を務めることだった。そして、ケンモアの狩りに参加するのと、たまに狩猟旅行に出るのを除けば、この家と、事故のためにますます盲目的に崇拝するようになった妻のそばを離れることはめったになかった。

それは奇妙な生活だった――健康で男らしい夫と、体の不自由な妻が、世間から切り離されたも同然の暮らしを営んでいる。他人の性生活に病的なまでに熱中していたルルおばさんが、トミーとアン・グリムショーを結びつけたのも不思議ではない。妻が治る見込みのない障害を抱える夫は、そういった噂にさらされるものだ。

しかし、トミー・トラヴァースの場合、不倫をするとは信じられなかった。アメリカ人の夫なら、似たような立場になれば女漁りを始めるかもしれない。だが、トミーはきわめてイギリス人らしかった。そして――冷血とも、禁欲的とも、そのほか何と呼んでもいいが――イギリス人の夫は結婚の誓いを真面目に受け取る傾向があるのだ。

エリザベス朝様式を入念に模したトラヴァースの家へ向かう私道に入ると、正面の芝生にトミーがいた。ぶちのあるスパニエル犬が二匹、彼の足元を駆け回っている。静かで平和な眺めだった――そして、実にイギリス的だった。荘園主と猟犬の図だ……。

犬はすぐにわたしたちに気づき、車へ突進してきた。わたしたちが降りると、大喜びで吠え、手当たり次第に舐め回そうとした。

トミーはすぐ後からやってきた。両手をフランネルの服のポケット《バッグス》に深く突っ込み、隙のないフォックステリアのような顔には笑みをたたえている。

「警視を連れてきたのか、ウェストレイク。今度はわたしが質問を受ける番なのだね。入りませんか？　多少のウィスキーなら、警察の方にも害はないでしょう」

彼はわたしたちを居間へ案内した。オークとピューターをふんだんに使った、大胆なエリザベス朝様式の内装だった。彼はサイドボードに近づき、わたしたちのためにウィスキーのソーダ割りを作った。

コブは満足げにそれを飲んだ。節制している者にありがちだが、上質のスコッチには弱いのだ。

「昨日伺おうと思ったのですが」彼は静かにいった。「時間がなかったもので。しかし、部下がお話を聞いたのではありませんか？」

「ええ。どちらかといえば気の滅入る感じの相手でしたね。金曜の夜、わたしがどこにいたかを訊かれました。例のくだらない質問です。わたしは寝ていたと答えました――しかし、信じる理由はありませんよね？」トミーはにやりとしたが、その目から笑みを消した。「もちろん、ヘレンとわたしは今では同じ部屋で寝ていません――証明する人はいないのです」

コブは同情するようにうなずいた。

「実は、ここへ来たのはアン・グリムショーの件ではないのです、ミスター・トラヴァース。しかし、あなたはもちろん、彼女のことを知っていましたね？」

「多少は」トラヴァースは言葉少なに答えた。「いい人でした――垣根をつくらない人で。何もかもが、本当にショックです」

「それで、彼女が――その――近所の男性とつき合っていたかどうか、ご存じじゃありませんか？」

トラヴァースは葉巻入れを開け、警視に差し出した。

「見当もつきません」

コブはうなずいて葉巻を遠慮し、パイプを出した。

「実は、レナード看護師のことで来たのです」彼はだしぬけにいった。

「レナード看護師の?」トミーが片眼鏡をかけていたら、きっと目からずり落ちていたことだろう。「まさか、彼女がこの事件にかかわっているんじゃないでしょうね?」

「あなたの奥さんが、なぜ彼女を解雇したのか知りたいのです」

「わたしに訊かれてもわかりません」トミーは肩をすくめた。「ご自分で妻にお訊きになったらいいでしょう。ヘレンは看護師のことでは変わっていましてね。同じ人が長いこと担当するのには耐えられないのです。それを責める気はありません。たいていは、退屈な人たちですからね」

「レナード看護師がここにいたとき、あなたは彼女をよく見かけましたか?」

トラヴァースはその質問に軽く驚いたようだった。

「もちろん、ちょくちょく顔を合わせていました。ブロンドの、感じのよい人でしたよ——普通の看護師よりもずっと陽気でした。彼女がいなくなったのは寂しかったですね」

「彼女が男といるのを見たことはありませんでしたか?」

「男?　いいえ——ちょっと待ってください。ずっと忘れていましたが、ある晩、男性と一緒にいるのを見たことがあります。三カ月前だと思います。彼女がうちに来た直後で——」

「ええ」コブが熱を込めていった。

「そう興奮しないでください」トラヴァースは浮かない顔をした。「あまり役には立たないと思いますから。その男の顔は少しも見ていないのです。わたしは馬に乗っていました。思ったより遠出をしてしまい、戻るのが遅くなりました。トップ・ウッズに差しかかったときにはほとんど日が暮れていて、そのときに――その――ひと組の恋人たちに出くわしたのです。ふたりは丸太の上に座っていたと思います。キスとか、そんな恋人たちにふさわしいことをしていました。わたしはできるだけ目立たないように、別の方向を見ていましたが、レナード看護師であることはわかりました」

ここに新たな線が生まれた。しかも興味をそそる線だ。これまで、わたしはレナード看護師のことを単に共犯者として雇われただけの、漠然とした、非人間的な存在のように思っていた。今では、彼女がより人間的に思え、アン・グリムショーを排除したい個人的な理由があったのではないかという気がした。

「男を見なかったのは確かですか?」コブが質問した。

「確かです。陰になっていたので。まるで自分の身を隠そうとしているようでした。ツイードの上着がちらりと見えただけで」トラヴァースは自分のために酒のお代わりを作り、コブにデキャンタを渡した。「しかし、話はそれで終わりではありません。後になって、レナード看護師ともう少し親しくなると、わたしはあの逢引のことで彼女をからかったのです。恋人は誰なのかと。あのときの彼女は、どこか妙でした。真っ青になってすべてを否定し、すっかり慌てていました。しかし、彼女はとても信仰心の篤い女性でした。わたしはまずいことをいったのだと思いました」

そのとき、ドアが開いて、看護師の制服を着た地味な女性が入ってきた。彼女がレナード看護師に代わってトラヴァース家に来たプロザロ看護師なのだろう。

彼女はびくびくしたようにコブを見て、わたしにいった。

「あの、先生がおいでになっているとミセス・トラヴァースが聞きまして、会いたいとおっしゃっているのですが」

わたしは許可を得るように警視を見た。彼はうなずいた。

「ついでに、ミセス・トラヴァースにレナード看護師のことを訊いてくれないか？　それから、わたしが質問しても構わないかを」

冬の午後にはいつも、ヘレン・トラヴァースは二階の、細長く日当たりのいい部屋で過ごしていた。そこなら車椅子からケンモア渓谷の広々とした眺めが一望できるからだ。わたしが看護師に案内されたのはその部屋だった。

ヘレンは窓辺で霜の降りた芝生を眺めていた。遅い午後の日差しが、彼女の白く繊細な顔を照らしていた。黒髪は額から後ろにきっちりと撫でつけられ、まるで中世の聖人画のように見えた。

主治医としてヘレンをたびたび診ているというのに、この穏やかで無力な女性を見ると、決まってわたしはショックを受けた。わたしの心の中では、彼女は相変わらず、サー・ベイジルを操って大胆な手柄を立てては近所を驚かせていた、陽気で無鉄砲な女性のままだった。彼女が立ち上がって挨拶をすることもできず、手足を動かすことすらできないとは、とうてい思えなかった。

看護師が出ていくとすぐに、彼女は椅子のほうへほほえみかけた。

「来てくれて嬉しいわ、先生。トミーに電話してもらおうと思ったけれど、彼には知られたくなかったの」

「どうしたんだい？」わたしは尋ねた。

「ゆうべ、ある出来事があって」ヘレンはまだ笑みを浮かべていたが、目は曇っていた。彼女が心配しているところをそれまで見たことがなかったので、わたしは漠然とした不安を覚えた。「保安官代理のあなたに知らせておいたほうがいいと思ったの。重要なことだと思えば、警視にも伝えてちょうだい」

「ゆうべ、ここで何かあったというのか？」

「ええ」ヘレンはとても穏やかに話した。「少なくとも、実際に起こったわけではないのだけれど——わたしの体が不自由だからといって、気のせいだとは思わないで。ゆうべ、窓の外に男がいたの。何時間もの間、出たり入ったり、行ったり来たりする足音が聞こえたわ。月明かりで、ちらりと姿も見えた。家に押し入るかどうか、心を決めようとしているようだったわ」

彼女の話を聞きながら、わたしは妙な寒気が忍び寄るのを感じた。それはゆうべに、もうひとりの病人が電話でヒステリックにささやいた話とあまりにも似通っていた。ルエラ・ハウエルは窓の外で男の足音を聞いた。そして彼女は死んだ。気の毒なヘレン・トラヴァースはそれよりもさらに無力だった。

「こんなことで大騒ぎするのは馬鹿げているように思うけれど」ミセス・トラヴァースの穏やかな声は続いた。「でも——後から怖くなって。ただのこそ泥でなかったのは確かよ。絶対に確かなの——だって、彼はひとりごとをいっていたんだもの」わたしを見上げた彼女の目には、心からの恐怖が浮かんでいた。「彼は出たり入ったりしていた。ときには一時間ほど離れていることもあったけれども、また戻ってきた。そして、ここにいる間じゅう、彼がぶつぶつひとりごとをいっているのが聞こえた。くぐもった、支離滅裂な言葉だった。何をいっているかはわからなかった。でも、彼が脅威なのは感じたわ——危険な人物なのは」

わたしはできるだけ不安を隠し、さらに正確な時間を尋ねた。彼女の答えは曖昧で、庭を徘徊していた見知らぬ人物が、わたしの家に二度押し入り、ルエラ・ハウエルを殺した人物と同じかどうか断定できなかった。

「最初は」ヘレンは続けた。「自分の身が心配だったわ。みんなそうでしょう。でも、それから気づいたの——体が不自由で将来のないわたしに、危害を加えたい人などいないだろうと。その男が誰かの脅威になるとすれば——トミーしかいないと」彼女は哀願するようにわたしを見た。「だから、あなたにいわなくてはならなかったの、ドクター・ウェストレイク。なぜだか——理由はわからないけれど——トミーがこのことにかかわっているなんて想像できない。でも、彼に危険が迫っていると思うわ。本物の危険が」

もう一度、わたしは彼女を安心させるためにできるだけのことをした。しかし心の奥底には、彼女が正しいのではないかという不安があった。わたしが知る限り、レナード看護師が恋人か、共犯者か——あるいは何者だろうが、男と一緒にいるのを見たのはトミー・トラヴァースだけだ。やましいところのある人間なら、ルエラ・ハウエル亡き今、トラヴァースが唯一、ケンモアの殺人者の正体を知っている人物だと考えるかもしれなかった。

そんな考えから、わたしはレナード看護師のことに注意を戻した。彼女について、できるだけ穏やかにミセス・トラヴァースに質問した。ほとんど情報は得られないと、わかっていてもよさそうなものだった。優しい心の持ち主であるヘレンは、人の悪口をいえなかった。彼女から引き出せたのは、前に何度も聞いたことと変わりなかった。ひとりの看護師があまり長く家にいると飽きてしまうためで、彼女には何の落ち度もないと。しかし彼女は、レナード看護師がこの近辺にとどまりたがっていたというわたしの、というよりコブの疑惑を裏づけた。

数分後、わたしは彼女を残して、居間のコブとトラヴァースのところへ行った。警視は質問を終えているようだった。わたしが部屋に入ったとたんに彼は立ち上がり、イギリス人とスパニエル犬を残して、一緒に廊下に出た。

「慎み深い男のようだな」帽子とコートを取りながらコブはいった。「彼から訊き出せることはあまりなかった」

だが、わたしはそれをほとんど聞いていなかった。わたしの目は、玄関ホールのテーブルで投函を待つ手紙の束に惹かれていた。

それはごく普通の手紙で、グローヴスタウンのさまざまな企業の宛名が手書きで書かれていた。しかしそれは、わたしの頭の中で、新たな、まったく驚くべき展望を開いていた。

わたしはコブの腕をつかんだ。

「見てくれ」

警視は振り返った。見開いた目から、彼もその手紙の重要性に気づいたのがわかった。

ミセス・ハウエルはレナード看護師のスーツケースから、彼女が残した手紙を抜き取った。わたしたちの仮説が正しければ、その手紙を読んだことが、彼女の命を奪ったのだ。

そして今、レナード看護師の謎の文通相手が誰だったか疑いはない。空の封筒に書かれていた詰まった筆跡に、何となく見覚えがある理由がわかった。

それはトミー・トラヴァースの筆跡だったのだ。

一瞬、わたしはすっかり途方に暮れた。コブも相当混乱しているように見えた。わたしたちはふたりしてその場に立ち、呆然と手紙の束を見下ろしていた。

「よくいったものだ」コブは小声でいった。「トラヴァースから何も引き出せなかったとは！」

「わたしから何が引き出せたのですか？」

振り向くと、イギリス人がスパニエル犬を従えて、居間からふらりと出てくるところだった。鋭い目が、半ば面白そうに、半ば興味を引かれたようにわたしたちを見ている。

「おふたりとも、幽霊を見たような顔ですね。手がかりが見つかったなんていわないでくださいね」

コブはしばらく何もいわなかった。その目はトラヴァースをじっと見ていた。

「こう考えていただけですよ」ようやく彼はいった。「この手紙を書いたのは誰だろうと」

トミー・トラヴァースはのんきそうに前へ出て、封筒を一枚取り上げた。

「これですか？」彼は訊いた。「もちろんわたしですよ。ひどい文字でしょう？」

わたしはこのときが来るのを知っていた。しかし、コブがその状況にどう対応するかはわからなかった。過熱した想像力は、あらゆることを思い描いた——何もしないことから、その場で逮捕することまで。

ようやく口を開いたコブの声があまりにも穏やかだったので、わたしは驚いた。

「ミスター・トラヴァース、レナード看護師の持ち物の中から、あなたの手紙が出てきたのはご存じですね？」

「本当ですか？」イギリス人は無関心そうにいった。「彼女に手紙を書いたことなんて忘れていました」

「でも、書いたのですね？」

「手紙が見つかったというなら、そうなのでしょうね」トラヴァースは言葉を切り、指でテーブルを叩いた。「ああ、そうそう。思い出しました。彼女が辞めるとき、わたしは家にいなかったのです。二週間分の給料が未払いでした。わたしは急いで手紙を書いて、小切手を同封したのです。わかるでしょう――あなたがいなくなるのが残念です、いつでも立ち寄ってください――そんな感じのことですよ」

しかし、トミーが演技をしていたとしても、コブのほうが一枚上手だった。

「なるほど」彼はさりげない笑顔でいった。「いずれにせよ、それではっきりしました。ここにいるウェストレイクが、その手紙をきわめて重要なものと見ていましたのでね。ほっとしました。それがただの――ええ――そういう類のもので。実際には、これも目くらましだったということですね」

彼はまたほほえみ、わたしを車に急かした。

「これも目くらましだったって！」トラヴァース家の私道に車を走らせながら、コブはつぶやいた。「そうかもしれないし、そうでないかもしれない。あのイギリス人は嘘をついているかもしれないし、ついていないかもしれない。だが、ミセス・ハウエルが何を見つけたかがわからないうちは、何もできない」

「永遠にわからないかもしれない」わたしは陰気に指摘した。「だが、きみがトラヴァースに訊くべきことがあった。彼はレナード看護師に手紙を書いたことは認めた。わたしは、タイプ打ちのメモも彼のものだと認めたかどうかが知りたかった。少なくとも、あのタイプ打ちのメモは目くらましじゃないだろう」

警視は小馬鹿にしたようにわたしを見た。「きみがトラヴァースの妻と話している間に、わたしが何をしていたと思っているんだ？　トラヴァースはタイプが打てないし、タイプライターを持っていないこともわかった。妻は持っているが、機種が違う。われわれが追っているのはエリオットのポータブル、ナンバー5だ。それがまだ見つかっていなければ――いつか部下が見つけるだろう。ところで、ミセス・トラヴァースは何かいっていたか？」

わたしが報告すると、彼はうんざりしたように小さくうめいた。

「何と、また徘徊者か！　この辺りじゃ、誰も夜に寝ないのか？」

彼は時計に目をやった。「まだ四時半だ。この件を、最初から最後まで徹底的に討論しようかと思っていたが、徘徊者の件が出てきた以上は、アリバイの確認を続けたほうがよさそうだな。つまり、あと何軒か訪問しなくてはならない。きみは大丈夫か？」

「だと思う」わたしはいった。「患者がまだ生きているなら、あと少しくらい待てるだろう。病人の少ない冬で助かったよ。だが、この殺人事件がまだまだ長引くようなら、順調そのものの開業医の仕事を失ったことでグローヴスタウン警察を訴えることになるだろう。次はどこへ行く？」

「いよいよグリムショー家へ乗り込むときだと思う」コブは唇を結んだ。「確かに相手にはしにくいだろう――殺人者のように扱えばいいのか、肉親を亡くした遺族として扱えばいいのかわからない。だが、ウォルターがあの服をどうしたのか、なぜレナード看護師に電話をかけたのかが知りたい」

「それに、なぜイライアスがあれほどぴたりと、イゼベルの肉に関する聖書の引用をしたのかも」

「いいだろう」警視はグリムショー農場に向かって車を走らせた。「きみが父親のほうに話を訊き、わたしがウォルターに当たってみよう」

コブがそういいながらカーブを曲がると、アドルフ・バーグの小さな農家が見えてきた。道から引っ込んだ家の前には、几帳面に手入れされた家庭菜園があった。緑の門の前で速度を落としたのは、一台の古いロードスターだ。ウォルター・グリムショーのものであるのは間違いない。わたしたちはちょうど、アンの弟が車を降り、バーグの家に通じる小道を歩き出したところに出くわしたのだ。

「すると、スカンジナヴィア人のお友達を訪ねるところか」コブはつぶやいた。「しかも、急いでいる様子だ。われわれも急いだほうがよさそうだな」

ウォルターが半分ほど来たところで、わたしたちは彼を呼び止めた。彼は玄関へ急ごうとしている様子でくるりと振り向いたが、わたしたちが近づくのを待った。彼はいつもより身なりに気を遣っているようで、目は奇妙な興奮に光っていた。なぜだか、彼がたった今感情のぶつかり合いを経験し、望みの結果を勝ち取ったのがわかった。

「きみを探していたんだ」警視はいった。

「ぼくのほうでもあなたを探していました」ウォルターは、どこかわざとらしい笑みを浮かべていった。「というより、一時間ほどしたら探そうと思っていました」

「ちょうどいい」コブはいった。「警察に話したいことがあるなら、喜んで聞こう」

「いや、ありません」ウォルターはすぐさまいった。「後から出てくるかもしれませんが」

「警察署に来て、後で話したいということを今聞かせてくれないか?」今では、警視の口調はさほど愛想がいいとはいえなかった。「たとえば、レナード看護師への電話の件で、少し訊きたいことがある」

だが、ウォルターは聞いていない様子だった。彼は時計を出したが、その手が震えているのにわたしは気づいた。冷静なグリムショー青年がこれほど神経質になっているのは驚きだった。

「五時十分前か」彼はひとりごとのようにつぶやいた。それから、コブの目をまっすぐに見た。

「今はあなたとどこへも行けません」そっけなくいう。「何をしたって無駄ですよ。でも、六時半ごろ署へ行こうと思います。それまでに、あなたたちが何をする予定か知りませんが、また殺人事件を抱えたくなければ、おとなしく待っていたほうがいいですよ」

　コブは疑わしそうに彼を見た。

「あなたが何を訊こうとしているのかわかっています」ふたたび、ウォルターの唇に、人を無防備にさせる笑みがふと浮かんだ。「あの日、ぼくがグローヴスタウンへ行ったことや、ゆうべ何をしていたかを知りたいのでしょう。ええ、あとで説明しますよ。どちらかといえばおかしな話で――」

　彼は言葉を切り、妙な笑い声をあげた。それから、わたしのほうを向いた。

「頼むからこの人を説得してくださいよ、ドクター・ウェストレイク。警察に、しばらくの間その大きな足を引っ込めてくれるようにね」彼はまたコブに戻った。「ぼくはバーグに会いに来たんです。それと、もうひとつやることがあります。その後で白状しにいきますよ」

「おふざけはたくさんだ」コブの目は青い鋼鉄のようだった。「何が自分のためになるかわかっているなら、すぐにわたしと署に来るんだ」

　ウォルターはぎこちない足取りでバーグの家へ向かった。入口で彼は立ち止まった。背筋の伸びた長身の青年は、生意気で反抗的な目つきをしていた。

「無理強いしようとしても無駄ですよ」彼はごく静かな声でいった。「ぼくを逮捕できないのはわかっているでしょう。いずれにせよ、お勧めはしません。おとなしくついていく気はありませんからね」

　彼は広い肩をそびやかせた。

「オフィスに戻ったほうがいいですよ、警視。ぼくをスパイしようなんて思わずにね。六時半には、子羊のようにおとなしく訪ねていきますから」

彼はまた笑った。短く耳障りな笑い声だった。それからドアを開け、ばたんと閉めた。鍵のかかる音が聞こえた。

「あの常軌を逸した行動をどう解釈する?」コブは低い口笛とともにいった。

「さっぱりわからない」わたしは答えた。「だが、彼のいう通りにしたほうがいい。オフィスに戻って待つんだ。とても重要なことがあったに違いないし、一番確実なのは彼の好きなようにさせることだ。グリムショー家の連中はラバのように頑固だ。本人が隠している証拠に基づいて、彼を逮捕することはできない」

コブは公務執行妨害といったようなことをつぶやきはじめたが、珍しく、いきなり爆笑した。隙のない青い目を輝かせ、ひどく楽しそうに見えた。

「いいだろう、ウェストレイク。それで決まりだ。わたしはオフィスに戻るから、きみはイライアスに当たってくれ。車に乗れ、送っていこう」

「それより歩くよ」わたしはいった。「ここ数日で一番健康的なことかもしれない。それに、嫌なことを少し先延ばしにできるしね」

わたしはひとり、パイチャーズ・レーンをグリムショー農場に向かった。背後に、グローヴスタウンに戻ろうとするコブの足音が聞こえた。

彼はまだ、ひとり静かに笑っていた。

黄昏が冬景色をかすませていた。灰色の空を背景に、枯れ木がぼんやりと見える。くねくねとした上り坂は、不明瞭な白いリボンのようだった。陰気で単調な夕暮れだ。

ウォルターとの驚くべき会話から、わたしはローズマリーのことを考えた。ここ数日の凝縮された恐怖に対し、彼女とふたりきりになった数少ない機会は、健全で明るい救いだった。ゆうべ彼女の髪を撫でた、短いひとときを思い出した。わたしの名前を呼んだとき、彼女の唇にふと浮かんだほほえみを。それを思い出すと限りなく安心した。しかし現実がすぐに醜い頭をもたげ、恋の蜘蛛の巣を破った。さっき会ったばかりのウォルターを思い出す――ブロンドで、たくましく、明らかに若々しい。どう考えても、自分が四十歳を前にした無愛想な中年の男やもめである事実は変えられないし、雑誌小説を除けば、ローズマリーのような若い女性が、どれほど〝しょんぼりして〟いようと、無愛想な中年の男やもめに興味を持つはずがなかった。こちらから身を引いたほうがよさそうだ――。

わたしはいきなり物思いからわれに返った。目の前に、夕空にシルエットとなって、馬に乗った人物が現れた。黄昏にかすんでいたが、それが誰なのかはすぐにわかった。ローズマリー……！

それはまるで、わたしの憂鬱な想像が作り上げた幻のようだった。

彼女は美しい幽霊のように、砂利道をとてもゆっくりとこちらへ近づいてきた。薄暗さのせいで、その光景からは一体感が失われていた。灰色の乗馬服を着たほっそりとした体と、ぼんやりとした馬の輪郭は薄っぺらに見えた――古く色あせた写真のような、二次元の存在に。

彼女はわたしに気づかない様子で、ほとんど横に並ぶまで近づいた。そこまで来ても気づいたとは思えない。彼女は下を向き、垂らした黒髪のせいで視界を遮られていた。名前を呼ぶと、彼女はゆっくりと顔を上げた。その顔に、わたしはショックを受けた。頰は紙のように白く、目はぎらぎらとし、緊張しているように黄昏の中で光った。まるで、さっきまで泣いていて、その涙が乾ききっていないかのようだ。

「ローズマリー！」わたしは大声をあげた。「どうかしたのか？」

「ヒュー！」彼女の声は平坦で、感情がこもっていなかった。

一瞬、彼女はじっと鞍にまたがっていたが、やがて夢の中にいるように馬から下り、手綱を枝に巻きつけ、わたしのそばへ来た。

わたしは青白い顔を見下ろしながら、いくつもの気がかりな考えが心をよぎるのを感じた。

「ローズマリー、何かあったんだろう。話してごらん」

彼女はとても白い指で、黒髪を額からかき上げた。

「何でもないわ」彼女は物憂げにいった。「何もないわ――大したことは」

「わたしを信頼できるのはわかっているだろう」わたしは彼女の手を取り、握りしめた。彼女は手を引っ込めようとはしなかった。「それに、どんなことだろうと――力になれることは何でもするよ」

彼女の唇にかすかに笑みが浮かんだが、それは楽しそうではなく、苦々しい笑みといってもよかった。

「ありがとう、ヒュー。それに――あなたに隠しごとをする理由がある？　お医者様が信頼できるのは、みんなが知っているわ。そうじゃない？　特に、こんなに優しいお医者様なら。それに、わたしは忘れてしまいたいの。彼のことも忘れてしまいたい」

彼女は小さく笑った。

「どういう意味だい？」わたしは優しく尋ねた。

「ウォルターよ」彼女は肩をすくめた。「煙草ある、ヒュー？」わたしは手渡した。「ありがとう。煙草を吸っているときのほうが、気持ちを打ち明けやすいものね」

道端に丸太が置かれていた。わたしたちはそれに並んで座った。ローズマリーが煙草を唇にくわえたり離したりするたびに、その火が暗くなりつつある夜の中に弧を描いた。彼女の体はとても近くにあった。その体が——緊張し、ぴりぴりしているのがわかる。わたしの腕をかすめた彼女の腕は震えていた。

「変ね！」彼女の声は、予想もしていなかった硬い響きを帯びていた。「きっとわたしのことを、湿っぽい、感傷的な女だと思うでしょうね。お尻を叩かれたほうがいいと。最近では、恋愛なんてとても軽く考えられているでしょう？　気絶したりするのは時代遅れだと。でも、わたしはまさにそうだったの、ヒュー——目が腫れるまで泣いていたのよ」

彼女はまた笑った。しかし、そんなさりげない態度こそが痛々しく、信用できなかった。

「泣きたければ、いつでも広い肩がある」わたしはいった。

「ああ、もう涙も尽きたわ」彼女は煙草を投げ捨てた。凍った芝生でそれが消える音がした。「ただ、怒ってるの——ものすごく怒ってるの。ウォルターとのことは知っているでしょう。大恋愛だった。もうすぐ家族の反対を押し切ってウェディングベルが鳴らされると思っていた。恋愛小説みたいに――花嫁が頬を染めて」

「なのに、喧嘩でもしたのか？」

「いいえ。そんな健全なことじゃないわ。たった今、自分が浜辺の小石のひとつにすぎないことがわかったのよ。彼がわたしを追いかけるのは、わたしから引き出せるものがあるからだと、ルルおばさんがほのめかしたのを覚えているでしょう？　たぶん、その通りだったのだと思うわ」

「わたしが聴罪司祭なら、最初から話してくれというだろうね」

「最初から！」彼女はわたしの手からシガレットケースを受け取り、新しい煙草に火をつけた。「どこから始まったかなんて、どうしてわかるかしら？　ウォルターに会ったのは、ここへ来て二、三日経ってからのことだった。すぐに、わたしが求めているのはこの人だってわかった。そして彼も、同じことを考えたみたいだった。ルルおばさんは彼をよく思っていなかった。それに、彼の父親は誰のこともよく思わなかったから、会うのは簡単なことじゃなかったわ。わたしたちが会えたのは、この小道を行った、グリムショー家の森の中にある古い納屋でだけだった」彼女は煙草で左側を指した。「ほとんど毎晩のようにそこで会ったわ」

その若々しい声を聞くのは、悲しみ混じりの喜びといった奇妙な感じだった――少なくとも、彼女はわたしを、秘密を打ち明けられる相手とみなしている。それに、当事者が誰であれ、恋人同士の喧嘩というのは、殺人や突然の死といった考えが重くのしかかる一日に、活力と新鮮な空気をもたらしてくれた。

「そう」ローズマリーはささやき続けた。「納屋は寒く、すきま風が吹き込み、ネズミがはびこっていた。でも――感傷的なわたしは、だんだんそこが好きになってきたわ。もし――もし彼がほかの女性と会うなら、少なくとも別の場所を選ぶだろうと思った」

またも煙草の火が消えた。

「つまり、ウォルターがその納屋で、別の女性と会っているのを見たというのか？」わたしは信じられない気持ちで訊いた。

「別の女性！　ええ、そうよ、昔からある三角関係というわけ」ローズマリーはまた笑った。「今日の午後、とても気持ちが沈んでいたの――ルルおばさんのこととか、いろいろなことで。わたしは馬で出かけ、三十分ほど前にグリムショー家の森を抜けて戻ろうとした。それで――ウォルターがいるんじゃないかと思って、納屋に寄ってみたの」彼女は間を置いた。「彼はいたわ。入口のところに、女の人と一緒に。ちょうど、キスをしているところを見たの」

ローズマリーは衝動的にわたしを見た。薄暗がりの中、その唇が震えているのがわかった。彼女はわたしの手を取り、自分の頬に持っていった。

「ああ、ヒュー、本当にひどい気分だわ。わたし――馬鹿でしょう？」

一瞬わたしは、彼女のことしか考えられなかった。慰めてほしいとわたしを頼っている。できる限りのことはしたが、さっき会った、顔を赤くして興奮していたウォルターのことを考えると、気持ちが沈んだ。

しばらくすると、彼女は体を離した。自分を保つのに懸命になっているのがわかる。

「どうして自分の惨めさをあなたに背負わせようとしているのかしら？」彼女は明るすぎて本心

とは思えない口調でいった。「今では、あなたは保安官代理で——とても重要な立場にいるのに。わたしに公式に質問したいことはない？」

それを聞いて、質問があることに気づいた。

「ひとつだけ教えてほしい、ローズマリー。きみは、おばさんがレナード看護師の鞄をわたしの車に載せたことを誰にもいわなかったかい？」

ローズマリーはかすかに笑みを浮かべてわたしをじっと見た。

「ずいぶん謎めいた質問ね！　実は、いったわ。わたし——」彼女は言葉を切った。

「ウォルターに話したというのか？　いつ？」

彼女はしばらく答えなかった。それから、髪を後ろに払った。

「これ以上黙っている義理はないわね」彼女は冷たくいった。「あなたには打ち明けておくわ、ヒュー。わたし、あの警視に嘘をついたの。ゆうべ、狩猟クラブの委員以外に、誰か家に来なかったかと訊かれたでしょう。わたしは来なかったと答えたけれど、それは本当じゃないの」

「つまり、ウォルターが会いにきたんだね？」そういいながら、わたしはコブがその質問をしたときに彼女が顔を赤らめたのを思い出した。また、それはグリムショー青年にとってひどく不利なことだと思った。

「ええ。ルルおばさんが外の私道に誰かいるといったとき、わたしがあまり同情しなかったわけがわかったでしょう。ウォルターと話をしたばかりだったのよ。当然、彼なのだと思っていたわ」

「彼とは長いこと話したのか？」わたしはすかさず訊いた。

「ほんの数分よ。わたしに会いたかったといった。もう納屋で会わないほうがいいと告げにきたの。ウォルターはこういったわ。誰かが納屋のそばにいるのを見たような気がする、わたしたちが――見とがめられるのが怖いと」彼女は笑った。「わたしはまんまと信じ込んだわ。わたしを納屋から遠ざけたのは――別の女性とふたりきりになるためだなんて、ちっとも気づかなかった。ルルおばさんとレナード看護師の鞄をめぐる逸話まで披露した。彼が面白がるだろうと思って」

彼女は口を閉じた。薄闇の小道はとても静かだった。半径数マイルのうちで聞こえるのは、ローズマリーの馬の苛立ったような足音だけだった。

と、不意にローズマリーがわたしの顔を見た。闇の中で、その頬はチョークのように白かった。

「ヒュー、レナード看護師が殺人にかかわっているんじゃないでしょう？」

「どうやらそうらしいんだ」

「何てこと！」ローズマリーの手がわたしの腕に触れ、やがて力なく脇に落ちた。彼女がまた口を開いたとき、自分にいい聞かせるようだった。「じゃあ、その女だったのね。いいえ、まさか。ありえない。おばが彼女を辞めさせて、それから――」

「ローズマリー。何をいってるんだ？　話してくれ」

「あの女よ！」彼女の声はほとんど聞こえなかった。「納屋でウォルターといた女。陰になっていて、はっきりとは見えなかった。でも、見覚えがあったわ――ブロンドの――ああ、ヒュー、そんなはずはないわ」

「でも、きみはそう思ったんだね――」

「ええ。わたし――」彼女の口調は必死で、苦しげだった。「――とても恐ろしいわ。でも、あなたにはいっておかなくては。ウォルターといたあの女は、レナード看護師に違いないわ」

XVII

その暗い月曜日に明らかになった驚くべき事実の中でも、わたしが一番驚いたのはそのことだった。わたしはしばらく、馬鹿みたいにローズマリーを見ていた。徐々に頭が働いてきた。

「彼らを見たのはどれくらい前だ?」わたしは熱心に訊いた。

「だから、三十分ほど前だといったでしょう。その後で、わたし――まっすぐここに来たわけじゃないの。しばらく森の中を走って――」

「聞いてくれ、ローズマリー」わたしは彼女を丸太から立たせた。彼女の手はまだわたしの手の中にあった。「今は説明できないが、とても大事なことなんだ。あの女性を見つけなくてはならない。それと、今わたしにいったことを、決して誰にもいわないでほしい」

彼女はわたしがすっかりおかしくなったと思ったに違いない。最後に一度、彼女の手を強く握り、わたしは急に小道を歩きはじめた。森のどこかでレナード看護師が見つかる可能性は、まだわずかにあった。

わたしは足を速めた。ごつごつした、凍った地面を急ぐのは、簡単なことではなかった。数分後、道が鋭く左に曲がっているところへ来た。その先はグリムショー農場だった。古い納屋への最短距離は、森を突っ切ることだ。道はなく、下生えはうっそうと茂っていた。わたしはつまずき、悪態をついた。それでも、ずっと奇妙な興奮を感じていた――好奇心と不安が入り混じった、追跡の興奮だった。

ここ数年、たびたび勝手に立ち入っているので、森のことはよく知っていた。すぐに自分がどこにいるかわかった。密集する広大な松林をかき分け、荒れた小道に出た。曲がりくねった道は、五十フィートほど先の納屋に通じている。木々の上に、古い建物がぼんやりと見えた。

奇妙なことに、わたしはサー・ベイジルが狩りで興奮し、フランシスを振り落としたのとちょうど同じ場所に来ていた。先を急ぎながら、わたしはそのことを思い出した。それは妙に物語めいた感覚を添えた。まるで自分が、不気味な冒険談の登場人物で、稽古した役割を演じているかのようだ。何が起こっても不思議ではない気がする。

そのようなわけで、実際に事が起こったときにも、わたしは必要以上に驚かなかった。納屋から少し離れた前方の森から、枯れた枝の折れる音が聞こえてきた。足音だ……！

わたしはその場にじっとして、聞き耳を立てた。足音は徐々に薄らいでゆく。森にいる人物は、急速にわたしから離れていった。

あと少しで目的を遂げるところまで来て、わたしは少し途方に暮れていた。どうすればいい？その足音がレナード看護師のもので、彼女に追いついたとして――力ずくで警視のところへ引っぱっていくべきか？　万一、彼女が共犯だという説が間違っていたとすれば、わたしはいい笑い者だ。そして、もし正しければ――わたしはミセス・ハウエルが、紫のシルクのパジャマから光るナイフの柄を突き出させ、じっとベッドにもたれていたのを思い出した。もし正しければ、レナード看護師は手ごわい相手になるだろう。

ためらっている間に、足音はかなり先まで行っていた。自分をののしり、下生えに足を取られながら、できるだけ速く歩いた。しかし、歩みは遅々としていた。音を出す危険を冒すわけにはいかない。つけられていると気づいたとたん、獲物は森の奥深くへ逃げ込んでしまうだろう。

ボーイスカウトの経験はないが、経路探索の本能が自分の中で芽生えてきたようだ。こっそりと歩くこと五分、わたしはあの素早い、枝を踏む音と、ほぼ並ぶところまで来ていた。目の前の木々はとりわけ黒々としていたが、やがて突然、小さな空地が開けた。

わたしは息を切らせながら歩を速め、ちょうど追っている人物の姿をとらえた。幸い、まだ空は真っ暗になっていなかった。女だ——若い女で、帽子はかぶっていない。ブロンドの髪が鈍く光るのが見えた。

後からコブにはいわなかったが、彼女を見て、わたしは急にパニックに襲われた。レナード看護師のことはさんざん耳にしていたし、想像してもいた。わたしにとって、彼女はただの若い女性ではなかった。わたしの頭の中で、彼女はどこか邪悪な、ほとんど超自然的な存在になっていた。

だが、わたしは保安官代理だ。険しい顔を保ち、追跡を続けた。工夫してはみたものの、あまり前進はしなかった。しかし、相手に遅れることはなく、足音を聞かれていないのも確実だった。それは称賛に値するだろう。

追跡の興奮で、わたしは完全に方向感覚を失っていた。レナード看護師は非常に曲がりくねった道を進んでいた。それに、森のことをよく知っている様子だった。こんな寂しい場所で彼女は何をしていたのか、ふと気になった。何かの約束があるのだろうか？　だとすれば——誰と？　何のために？　彼女はずっと、このグリムショーの荒れ果てた森に隠れていたのだろうか？

ちらりと見かけて以来、二度と彼女の姿は見えなくなった。だが幸い、足音は凍てついた空気の中に今もはっきりと聞こえた。わたしは根気強く追った。

五分ほどすると、足音が聞こえなくなった。一瞬、心からがっかりしたが、今度は心から驚いた。数フィート先で突然森が途切れ、草地になっていた。それで足音が聞こえなかったのだ。レナード看護師は芝の上を歩いていた。

だが、驚いたのはそのためではなかった。不意に、自分がどこにいるかに気づいたのだ。今では森の端まで来ていたわたしは、暗い田園地帯を見通した。

五十ヤードと離れていない牧草地の反対側に、グリムショーの家があった。そして、女性の姿は今でははっきりと見えた——人目を気にしながら先を急ぐ影が。彼女は農家の裏口へ向かっていた。

そこに立って見ている間に、彼女はステップを上がり、木のドアをノックした。わたしは興味津々で待った。何もかもが信じられなかった——まともじゃない。だが、これが結末のようだ。レナード看護師はアン・グリムショーの家を目指していた！

草地を走り、その場で彼女を捕まえてもよかった。だが、それは賢明なこととは思えなかった。追いつく前に彼女が逃げてしまうか、家に入ってしまうかもしれない。待つしかなかった。

彼女がノックしてからドアが開くまでの時間は永遠にも思えた。だが、ようやく蝶番が開き、台所の明かりでシルエットになったもうひとりの人物が見えた。背の高い、猫背のその人物は、ひと目で誰だかわかった。イライアス・グリムショーを訪ねようとしたのは、絶好のタイミングだったようだ。

隠れ場所からはすべての動きが見えたが、半ば影になった光景は人形劇のようだった。女性は中に入ろうとするかのように前へ出たが、イライアスは通せんぼをし、自分の後ろでばたんとドアを閉めた。そのため、明るさがほとんど失われた。

ふたりはそこに立って、話をしていた――帽子をかぶっていない女と、禿げ上がった老人が。わたしは耳をそばだてたが、彼らの会話は何ひとつ聞こえなかった。森に沿ってこっそりと移動し、左手に並ぶ小屋を回り込もうかとも思ったが、やめておくことにした。鳥たちを驚かせるだけだろう。それに、銃も持っていなかった。

わたしに判断できる限りでは、彼らは熱心に議論しているようだった。老人の身ぶりはだんだんと大きくなり、一度は女性が前に出て、訴えるような――あるいは脅すようなしぐさを見せた。

ついに、わたしは好奇心を抑えきれなくなった。衝動的に、身を隠そうともせず、わたしは草地に足を踏み入れ、急いで家のほうへ向かった。

まだ二十五フィートも離れた敷地の端にいるうちに、彼らはわたしに気づいた。くるりと振り返り、身じろぎもせずこちらを見ている。やがてイライアスが女性の腕をつかみ、急いで家の中に入れ、ドアを閉めた。

わたしが駆けていくと、彼は小屋のひとつへ突進し、ドアを背にした。

「誰だ？」彼は叫んだ。

どういうわけか、わたしはとても落ち着いていた——こんな感情的な場面でも、きわめて超然としていた。

「こんばんは、ミスター・グリムショー」わたしは礼儀正しくいった。「驚かせたのでなければよいのですが」

彼が身を屈め、闇を透かしているのが見えた。わたしの声がよくわからないかのように。

「誰だ？　誰なんだ？」彼はつぶやいた。「ドクター・ウェストレイク、あんたか？」

「そうです」

「だったら、そこを動かんでくれ。家に近づくな」

「恐縮ですが、ミスター・グリムショー、この異常なひと幕について説明する気はありませんか？」

イライアスは今も、小屋のドアにぴったりと寄りかかっていた。「ドクター・ウェストレイク、あんたは怠惰な猟人のひとりだが、それなりに尊敬している。だが、すぐにこの土地から出ていくよう告げなくてはならない」

「あいにく、わたしは保安官代理として、あなたの娘さんが殺された事件を調査しなくてはならないのです、ミスター・グリムショー。あの女性が、あなたの家で何をしていたのか、教えてください」

しばらくの間、彼は何もいわなかった。わたしの言葉を頭の中で検討しているようだった。それから、鋭くいった。

「保安官代理だろうが何だろうが、一分以内にここを出ていくんだ」

「彼女が何をしていたか話す気がないなら」わたしはなおもいった。「強制的に中に入り、彼女を見つけます」

わたしはドアに向かって一歩踏み出したが、老人の声に抑えきれない怒りを感じ取り、足を止めた。

「止まれ――でないと、後悔することになるぞ」

「本当に、ミスター・グリムショー、芝居がかったことはしなくて結構です」できるだけさりげなくいったが、わたしはとことん深みにはまってしまったのを感じた。「わたしに話せないなら、後で警察に話してもらいます。恐らくあなたは、スーザン・レナードが娘さんの死にかかわっていることをご存じないのでしょう。あなたは誰よりも、犯罪者に裁きを受けさせたいと思っているはずです。そのひとりを警察からかくまうよりもね」

この印象的な演説にも、イライアスはさほど耳を貸さなかった。すっかり興奮している様子だ。怒り狂った老人とふたりきりで、相手の声と、白いドアに映るぼんやりとした影しかわからないというのは、恐ろしいことだった。

「これが最後だ、ドクター・ウェストレイク。ここを出ていくか？」

「いいえ」わたしは断固としていった。

イライアスは笑った。楽しそうな笑いではなかった。

「いいだろう。自分から出ていかないなら、出ていくようにしてやる」

「撃つなら撃てばいい、ミスター・グリムショー。しかし、そんなことをしても無駄ですよ」

「撃つ！」老人の声はあざけっているようだった。「それよりもいい手を知っているさ」

暗がりの中、小屋のドアが開くのがわかった。イライアスのぼんやりとした影が中へ入り、また出てきた。わたしが態度を決めかねていると、いきなり敷地が明るく照らされ、小屋の横にイライアスが立っているのが見えた。その手は照明のスイッチにかけられていた。ウォルターが厩舎や小屋に取りつけた照明を彼が利用したのは、これが初めてに違いない。

暗闇が明るく照らされたことで、わたしは多少目がくらんだ。まるで舞台に引き出されたような気分だった――あるいは、闘技場に。

その考えが滑稽なほど的を射ていたことに、わたしはしばらく気づかなかった。まだフクロウのように目をしばたたかせているうち、大きな鼻息が聞こえてきた。開いたドアに目を向けたとき、そこから巨大な怪物が出てくるのが見えた。

これがイライアスの企みだったのか！　自慢の雄牛をわたしにけしかけるつもりだ。

雄牛はわたしと同様、まばゆい光に驚いているようだった。そこに立つ姿は、一瞬、中世のドラゴンのように見えた。巨大な脇腹で筋肉が波打っている。目は邪悪な光を放っていた。大きく角ばった頭は、見えない闘牛士に挑発されているかのように、前後に揺れていた。

わたしは、面白がっていいのか警戒していいのかわからないまま見ていたが、それは雄牛次第だった。急に、相手はわたしの匂いに気づいたようだ。鼻を鳴らし、頭を低くして突進してきた。もう少し冷静だったら、わたしは裏口のドアへ駆け寄り、安全な家の中に隠れただろう。だが、とっさに頭に浮かんだのは森に逃げることだけだった。

巨大な獣が、それまでわたしの立っていたところへ来る寸前、わたしは辛くも逃げ出し、イライアスと雄牛を草地に残したまま、安全な森の中に屈辱的な退却をした。

辺りを見回すと、雄牛はまだ大きな鳴き声をあげ、やみくもに敷地を歩いていた。

わたしは低い枝をかき分けながら、心から恥じていた。あの家に引き返し、イライアスと雄牛に挑み、とらえどころのないレナード看護師を何とかして逮捕すべきだった。だが、増え続けるケンモアの死者のリストに、意味もなく自分を加えても仕方がない。それに、警察が動くときがきっと来るし、わたしはせいぜい不器用な素人にすぎない。わたしはそう自分を慰めた。コブと部下たちは、間もなくグリムショー農場に捜査の手を伸ばすだろう。それにレナード看護師は警察に目をつけられている。そう遠くまで逃げられまい。

険しい森の中を素早く移動しながら、考えるのは最小限にした。三十九歳のこの体では、憶測でエネルギーを無駄にするわけにはいかなかった。

ようやく、わたしは砂利道に出て、くたくたになりながらも足を速めた。そしてついに、幹線道路にたどり着いた。

近隣で電話があるのはわたしの家くらいのものだ。しかし、少なくとも親切な隣人が通りかかって、車に乗せてくれるかもしれない。

とぼとぼと歩き続けたが、車は一台も通らなかった。ようやく、プロヴァースヴィル方面を目指して疾駆してくる車が目に入った。わたしは道の真ん中に立ち、必死に手を振った。だが、大型トラックやイライアスの雄牛を止めようとするほうがまだましだったかもしれない。きわどいところでよけたわたしをよそに、車は猛スピードで走り去っていった。

しかし、運転手の顔を見るだけの時間はあった。さまざまな感情——勝ち誇った満足感や常軌を逸した憎しみがないまぜとなり、歪んだ顔だった。

車を運転していたのはアドルフ・バーグだった。彼はまるで、あらゆる怒りに突き動かされるように車を走らせていた。

XVIII

薄汚れ、だらしない格好で家にたどり着くと、わたしはすぐにグローヴスタウン署のコブに電話を入れた。電話に出た彼の声はそっけなく、怒っていた。わたしがいきさつを説明する前に、彼は電話越しに悪態をついた。

「ちくしょう、ウェストレイク、あのグリムショーの若いのにだまされた。やつは六時半に来るといっていただろう！　来る気配もなかった。口から出まかせだと承知しておくべきだった。十分以内に現れなかったら、令状を取る。そして、やつにその気があろうがなかろうが、しゃべらせてやる。ところで、イライアス・グリムショーへの質問はどうだった？」

「質問だって！」わたしはうめくようにいった。「わかっていないな」

わたしはできるだけ手短に、別れてからの出来事を説明した。レナード看護師の奇怪な追跡劇に話が及ぶと、彼は低く口笛を吹いた。

「それで、彼女をまんまと取り逃がしたわけか、ウェストレイク？」彼は受話器から顔を離したらしく、近くにいる誰かに命令している声がかすかに聞こえた。それから、またはっきりと声がした。「すぐにグリムショーの家へ行く。運がよければレナード看護師、ウォルター、イライアスが捕まるだろう。それなら満足だ。外に出るなよ。できるだけ早くそっちへ行く」

彼は受話器を叩きつけた。わたしはレナード看護師とイライアス・グリムショーと雄牛が自分の手を離れたことを知ってほっとした。

まだ七時だが、わたしは腹ぺこだった。居間へ行き、夕食の支度はどうなっているかとレベッカをベルで呼んだ。彼女はエプロンで手を拭きながら急いで入ってきた。

ローストビーフがもうすぐできると知って安心したところで、ようやくドーンのことを思い出した。しかも、多少のショックとともに。

「ドーンはどこにいる、レベッカ？　ハウエル家か？　それとも家にいるのか？」

「おや、ジョンが学校に迎えにいきましたよ。五時ごろに」

「じゃあ、今どこにいるんだ？」わたしは不安になって尋ねた。

「存じません。しばらく前から見ていません」

「見ていないって？」わたしはぱっと立ちあがった。「どういう意味だ？」

「その、夕食の支度をしていたので――」

わたしはそれ以上聞かなかった。急にパニックに襲われ、わたしは玄関ホールに駆けだして、娘の名を呼んだ。

返事はなかった。

わたしは何度も呼びかけた。それから、少しおかしくなっていたようだ。食堂、台所、庭へ走り、叫んだ。

「ドーン」

娘の気配はなかった。ふたたび家に戻り、階段を駆け上がった。まるで水の中を泳いでいるようだった。この一帯で事件が起こるのは、もうたくさんだ。どうしてよりによって……。

わたしは寝室と浴室に突進した。自分が何をしているかもわからない。実際、振り返ってみると、実にお粗末な行動をしていたに違いない。最後に思いついたのが、ドーンの寝室だった。

娘はそこにいた。ドアに背を向け、ベッドに座っていた。

彼女を見て最初に感じたのは、強烈な安堵だった。次に、同じくらい強烈に感じたのは、子供を心配してどれほど馬鹿げたことをしていたかを絶対に知られたくないということだった。

だが、心配する必要はなかった。彼女は入ってきたわたしを見もしなかった。

わたしはベッドに近づき、まだ指が震えていることに内心悪態をつきながら、娘の肩を叩いた。

「呼んだのになぜ応えなかったんだ?」わたしは不機嫌に尋ねた。

彼女はゆっくりと振り返った。そのときまで、彼女には何も見えず、何も聞こえていなかったのがわかった。鼻の頭から、きらきら光る大粒の涙がこぼれていたのだ。それでも彼女はほほえんだ。

「おかえりなさい、パパ」彼女はいった。「学校から帰ってから、ずっとこうして泣いてたの」

彼女は同情を引こうとしてというより、我慢強さを自慢するようにいった。

「どうして？　何があったんだ？」

「レベッカのせいよ」彼女は鼻をすすりながらいった。「サー・ベイジルが死んだっていうんだもん」

事件のことは一切ドーンに知られないよう、レベッカたちにはいってあったのに。だが、陰湿な噂話の楽しみを我慢しろというのは、期待しすぎというものだ。わたしはレベッカに怒りを感じなかった。ただ、このケンモアに、わたしたち全員をわしづかみにした恐怖にまったく気づくことなく、この数日間を穏やかに過ごしていた人物が——たとえそれが自分の娘だったとしても——いたことに驚き、信じられない気持ちでいた。

「ああ、サー・ベイジルは死んだんだ」わたしは親らしく、悼むような口調でいった。「でも、心配しなくていい。彼は今、とても幸せなのだから」

ドーンは冷静にうなずいた。「うん、わかってる。天国にいるんでしょう。でも、やっぱり泣いちゃうの。覚えてる、パパ？　この前の狩りでサー・ベイジルが急に興奮したのを」彼女はハンカチを出した。「不吉な前触れだと思わない？　まるで、先のことがわかっていたみたい」

彼女はここで勢いよく洟をかみ、この世の哀れを集めたような目でわたしを見上げた。

「かわいそうなサー・ベイジル」

わたしは身を屈め、彼女の肩を叩いた。

「くよくよしなくていい」わたしは、うまく陽気に聞こえるよう願いながらいった。「まだニムロドとロロがいるじゃないか。それに、ウサギも飼うんだろう」

信じがたいかもしれないが、ウサギの話はまた功を奏した。

その日の夕食ほどたくさん食べたことはなかった。ドーンはショックを受けたようだったが、子供らしい非難など意に介さなかった。わたしは全神経を張りつめさせて、コブの到着を待った。八時を過ぎたころ、彼の車が私道に入ってくる音が聞こえた。わたしはドーンを部屋に送り、九時きっかりには帰ってきて、いつものおやすみの儀式をすると慌ただしく約束し、警視を迎えに出た。

一瞬、車に逮捕者が詰め込まれているところを想像したが、コブは運転席からひとりで出てきた。

「収穫は？」わたしは熱心に訊いた。

彼はそれには答えず、車のドアを乱暴に閉め、速足で家に入ってきた。彼の後から居間へ行くと、ちょうど彼がわたしのウィスキーを注いでいるところだった。警視が軽窃盗罪を働くのを見たのは、間違いなくこれが初めてだった。

彼が口を開くまでしばらく間があった。やがて、彼は言葉を選びながら話しはじめた。

「ついてなかった！」彼は辛辣にいった。

「レナード看護師は逃げたということか？」

「もちろん逃げたさ」彼はわたしを睨みつけた。「レナード看護師だけじゃない。イライアスとウォルター・グリムショーもどこかへ行ってしまった。農場は空っぽで、どこから来てどこへ行くかもわからない年取ったポーランド系の男女がいるだけだった」またしてもコブはグラスにウィスキーを注いだ。「それだけじゃない、ウェストレイク。バーグの家へ行ってみたんだ。連中はそこにいるんじゃないかと思ってね。すると……」

わたしはあのスカンジナヴィア人の農夫が猛スピードで闇の中を走り去ったのを思い出した。

「彼もいなかったというんじゃないだろうな」わたしは弱々しくいった。

「そういおうとしていたところだ。四人全員が――消えてしまった。もちろん」彼は皮肉に続けた。「やつらは夜のドライブを楽しんでいるだけかもしれない――あるいはピクニックを。レナード看護師ピクニックへ行く、というわけだ。楽しそうだな」

わたしは椅子に沈んだ。「神よ、助けたまえ」

「神以上のものが必要だ」コブもわたしにならって、力なく長椅子に腰を下ろした。「我々に必要なのは連邦警察だ、ウェストレイク。わたしの権限で、どうやって全員に目を光らせておけというんだ？　大都市なら、二十人は使って怪しい人物を監視できる。わたしにできるのは、全員を逮捕するか、好きなときに逃げるに任せるかだ」

彼は長椅子のクッションにもたれた。

「できることはすべてやった。手の空いている部下全員に、やつらを追わせている。幸い、グリムショーの車のナンバーはわかっている。そう遠くまで行けないだろう」

「ところで、レナード看護師がセントルイスから来たことについて、何か情報はつかめたのか？」

「ああ」警視はうめくようにいった。「グローヴスタウンを出る直前に電報を受け取った。身元は間違いなくたどれた。彼女に不利な情報はなかった。犯罪記録も——何もない。病院での評判はよく、数年間勤務している——西部のどこかからセントルイスへ来て以来ね。変わったことといえば、彼女はミセス・スーザン・ヴォーンの名でアパートメントを借りているということだけだ。だが、たまに偽名を使ったからといって、犯罪とはいえない。決定的な情報が見つかることを期待していたのだが。うまく行かないとわかっていたら」

「それで、現在の状況はどうなんだ？」わたしは訊いた。「レナード看護師と姿をくらませたことで、グリムショー父子とバーグがかかわっていると考えていいのか？　ウォルターには、いろいろと釈明しなくてはならないことがあるのは間違いない。ローズマリーは、ゆうべ彼がハウエル家にいたことを認めたし、今夜レナード看護師と森で一緒にいたという事実も証言できるのだから」

ウィスキーのおかげで、コブの怒りは消えたようだ。次に口を開いたときには、いつもの控えめな用心深さが感じられた。

「早合点しちゃいけない、ウェストレイク。すっかり熱くなって、頭を悩ませていたが、実際にはグリムショー父子が逃げたという証拠はないんだ。バーグが彼らと一緒だという証拠もない。それをいったらレナード看護師もだ。その点では、きみが森の中で追いかけたのはレナード看護師だったとも確信できない。この世に彼女しか女がいないわけじゃないんだから」

彼はパイプを出した。それを唇にくわえるしぐさが、彼にいつもの落ち着きを取り戻させたようだ。

「いいや、ウェストレイク。今できるのは、堂々巡りをやめ、手に入れた情報を整理することだ。グリムショー父子が逃げたことに感謝すべきかもしれない。少なくとも、この事件が始まってから初めて、しばらく静かに考えるチャンスができたのだから」

「わかった」わたしは同意した。「静かに考えよう。紙と鉛筆を持ってくる。きみも手帳を出して、一緒にこのジグソーパズルを解こうじゃないか」

「こんなことをいっては何だが」コブがぶつぶついった。「われわれはたくさんの人間から山ほどの情報を得ているが、彼らのことはこれっぽっちも信用していない。確固たる証拠となると――きみが看護師のスーツケースから見つけたものだけだ。トラヴァースが宛名を書いた空の封筒と、タイプ打ちのメモだ」

彼は胸ポケットに入れていた封筒からそのふたつを出し、テーブルに広げた。わたしは彼の隣へ行き、堅苦しくタイプされたその驚くべき言葉を、彼の肩越しに見た。

暇乞いをするより解雇されるほうがいい。そのほうが怪しまれない。金曜の昼に家を出て、いつもの場所で会うまで、人目につかないところにいてくれ。手はずはすべて整っている。そのころには計画は完了しているだろう。それが終われば、金の心配はなくなる。きみの分はたっぷりある。

メモは殺人者がタイプしたものに間違いない。非常に重要なものであるのも。だが、コブが指摘したように、タイプライターが見つかるまで先へは進めないだろう。それはわたしたちに、このことを思い出させただけだった――思い出させられるまでもなかったが。殺人は、恐らくレナード看護師とその共犯者によって、前もってじっくりと考えられていた。そして、これも恐らく、共犯者は森で彼女とキスをしているのをトラヴァースに見られた男だ。

腕まくりをして仕事に取りかかる前に、わたしたちは三つの決め事をした。

(a) すべての犯罪を実行し、責任がある人物はひとりである――その人物は恐らく、レナード看護師の協力を得ている。

(b) アン・グリムショーの殺人が第一の犯罪で、ほかの暴力行為は犯人の足跡を隠すため、あるいは警察の捜査を攪乱させるためのものである。

(c) 情報源が何であれ、集めた情報はすべて、反証がない限りは事実として考える。

わたしたちはしばらく、関係者の心理的構造などの、きわめて論理的な考察をした。最終的に、犯人はわたしの近隣の限られた集団、つまり、これまで誠実であることが証明されている男女の中から選ぶことで意見が一致した。

結局、コブの提案で、わたしたちは名前のアルファベット順に人物を挙げ、それぞれに対してできる限りの申し立てを行うことにした。
その晩、隣人に対してわたしたちが行った中傷的なほのめかしを、わたしは何度も恥ずかしく思ったものだ。少なくともコブが検察官の役割を引き受けた一方で、わたしはより中傷的でない弁護人の役割を演じたことは評価できるだろう。行き当たりばったりに書きつけたメモは、次のようなものだった。

アドルフ・バーグに対する申し立て

考えうる動機
アンへの執着。嫉妬に蝕まれ、孤独で内省的な生活によって悪化させられた。
検察側の主張
グリムショーの土地をよく知っている。遺体が発見されたのは彼の小屋の近くである。遺体発見時に気絶した。サー・ベイジルが殺された午後、フォークナー家の厩舎のそばで目撃されている。馬の葬儀で異常なふるまいを見せ、不機嫌で攻撃的な態度を取ったのは、罪悪感を隠すためかもしれない。姿をくらませたことはきわめて怪しい。
弁護側の主張
アンの死を知ったとき、心から悲しんでいる様子だった。真に迫った演技をするほどの能力はない。性格的に、激情に駆られてアンを殺すことはできるかもしれないが、あのような冷酷なやり方で遺体を捨てることはできないだろう。主な防護線。わたしがレナード看護師のスーツケースを持っていることや、ルエラ・ハウエルが疑いを抱いていることを知るすべがなかった。レナード看護師との関係は証明できていない。また、タイプ打ちのメモを書けるほどの英語の知識は恐らく持っていない。

フランシス・フォークナーに対する申し立て

考えうる動機
アンとの不倫。明るみに出れば深刻な家庭争議を引き起こすと思われる。
検察側の主張
田舎の土地鑑がある。妻の同意により、ひとけのない場所でアンと会う機会がたびたびあった。明確なアリバイがない。無鉄砲で、馬を荒っぽく乗りこなす傾向。妻よりもかなり年下である。ハウエル家をしばしば訪れており、スーツケースのことも知っていた。
弁護側の主張
アンとの不倫関係があったことを示すものはない。彼女の土地を熱心に購入したいと考えており、したがって彼女に生きていてほしい強い動機がある。サー・ベイジルの死とカップの盗難は、彼が容疑者というより悪意ある犯罪の被害者であることを証明している。レナード看護師との関係は証明できていない。

イライアス・グリムショーに対する申し立て

考えうる動機

娘の〝ふしだら〟を発見したことによる狂信的な怒り。また、彼女がグリムショー家の土地を〝堕落した猟人たち〟に売るのを未然に防ごうとした可能性。

検察側の主張

親らしい悲嘆がまったく見られない。遺体が発見されたのは彼の土地である。イゼベルの肉を犬が食ったという聖書の引用は、犬舎での発見を予見している。その後の暴力行為も、狩猟クラブのメンバー（うちひとりは、娘の〝堕落〟に責任があると思われる）への強い狂信的な憎しみを示している。雄牛の一件は、故意に警察を妨害するものである。レナード看護師とともに出ていったことは、少なくとも事件に何らかのかかわりがある根拠になる。

弁護側の主張

実際に手を下したとすれば、娘を亡くした父親を演じたのは狡猾だ。本当に犯人なら、遺体の身元を確認したのは狡猾すぎる。息子から聞かない限り、レナード看護師のスーツケースが移動した件やルルおばさんの疑惑を知ることはできない。サー・ベイジルが死んだとき、フォークナー家の厩舎のそばで姿を目撃されていない。昔気質のために、排気管にホースをつないで馬を窒息死させるような機械的な細工をしたとは考えにくい。また、トラヴァースが森で見た、レナード看護師と親密にしていた男性とは思えない。

ウォルター・グリムショーに対する申し立て

考えうる動機

アンの土地を手に入れたかった。恐らくは、ローズマリーとの結婚を後押しするため。

検察側の主張

常に気まぐれな態度で警察への協力を拒否している。姉の遺体が発見されて間もなく、服を持っているのが目撃されているが、それは被害者が最後に着ていたものかもしれない。ローズマリーが納屋で彼と一緒にいるのを見たのがレナード看護師でなくても、電話で連絡を取ったことがわかっているため、彼女との関係は証明できる。ローズマリーは彼にスーツケースの話をしたこと、ルルおばさんが殺された夜に彼がハウエル家の外にいたことを認めている。彼がローズマリーとの結婚を考えていたとすれば、おばを殺すさらなる動機となる。彼はローズマリーが財産の半分を相続することを知っていたはずだからだ。警察に出頭せず、その後、姿を消したのはきわめて怪しい。

弁護側の主張

一見、非常に強い根拠に思えるが、心理学的に見れば、若い男性にこれほど常軌を逸した凶悪な犯罪が行えるとは信じがたい。また、彼がアンを殺したとすれば、あの服が彼女のものだと認めるだろうか？　別の女性を隠すため、姉の名を使ったのではないだろうか――（レナード看護師か？　コブ）。

シリル・ハウエルに対する申し立て

考えうる動機
アンとの金銭的関係もしくは恋愛関係をルエラに知られる恐怖。
検察側の主張
彼と別の女性との関係を妻が疑ったのは、まったく根拠のないものとはいえない。妻の死後の行動は非常に奇妙である。ルエラを殺すさらなる動機として、彼女からかなりの財産を相続することが挙げられる。妻を殺す機会は誰よりも多く、サー・ベイジルを殺す機会があることも心得ている。レナード看護師と明らかに関係がある。
弁護側の主張
ミセス・ハウエルを知る医師として、彼女の夫への疑惑は単なる神経症の兆候であると法廷で証言できる。シリル・ハウエルはアンから土地を購入したいと考えており、フォークナーの場合と同じように、彼女に生きていてほしい動機がある。レナード看護師のスーツケースが家にあるうちに、何かを取り出す機会はふんだんにあった。それに、レナード看護師と毎日顔を合わせていたとすれば、なぜ明らかに怪しいタイプ打ちのメモを彼女に渡したのか？サー・ベイジルを殺す機会はあったかもしれないが、猟人なら決してやらないだろう。また、あのように素早い強盗を働くだけの機敏な肉体の持ち主ではない。

トミー・トラヴァースに対する申し立て

考えうる動機

アンと不倫関係にあり、イギリス紳士として、またスポーツマンとしての評判に汚点をつけたくなかったため。

検察側の主張

活動的で男らしい夫が体の不自由な妻と暮らしている場合、ほかのタイプの男性よりも痴情がらみの犯罪に走りやすい。ミセス・ハウエルは彼とアンとの関係をほのめかしている。サー・ベイジルは妻の事故の原因であり、馬が死んだ日の午後、彼はフォークナー家に来ている。スーツケースのことを知っており、恐らくミセス・ハウエルの疑惑も耳に入っているだろう。ミセス・ハウエルがレナード看護師の鞄から抜き取り、明らかに謎を解く鍵となった手紙を書いたことがわかっている。妻が〝ひとりごとをいっていた〟という徘徊者であると容易に考えられる。

弁護側の主張

彼は妻を心から愛している。サー・ベイジルを殺したければ、馬が自分のものであるうちにとっくにやっていただろう。森で彼が見たという、レナード看護師と親密にしていた男性にはなりようがない。（この話には裏づけがなく、警察の追及をそらすための作り話だったかもしれない。コブ）

ここまで来て、コブとわたしは手を止め、じっくりと考えた。

「ある意味、全員に不利な証拠があるようだ」わたしは指摘した。「しかしわたしには、今のところウォルター・グリムショーが一番疑わしく見える。わたしの見事な弁護にもかかわらずね」

「理論上はきわめて怪しい」コブは陰気に答えた。「だが、彼に不利などんな証拠がある？　仮説――どちらかといえば信じがたい仮説――と、数多くの疑わしい行動しかない。疑わしい行動だけで逮捕することはできない。個人的にはトラヴァースだな。彼の動機はそう突飛なものではない。それに、彼がレナード看護師に書いた手紙が見つかったということは、それで決まりだと思う。しかし、それが何になる？　さて、女性のほうを始めようじゃないか」

だが、近隣の女性たちに中傷的な疑いを向けることはできなかった。紙の一番上にクララの名前を書いたとき、外の私道に車のエンジン音が聞こえた。コブもわたしもびくっとした。警視は部下だと思ったようで、慌てて玄関ホールに出ていった。玄関のドアが開いてフランシス・フォークナーが入ってきたのは肩透かしだった。

だが、肩透かしといってよいだろうか？　フランシスを見ながら、わたしは確信が持てずにいた。キツネ狩りの総指揮者は黒っぽいオーバーを着ていて、それが頬の白さを際立たせていた。視線は定まらず、警視と目を合わせるのに気が進まないようだった。

「ここにいると思いました、警視。見せたいものがあるんです」

わたしたちは黙ってぞろぞろと居間に入った。このときには、わたしは最悪の事態を予期していた。フランシスは何を話すつもりなのだろうと思いながら、全員にウィスキーのソーダ割りを作った。

フランシスはウィスキーをがぶりと飲むまで、口をきかなかった。

「こんなことはしたくないのですが」彼はついにいった。「仲間を貶めるようなことですからね。でもクララが、捜査してもらわなくてはいけないといったんです。いずれにせよ、見つけたのは彼女ですし」

コブとわたしは、おずおずと彼を見た。

「何のことです?」警視が訊いた。

「ゆうべ、狩猟クラブの会合の前に、クララとぼくはルエラの部屋へ行ったのです。妻が貸した本を返してもらいに。たまたま今夜、クララがそれを棚にしまうときに中を見たんです。そして、これを見つけました」

フランシスはオーバーのポケットに手を入れ、畳んだ紙片を出した。コブにそれを手渡す彼の顔を見て、非常に重要なものらしいと思った。警視がそれを広げ、読みはじめたとき、わたしの考えが当たっていたのがわかった。

ミセス・ハウエルがクララの本に挟んでいたのは、トミー・トラヴァースからレナード看護師に宛てた手紙だった。

次の瞬間、緊張が走った。警視は黙って身を乗り出し、手紙を熟読した。フォークナーは背筋をまっすぐ伸ばして椅子にかけ、抜け目なくコブを見ていた。わたしは興味を惹かれ、興奮して待った。

　コブが何かいおうとしたとき、ドアが勢いよく開いて、しわくちゃのピンクのパジャマを着たドーンが顔を出した。娘は明らかに、この張りつめた雰囲気に気づいていない様子だった。高飛車な態度と、もったいぶって首をかしげるしぐさは、完全に自分の問題で頭がいっぱいだということだ。

「パパ」彼女は責める気満々の声でいった。「九時には戻るって約束したよね。なのに今は――」

　彼女はいいかけて、フランシス・フォークナーを見た。これほど早く気分が変わるのを見たことがない。たちまち娘は甘い声を出す鳩のようにいい子になった。フランシスはドーンの英雄で、彼女の愛情を争う、わたしの唯一の手ごわいライバルだった。

「ミスター・フォークナー。来てたなんて知らなかった」彼女はちらりとわたしを見た。「パパは忙しいみたいだから、上でおしゃべりしましょうよ。来てくれたら、ウサギ小屋の設計図を見せてあげる」

　フランシスは、コブとわたしがふたりきりになりたがっているのに気づくだけの如才なさがあった。彼は娘の誘いに真面目に礼をいい、すぐに部屋を出ていった。

　だが、ドーンはどうやら、わたしが約束を破った罰をきちんと受けていないと感じたようだ。戸口で振り返り、冷たくこういった。

「パパは来なくていいから。おやすみ」

　その言葉に、わたしは深く傷ついた。それに、小さな怒りも感じていた。しかしそれは、すでにわたしの医者としての仕事、胃の調子、気分をめちゃめちゃにした挙句、わたしを父親失格に追い込んだ殺人者への怒りだった。

フォークナーとドーンが部屋を出て、ドアが閉まるとすぐに、コブはぎらぎらした目を上げた。

「結局、この手紙は目くらましじゃなかったよ、ウェストレイク。実際には決め手といっていい。読んでみるか?」

彼は手紙を放ってよこした。今では見慣れたトミー・トラヴァースの筆跡で、日付は約三週間前だった。

きみが出ていく前に会えなくて残念だ。前途には嵐の海がある。家で安穏と過ごしているミセス・ハウエルのことではない。しばらくは森で会うのをやめなくては! けれども、元気を出してくれ。そう長くは続かないだろう。

だが、今は浮ついたことをしているときではない。ヘレンによくしてくれてありがとう。彼女も同意してくれるだろう。しかし、きみがわたしのためにやろうとしているちょっとした仕事の報酬を払うのはわたしの義務だ。小切手を同封した。これで足りることを祈る。もっと必要なら知らせてくれ。ある意味、すべてが悪い夢のようだ。だが、そうであるなら仕方ない。イライアスならこういうだろうが、これは神の思し召しなのだ。きみならやり遂げてくれるはずだ。そして、わたしたちのことでは、きっと彼女を納得させられると思う。前にもいったように、これは本当に恐ろしいことだ。だが、きみなら信用できる。いうまでもないが、このことはきみの胸だけにとどめておいてくれ。

T・T・

「わかったか?」コブは怒鳴った。「いいか悪いかはともかく、ミセス・ハウエルの疑惑が何だったか、これでわかったろう。彼女はこの手紙から、トラヴァースがスーザン・レナードに金を払ってアンを始末させるつもりだったと考えた。最初は何かの悪巧みにすぎないと思っただろう。だからあれほど熱心にスーツケースを家から出したかったんだ。やがて、彼女の中ですべてがつながり、レナード看護師が共犯だと気づいた。それで、きみへの電話で彼女の名を呼んだというわけだ。それに、ルルおばさんは馬鹿ではなかった。何かがあったときのために、人目に触れるような場所に手紙を隠すだけの知恵があった」

わたしはもう一度手紙を見た。軽薄な文章とは裏腹に、邪悪な含みがあるのは明らかだった。とりとめのない文章がわたしの目を惹いた。きみがわたしのためにやろうとしているちょっとした仕事……悪い夢……わたしたちのことでは、きっと彼女を納得させられる……。結末が見えてきたような気がした。

「さて」わたしはいった。「これから何を——」

わたしは言葉を切った。背後の電話が突然鳴り、コブとわたしは振り返った。

わたしは電話に近づこうとしたが、コブのほうが早かった。

「もしもし! どなたです? ……何ですって!」

彼が電話越しに、理解できない質問を矢継ぎ早にしている間、わたしはやきもきしながら待っていた。ようやく彼は受話器を下ろし、わたしに向き直った。

「誰だったんだ?」わたしはすぐさま訊いた。

「ミセス・トラヴァースだ」

「ヘレン? 彼女がどうしたんだ?」

コブは両手を広げた。「何だと思う? この事件はぐるぐる回っているようだ、ウェストレイク。最初は殺人ばかり、次は強盗ばかり。今夜は誰も彼もが消えてしまったようだ」

「すると——」

「ミセス・トラヴァースがすぐに来てほしいそうだ。夫が五時半ごろに家を出たまま、姿も見えず、連絡もないという」

彼はまだ手紙を持っていた。それを見て、苦笑いを浮かべる。

「この手紙が届くのが、少し遅かったようだな」

XIX

コブと暗い田舎道を走っている間、わたしはこんなことを考えていた。この数日間、警視と車を走らせる以外にほとんど何もしてこなかったみたいだと。ハンドルに屈み込む彼のごつごつした顔は、朝食の席でのドーンの顔や、レベッカが毎日挨拶するときの感じのよい笑顔、髭剃りのときに鏡の中に見る自分の顔と同じくらい見慣れたものになっていた。ぞっとするような事件だったが、そのおかげでコブをより評価し、理解できるようになった。そして、彼がわたしの気持ちに応えてくれているのもわかった。

わたしたちは平均して時速七十マイルでプロヴァースヴィルを走った。トラヴァース家に着くと、すぐにヘレンの部屋に通された。彼女は長椅子でわたしたちを迎えた。愛想よく、忙しいはずのわたしたちの手をわずらわせることを申し訳なく思っているようだった。もちろん、何でもないのかもしれないけれど……。トミーはいつも自分の行動をはっきりさせているの。とても思いやりのある人だから。外で夕食をとるときでさえ、家族に知らせていくわ。なのに——彼女の目がわたしに向けられた——ゆうべの出来事の後で……。

話している彼女の声は穏やかで、いつものように笑みを絶やさなかった。だが、目の周りには不安そうなしわが寄り、ひどく心配しているのがわかった。コブにとっても居心地のよいものではなかっただろう。彼女の夫を殺人犯と疑っているというのに、彼の声からはまったくそんな気配は感じられなかった。彼は静かな声で質問し、答えを書き留めた。トミーは五時半ごろ、スパニエル犬を犬小屋に入れるために出ていった。夕食の席に顔を見せないので、執事がガレージへ行くと、車はそこにあった。中庭でトラヴァースの名前を呼んだが、返事はなかった。

「歩いて出かけたなら、そう遠くまでは行けないはずよ」ヘレンは長椅子から、すがるような目でわたしたちを見上げた。「それで思ったの——何かがあったのだと」

ふたりが話している間、わたしは外でトミーのスパニエル犬が吠えるのを聞いていた。犬舎の中でしきりに吠えたり、クンクン鳴いたりしている。その声がするたびに、ヘレンのまつげがかすかに震えた。まるで、金曜の夜に別の犬たちが鳴くのを聞いていたかのようだ。そして、警察犬と成果のない捜索のことを思い出しているかのようだった。

犬、犬、犬……！　どういうわけか、その声はここ数日間の悲劇の中で繰り返される、邪悪なリフレインじみて聞こえた。

そして、トラヴァースの犬の鳴き声を聞いて、わたしはあることを思いついた。

「聞いてくれ、ヘレン」わたしはできるだけ安心させるようにいった。「犬の鳴き声からすると、トミーは彼らが匂いに気づくほど近くにいるのだと思う。ちょっとリードをつけて、見てみようか？」

そういいながらも、自分の提案に不穏な含みがあるのに気づいたが、ヘレンはそれを感じ取ったとしても表情には出さなかった。彼女は執事のレインズフォードを呼び、執事はわたしを犬たちが寝る庭へ連れていった。コブもついてきたが、その顔からは彼が懐疑的なのがわかった。都会人は犬というものを本当にはわかっていない。

犬たちは非常に奇妙な行動をしていた。犬小屋の金網にぶつかり、激しく吠えている。

「一匹でいいだろう」レインズフォードがふたつある犬小屋の手前のほうを開けたとき、わたしはいった。だが、その言葉は空回りに終わった。そういう間にも、開いた扉から黒っぽい影が飛び出し、嬉しそうに鳴きながら闇に消えていった。もう一匹は、その後を追いたくて半狂乱になっていた。

「こんなふうになったのは見たことがありません」執事はそうつぶやきながら、リードを取りにいった。

わたしは慎重にふたつ目の犬小屋に入り、多少の格闘の末、どうにかスパニエル犬の首にリードをつないだ。それから、犬を自由に歩かせた。犬が飼い主の匂いに気づいているのはほぼ間違いない。驚いたのは、ほかの誰もそれに気づかなかったことだ。

それは奇妙で、どこか不気味な感じだった——真っ暗な庭を捜し回るのは。風に吹かれる雲に月が見え隠れし、月光が劇場のスポットライトのように射したり消えたりした。わたしの考えも、驚くほどの速さで移り変わった。トラヴァースが犯人だというコブの意見が正しければ、イギリス人はたやすく逃げられただろう。犬についてのわたしの勘が正しければ、トラヴァースはこの常緑の芝生の中の、ごく近いところにいるはずだ。彼の妻から最初に深夜の徘徊者の話を聞いたとき、トラヴァースの身を心配したのを思い出す。結局、トミー・トラヴァースは容疑者ではなく、もうひとりの犠牲者となるかもしれない。それは愉快な考えではなかった。

だが、犬はそれを裏づけた。鼻をクンクンさせながら地面を嗅ぎ、リードを引っぱり、わたしを引きずるようにして先を急いだ。コブと執事は黙ってついてきた。運よく、警視は懐中電灯を持っていた。月が隠れてしまうと、動物についていくのは難しい。それでも、わたしたちは曲がりくねった道を進み、トラヴァースの大事にしている花壇を踏み荒らした。

五分ほど蛇行した後、犬はわたしたちを広い芝生に出る小道へ連れてきた。夏にはそこがトミーのすばらしいテニスコートになるのだ。芝生の端で犬は立ち止まり、片方の前脚を上げたまま頭をしゃんと起こした。続いて、低い鳴き声をあげた。すぐさま、前方の暗がりからそれに応える鳴き声がした。

その鳴き声は決して忘れないだろう。怯えた犬のうなり声ほど心を揺さぶるものはない。しかもその夜は、暗闇と、松林の強い匂いと、冷たく陰鬱な空気によって、この世の憂いという憂いを集めたかに感じられた。わたしは犬が主人を見つけたのだと確信した。

コブの懐中電灯が前を照らし、わたしはすでにわかっていた光景を確認した。目の前にもう一匹の犬がいた。悲しげな目でこちらを見上げている。つややかな耳が明かりを受けて光っていた。犬は地面に横たわるもののそばにしゃがんでいた。

連れてきた犬がまた鳴き声をあげ、わたしは急いで前に出た。コブと執事がすぐ後からついてくる。

もちろん、それはトミーだった。手足を広げて仰向けに倒れ、見えない目を上に向けている。両腕はだらりと脇に投げ出されていた。片脚が膝のところでグロテスクに曲がっている。だが、わたしの目を引いたのはその顔だった。切られ、傷つけられ、ほとんど誰だかわからなくなっていた。そして頭の下では、黒い血だまりがテニスコートを囲む小道にしみを作っている。

わたしは膝をつき、彼の胸に耳を当てた。犬が心配そうに周りをうろついている。わたしは執事を見上げた。

「警視の車だ、早く」わたしは叫んだ。「医療用具がある——黒い鞄だ。それと、ミセス・トラヴァースには何もいわないように。まだわからない——確かなことはいえないから」

わたしは立ち上がり、コブにうなずきかけた。「すぐに中に入れなければ。足を持ってくれ」

小さく鳴きながら、犬たちはトミー・トラヴァースの体を家に運ぶわたしたちの後をついてきた。ときおり、ヴェルヴェットのような鼻先がわたしの手をかすめるのを感じた。まるで、もっと優しく運ぶように訴えているかのようだった。今もわたしが自分に問いかけている質問を、声もなく訴えているかのようだ。

わたしたちはトラヴァースを、使用人の居間の長椅子に寝かせた。執事が湯とタオルを用意し、わたしはすぐに手当てを始めた。イギリス人が激しい暴行を受けているのは明らかだった。顔にも手にも醜い打撲傷があった。だが、一番深刻なのは後頭部の傷で、そこから大量の血が失われていた。もう少しで頭蓋骨骨折を負っていただろう。

ブドウ糖の注射をしたとき、ドアが開いて、看護師がヘレンの車椅子を押しながら入ってきた。

「見つけてくれてありがとう」ミセス・トラヴァースは小声でいった。「夫は――ひどい怪我なの？」

体の不自由なこの女性の、不安そうな愛らしい目を見て、わたしは自分の仕事が人を安心させられることにこれほど喜びを感じたことはなかった。

「少しも心配ないよ」わたしは明るくいった。「何かの事故に遭って、ショックと低体温に見舞われているが、骨は折れていない。脈拍も問題ないし、数分もすれば意識が戻るだろう」

「でも、いったい――？」ヘレンはいいかけたが、最後までいわなかった。とても聡明な彼女は、質問をしているときではないと気づいたのだろう。最後にもう一度夫を見てから、看護師に合図して、車椅子で出ていった。

「妙なことだ」わたしが消毒や包帯を施している間、コブはぶつぶついった。「犯人を特定したと思ったのに、そいつが半殺しの状態で見つかるなんて」

彼はしばらく言葉を切り、わたしがトミーのこぶしの擦り傷を手当てするのを見ていた。

「思ったのだが」彼は急にいった。「ミセス・ハウエルと同じ結末を迎えなかった誰かが、自分の手で刑を下そうとしたら？」

「そうなると、その誰かも」わたしはそっけなくいった。「殺人犯になっていたところだ。後頭部の打撲がもう少し強かったら、あるいは、もう少し下だったら――」

「だが、事故かもしれない」コブが口を挟んだ。「トラヴァースは転んだ拍子に小道の尖ったところに頭をぶつけた可能性もある。テニスコートの近くには、尖った石がいくつかあったからな」

わたしは執事がまだ部屋にいたことを忘れていた。彼の慇懃な声は、警視の声と奇妙な対照をなしていた。

「申し上げておくべきでしたが」彼は小さく咳払いしていった。「ある紳――男性をお見かけしました。家の周りで、六時ごろに。車で門のところまで来て、急いでいるように飛び降りました。最初はただのお客様かと思いましたが、十分後、犬が吠えはじめ、その方が庭にいるのが見えたのです。外に出ると、最初は何かを探しているとおっしゃいました。その後で、ミスター・トラヴァースを探していると。ミスター・トラヴァースは外出中ですと申し上げました――もちろん、何かが起きているとは存じませんでした。相手はわたしを、どこか妙な感じで一分ほどご覧になった後、車へ向かいました。この件はミセス・トラヴァースにはお伝えしませんでした。ご心配をおかけしてはいけないと思いましたし――」

「そいつは誰だった？」コブが訊いた。

「それは、グリムショー家の息子さんです」

「ウォルター・グリムショーか！」コブが叫んだ。「しかも、警察署へ向かっているはずの時間じゃないか」

警視とわたしは顔を見合わせた。彼もわたしと同じことを考えているのがわかった。バーグの小屋の外で、ウォルターは〝もうひとつやることがある〟というようなことをいっていた。気をつけていないと、また殺人が起こるというようなことも。

「何てことだ」わたしはいった。「ウォルター・グリムショーがやろうとしていたのはこれだったのか！　ここへ来て、トラヴァースを殺すつもりだったんだ」

背後で声がした。弱々しいがしっかりしたトミーの声に、わたしは驚いて振り返った。

「ウォルター・グリムショーじゃない」彼はいった。「誰もわたしを殺しにきていない。そんなメロドラマじみたことではないんだ。これは正々堂々とした戦いで、強いほうが勝ったんだ。それ以上のことを訊こうとしても、肩透かしを食うだけだ」

彼は怪我をした唇を痛そうに歪めた。

思ったよりも早く意識が戻っていた。わたしはこのイギリス人の強靭さを考慮に入れていなかったようだ。唇は腫れ、目もふさがっていたが、数分もしないうちに、彼はいつもの隙のない性格に戻っていた。わたしは彼にブランデーを飲ませた。飲むのを見届けると、明らかに質問したくてうずうずしている警視に向かってうなずいた。

最初のうち、トミーはひとこと以上しゃべろうとせず、わたしたちを苛立たせた。この事態を軽くあしらい、あらゆる質問を冗談でかわした。

ついにコブがかっとなった。今夜見つかった手紙を出し、トラヴァースに不利な点をいちいち挙げた。彼はこの襲撃について説明を求め、最後にこうまとめた。

「ですから、おわかりでしょう、ミスター・トラヴァース、あなたには説明しなくてはならないことがたくさんある。すぐにそうしなければ、あなたをこのままグローヴスタウンへ連れていくしかありません」

トミーは顎に手を当て、にやりとした。「そんな怖い顔をしても、大衆は震え上がりませんよ。そのような間の抜けた説を本当に信じているなら、すべてお話ししたほうがよさそうですね」

彼は痛そうに長椅子から立ち上がった。顔から笑みが消えていた。

「しかし、何より先に」彼は静かにいった。「十分だけヘレンと話をさせてください――ふたりきりで」

XX

ヘレンを夫のところへ呼んでから、コブとわたしは居間で待った。わたしたちは何もいわなかった。あらゆる出来事とあらゆる人々に嫌気がさしていたのだと思う。最初から、この事件は頭に来るほど不合理だった。コブは行動的な人物だが、行動を起こすほど具体的なものは何もなかった。そしてわたしは、自分を科学者だと思っているが、この混乱した、動機のない寄せ集めに、科学が何の役に立つだろう。まだ殺された女性の頭部も見つかっていなければ、最後の足取りもたどれていない。そして、この新しい道筋は、本格的にたどる前に途切れてしまうに違いない。

それは本当に気落ちすることだった。

十分ほどして執事が呼びにきたので、わたしたちはトラヴァースを残してきた部屋に戻った。そこにいたのは彼と妻のふたりきりだった。ヘレンはできるだけ長椅子のそばに車椅子を寄せていて、包帯を巻いたトミーの手が彼女の膝に乗っているのが見えた。

ミセス・トラヴァースは、入ってきたわたしたちにほほえんだ。今ではその目には不安そうな表情はなく、静かな落ち着きに白い顔が輝いていた。

「トミーが全部話してくれました」彼女は穏やかにいった。「それほど恐ろしい話ではありませんし、警視。実は、もう何週間も前から薄々わかっていたんです」彼女は夫のほうを見た。「彼は少し疲れているようですから、わたしが代わってお話ししても構いませんわね。どのみち、今のわたしには、おしゃべりくらいしか得意なものはないのですから」

彼女はコブの同意を待つように言葉を切った。彼は厳かにうなずいた。

「それから、わたしの話が重要に思えなくても、腹を立てないでくださいね。あなたは真実が知りたいのでしょう？　そしてわたしは、誤解がないように、知っておいてほしいのです。これから話すのは恋の話――ひとりの若い女性にまつわる、哀れで、悲劇的なお話です。アン・グリムショーが夫に恋をしたとき、彼女はとても若かったのです」

コブとわたしは驚きとともに彼女を見たが、どちらも何もいわなかった。彼女の声には、わたしたちを黙らせる何かがあった。トミーは車椅子の陰になり、顔を見ることはできなかった。

「ええ、それには何の害もありませんでした」ヘレンはほほえみながらいった。「それに最初、そのことに気づいていたのはわたしだけだったと思います。ふたりとも気づいていなかったでしょう。若い女性は、年上の男性を英雄視するものです。狩りのとき、アンの視線がトミーを追っているのをよく見かけました。彼女はいつも夫に注目され、乗馬を褒めてもらいたがっていました。そしてときおり、わたしをうらやむように見ていました。わたしは彼女の気持ちを理解し、同情しました。もちろん、トミーはハンサムではありません――」彼女は小さく笑った。「――特に、あのころは。でも、あのイギリス風のアクセントとか――そう、彼には何かがあったのです。あなたがたにはわからないでしょう。でも、わたしは気づくべきでした」

彼女はふたたび、釣り込まれそうな笑い声をあげた。昔の陽気なヘレンを一瞬見たような気がした。だが、また話しはじめたときには、その面影は消えていた。

「そして、今トミーに聞いたことをあなたがたにお話しする上で知っておいてもらいたいのは、わたしには彼を非難するつもりも、責めるつもりもないということです。愛情の余地を残してくれているだけで、ありあまるほど感謝しなくてはならないのですから。それに、いずれにせよわかることでした。三カ月前、トミーがついにアンが自分を愛していること、ずっと愛していたことを知ったとき、わたしはそれを察しました。ある日、トップ・ウッズでたまたま会ったとき、彼女は夫に打ち明けたのです。かわいそうなアン！　彼女は開口一番、自分は堕落することを考えていたといったそうです。それから、一切が明かされたのです。トミーが笑って〝いったいどうして？〟といったのが目に浮かびます。それから、一切が明かされたのです。彼女が家を嫌ったのはトミーのため。バーグと結婚できなかったのはトミーのせい。そして、トミーを自分のものにできないから、ほかの男性と噂になってしまうのだと」

彼女は少し間を置いた。話を再開したときには、彼女の口調には昔ながらの快い魔法が感じられた。

「これほどの悲劇にならなければ、それはどちらかといえば面白おかしい場面だったでしょう。率直な現代っ子がトミーに恋をして、気が動転するくらい驚かせたのだから。イギリス人の礼儀正しさからすれば、最初は少しショックだったでしょう。高く尊敬され、献身的な夫として知られる市民への侮辱と感じたかもしれません」

彼女のほほえみは、人間的な同情心にあふれていた。

「けれども、アンはひとつ間違いをしました。堕落を止める手があると提案したのです。もし、ずっとほしかったものを手に入れられたら――ほんのしばらくの間でも。半分でも、ないよりはましだというわけです……」

長椅子で動きがあり、トミーの指が妻の膝の上でかすかに動いた。

「詳しいことをお話しする必要はないでしょう」ヘレンはいった。「わたしたちはみな聖人ではないのですから。もし聖人だったら、高貴で退屈な人間になってしまうわ。誘惑は人間性よりも強いものです。かわいそうなふたりは、それに襲われたのです。アンは自分の試みがうまくいかなかったのを知りました。彼女はきちんとした子で、トミーやわたしに迷惑をかけるつもりはありませんでした。でも、事が終わると、彼女はひどいノイローゼにかかってしまいました。子供ができたと思い込んだのです。かわいそうなトミーは心底怯えました。怯えるあまり、とても馬鹿な間違いをしたのです」

「つまり」わたしはいった。「彼はわたしのところへ来るべきだったというのか——あるいは、きみのところに？」

「ええ、ドクター・ウェストレイク。代わりに彼は、わたしについていた看護師——レナード看護師に打ち明けたのです。体が不自由になると、第六感が働くようですね。どういうわけか、わたしは彼のしたことに気づき、恥ずかしい話ですが、そのために彼女を解雇したのです。おわかりでしょう」彼女は説明した。「わたしはトミーが、ルエラのような人たちが不誠実な夫と呼ぶ人間だとしても構いません。ただ、理不尽な女の感覚として、それを知っている女性が近くにいるのが嫌だったのです」

わたしはうなずいた。

「明らかに、あの看護師はとても役に立ち、思慮がありました。彼女はアンに会いにいき、ひどい精神状態であることを知りました。次の誕生日が来るまで自分の自由になるお金がなく、ここを離れられないということでした。トミーからのお金は一切受け取らず、医者に診せようともしませんでした。ついにレナード看護師は、彼女をよそへ連れていき、十分に休ませるには、お腹に本当に赤ちゃんがいると信じ込ませ、いずれ父親に見つかってしまうと説得するしかないと判断しました。すると、アンはイライアスと喧嘩し、家を出ました。それからすぐに、ルエラ・ハウエルは看護師を辞めさせました——あとは、誰もが知っている通りです」

深い沈黙が続いた。ようやくコブが椅子に座ったまま身を乗り出し、真面目な顔でヘレンを見た。

「お話を聞かせてくれてありがとうございます、ミセス・トラヴァース。特に、ご主人がどれほど深くかかわっているかを知っているというのに。アン・グリムショーは、彼女と関係があった男性に殺されたと考えられています——レナード看護師を共犯者として」

ヘレン・トラヴァースは揺るぎない視線を返した。その顔には、静かで高貴な威厳が感じられた。

「わたしが真実を話したのは、あなたが聞いたことを真実であると認めてくれると思ったからです。気の毒な女性が殺されたことに、夫が何の関係もないことはいうまでもありません」

「何の関係もありません」トミーが割って入った。「わたしの犯した罪は、自分がとんでもない大馬鹿者で、自分には過ぎた妻を持ったことだけです」

「あなたを信じたいと思いますが、ミスター・トラヴァース」警視は胸ポケットに手を伸ばし、レナード看護師宛の手紙を取り出した。「このことはどう説明しますか?」

トラヴァースは手紙を受け取り、じっと考え込むように読んだ。それから、軽く笑った。

「確かに不吉な感じがしますが、これが何なのかわかっていただけると思います。これを書いたのは、アンのための医療施設を予約する金を渡したときです。それ以上の犯罪的なものではありません」彼は手紙を置き、素早く見上げた。「ルエラ・ハウエルは、何らかの手段でこれを読んだのでしょう。狩猟クラブの会合のときに、彼女がとても妙な目でわたしを見ていたわけがわかりました。彼女はわたしとレナード看護師と〝わたしたちがしていること〟についてひどく悪意に満ちたほのめかしを口にしました。わたしは、あの気の毒な女性の、例の不機嫌だと思いました。しかし、彼女はわたしを殺人犯だと思ったようですね——警視、あなたのように」彼はにやりとした。「立派な人たちの考えることは同じのようだ」

「あなたのいう通りでしょうね、ミスター・トラヴァース」コブはにこりともせずにいった。「ミセス・ハウエルはあなたが看護師と共謀してアンを殺したと思っていたようです。そして、ミセス・ハウエルは殺されました」

トミーは少し顔を赤らめ、長椅子の上で身を起こした。

「わたしは下劣な男でした」彼はいった。「そして、なにもいわなければもっと下劣な男になっていたでしょう。あなたがたは、レナード看護師がこの恐ろしい事件にかかわっていると考えているのでしょう。それは見当違いです。彼女はきちんとした人で、結婚もしていますから、アンの悩みを理解できたのです。信心深く、卑劣なことをするような人ではありません」

「最近の彼女の足取りを知りませんか?」コブがいった。

「何もわかりません」トラヴァースはいった。「自分が窮地に陥っているのはわかっていますが、誓っていえます——わたしは人を殺してはいません。今夜、もう少しで殺されるほうになるところでしたが」

「その件を訊きたかったのです」コブは静かにいった。

「いいでしょう」トラヴァースは包帯を巻いた手をいぶかしげに見た。「しかし、告発などはしないでください。わたしはこてんぱんにやられましたが、そうされても仕方がなかったのです――少なくとも、わたしの左フックはそれほど素早くなかったということです」

半分ふさがりながらも輝いている彼の目に、抑えきれないユーモアを見て、わたしはほほえまずにはいられなかった。

「犬を小屋に入れた後のことです」彼は続けた。「家へ帰ろうとしたとき、ひどく興奮した男がこちらへやってきました。バーグでした――グリムショーの土地に住んでいる、あのスカンジナヴィア人の大男です。彼はわたしを七つの大罪を犯したかのようにののしり、堕落したわたしをやっつけるといいました。わたしの答えは簡単でした。彼を止めるような男ではありません。正々堂々と戦うのが怖いのかと彼は訊きました。今度も答えは簡単でした。体格を比べれば、ノックダウンされたも同然ですが、あの男にはスポーツマン精神があったようです。わたしはそれに応え、先に立ってテニスコートに通じる小道へ真面目に向かいました。彼はそこで、全力で攻撃してきました。わたしのボクシングの腕はなまっていましたが、強烈なアッパーカットを一発か二発はお見舞いしたと思います。しかし、彼にはひどくやられました。最後に覚えているのは、空からすべての星が降ってくる光景でした」

コブは意見せずうなずいた。それから、こう尋ねた。「なぜバーグは急に、あなたがアンの恋人だと思ったのでしょう?」

「わかりません。ゆうべ怪しいと思い、今日の午後に確信したというようなことをいっていました。ちなみに、謎のひとつは解消できますよ。ゆうべ妻が窓の外に見た男というのはバーグだったのです。ちょうど彼が怪しんでいたときですよ」トラヴァースはどこか疲れたように肩をすくめ、わたしを見た。「煙草を吸ってもいいかな、ウェストレイク？」

「いいとも」わたしはシガレットケースを回した。「それに、もうベッドに戻っていい」わたしは医者として厳しい目で警視を見た。「同じことはわたしたちにもいえるだろう、コブ。わたしたちにできるのは、少し眠ることだけだ」

「〝心労のもつれた絹糸をときほぐしてくれる眠り（『マクベス』二幕二場）〟か」トミーが引用した。「眠りによってわたしの顔がほぐれることを祈りますよ。そして、あなたがたの謎が解けることも」

XXI

家へ帰る車の中で、わたしはこの新しい展開について警視と話すのを頑として拒んだ。

「保安官代理はストライキ中だ」わたしはいった。「今夜はもうしゃべらないし、推理もしないし、考えない。正気を保つためにベッドに入る」

コブはわたしが本気だと受け止めたようだ。門の前でわたしを降ろし、去っていった。

わたしはたっぷりと睡眠をとるのを楽しみにしながら階段を上った。信じられないことに、まだ十一時半だった。だが、わたしの安息は先延ばしにされる運命にあった。娘の部屋を通りすぎようとしたとき、静かな、だが容赦ない声がしたのだ。

「パパ」

中に入ると娘がベッドの上で身を起こしていた。見るからに不衛生なウサちゃんを抱きしめている。

「寝ていなきゃ駄目じゃないか」わたしは厳しい声でいった。

「わかってる。でも、特別にまた起きたの。意地悪してごめんなさいっていおうと思って」

娘はできる限り深く反省している様子を見せた。だが、その謝罪は主に、こんな時間に会話をするための口実に違いない。わたしはあきらめてベッドの端に座った。

「ミスター・フォークナーとは楽しく過ごせたかい?」

「うん、楽しかった――でも、すごく悲しかった」ドーンはうっとりしたように目を輝かせた。

「ミスター・フォークナーはずっとここにいて、カップが盗まれた話をしてくれたの。だから、盗まれるなんて馬鹿ねっていったの」

「じゃあ、おまえはどうやって泥棒を防ぐんだい?」わたしは上の空で訊いた。

娘はさらにしっかりと、ウサちゃんをパジャマに押しつけた。「わたしがカップをもらったら、毎晩ベッドに持ち込んで一緒に寝るわ。そうすれば、誰にも盗まれないでしょう」

彼女はこの素晴らしい考えが通じなかったと思ったようだ。仕上げにこう続けた。

「それに、死んだ後も盗まれないの。だって、一緒に埋めてもらうんだもん」

父親として、そんな病的な考えには眉をひそめるのが義務だとわたしは思った。

「とんでもないお馬鹿さんだな」わたしはいった。「こんな話をするのは寝たくないからだろう。今夜はその手には乗らないぞ」

娘はわたしの小言もどこ吹く風だった。きわめて現実的なのだ。今では、哀願するようにわたしを見上げている。

「お願いだから、ほんのちょっとだけウサギの話をさせて」彼女はそういって、とても心配そうな、真面目な顔で身を乗り出した。「とっても恐ろしいことが起こったの、パパ。ジョンが今日、ウサギ小屋を作ろうとしている辺りでネズミを見たの」

「それは恐ろしいね！」わたしはいった。

「本当に恐ろしいことよ、パパ！」娘は食い下がった。「だって昨日『ウサギ飼育者ウィークリー』で、ネズミはウサギの赤ちゃんを食べてしまうと読んだばかりなんだもの。本当にウサギの赤ちゃんを食べちゃうの？」

わたしは断固として立ち上がり、明かりを消して、娘の頭にキスをした。

「ネズミは何でも食べてしまうんだよ。さあ――おやすみ」

だが、わたしは休めなかった。あまり長い時間は。自分の部屋に急ぎながら、ドーンへの最後の言葉がどういうわけか頭に引っかかっていた。

ネズミは何でも食べてしまうんだよ。

わたしはベッドに腰を下ろしたが、結局すぐに跳ね起きた。疲れた頭に、次から次へと狂ったように考えが浮かんでくる。狩りでの発見の直後にコブがいった言葉が、混乱した記憶を具体化するきっかけとなった。〝動物に遺体を暴かれる代わりに、それを利用して遺体を処分したんだ〟。動物！　キツネ、猟犬……ネズミ！　わたしの頭は目まぐるしく働き、パイチャーズ・レーンでローズマリーと話した夜のことを思い出した。彼女の静かな、若々しい声が聞こえてきた。〝納屋は寒く、すきま風が吹き込み、ネズミがはびこっていた……〟さらにその後で〝ウォルターはこういったわ。誰かが納屋のそばにいるのを見たような気がする……〟

ほんのわずかな、まったく関連性のない記憶が、急にしっかりした論理の鎖を形作った。ネズミは何でも食べる。納屋にはネズミがいる。ウォルターはそこで誰かを見た気がする。そしてわたし自身、レナード看護師を最初に見たのは、あの荒れ果てた古い建物のそばだったではないか。

猟犬は最も恐ろしい、最も重要な部分を見つけ出すことができなかった。コブは絶望的な人員不足に陥っている。彼の部下が、まだあの人里離れた、打ち捨てられた建物を捜索していない可能性はある。まだ捜索していないとすれば、殺人犯がそこをぞっとするような隠し場所にしている可能性は高い。理想的な場所だ——疑う余地もない。なぜもっと早く思いつかなかったのだろう？

わたしはそれ以上考えていられなかった。コブに電話することすら思い浮かばなかった。引き出しから大きな懐中電灯を出し、玄関ホールに駆け下りて、一番分厚いオーバーを着て冷たい夜の中へ急いだ。最初に厩舎へ向かった。二階はレベッカとその夫の居室になっている。名前を呼び、窓から彼女が顔を出すと、夫とともに母屋へ移動して、予備の寝室で寝るようにと、有無をいわせず命じた。ドーンに万一のことがあってはならない。

レベッカは寝起きで戸惑っているようだったが、ようやく理解した。娘の心配がなくなったところで、わたしは数ある風変わりな捜索の中でも、最も突飛な捜索に乗り出した。

夜は思ったよりも寒かった。それに暗かった。雲は月を隠し、ごく弱々しい光だけが地面を照らしていた。

車を使って人に見られる危険を冒すより、納屋まで徒歩で縦断することにした。疲れた体には、果てしない道のりに思われた。しかし、わたしはきびきびしたペースを保ち、体を温めつつも過熱する想像でいっぱいの頭を冷やそうとした。だが、先へ進むうち、自分が導き出した奇怪な結論は、ますます筋が通ったものに思えてきた。わたしは重苦しい気持ちで、自分が正しいことを確信した。

草地や砂利道を選んで歩きながら、ようやく狩猟クラブまでたどり着き、犬舎を回り込んだ。犬たちはわたしの足音に気づいたようで、檻の中で足を引きずる音がし、急に鳴き声があがった。

〝耳を澄ませ、耳を澄ませ、犬が吠えている!〟

害のない子守唄が、謎と恐怖に満ちたこの数日間、わたしを容赦なく悩ませるようだ。

わたしは何度か道を外れた。一度は溝にはまったが、ありがたいことに厚い氷が張っていたので、冷たい水に浸かる不快な思いをせずに済んだ。だが、安全な森にたどり着くまで、懐中電灯は使いたくなかった。折に触れ、敵の能力に対するある種の賞賛が生まれ、今ここで出くわしたくないものだと思った。グリムショー家の丘が見え、ようやく自信が湧いてきた。木々の梢が見えてきた――真っ黒な空よりもわずかに黒い輪郭が。

森に足を踏み入れ、松葉を踏みしめる慣れ親しんだ感覚を得るまでに、全部で三十分ほどかかっただろう。森の中は信じられないほど暗かったが、今なら遠慮なく懐中電灯を使える。草地を縦断してきたときよりも速く進めた。

森の中の道は、夜にはたやすく迷ってしまう。しかし今回は、猟人としての勘か、保安官代理の潜在的能力のためか、わたしは冷酷なほど効率的に動いていた。右に曲がり、左に曲がりして、とうとう納屋に通じる小道に出た。行く手には、ぞんざいに木を切り拓いた空地と、古い建物の陰気な輪郭が見えた。

そこにたどり着くのはあっという間だった。懐中電灯の大きな光の中に、ぼろぼろになった壁や古びた木のドア、嵌め殺しの窓が浮かんだ。わたしはドアを手探りした。取っ手はなかったが、穴に指を突っ込んで掛け金を外すと、ぱっと開いた。戸口で足を止め、必要以上に胸をどきどきさせながら、見通すことのできない闇に目を凝らした。

だが、あまり長くぐずぐずしてはいなかった。この状況の異様さ――キツネ穴がほんの数百フィート先にあるという事実や、近くにレナード看護師や彼女の関係者が身を隠しているかもしれないこと――は、このときには頭になかった。わたしは強情な男だ。そこに隠されているはずのものを見つけ出し、警察犬にできなかった身の毛もよだつような発見をしようと心に決めていた。

敷居をまたぐと、すぐさま揉み合うような音がした。わたしと一緒に強い風が吹き込み、枯れ葉の山を散らしたかのような音だ。懐中電灯をつけると、ちょうど半ダースほどの灰色の影が、互いにぶつかり合いながら、腐りかけた壁にやみくもに逃げようとしているところをとらえた。ネズミだ……。少なくともこの点では、わたしの考えは正しかった。

わたしはドアを閉め、系統立った捜索を始めた。まず正面から右に向かって壁沿いに歩いた。納屋は何年も使われていなかったが、今も古い袋や朽ちかけた干草が大量にあった。懐中電灯が、古びた干草用の熊手や壊れたベンチ、旋盤らしきものを照らした。ドアの近くに、古い梯子がふたつ立てかけられていた。ローズマリーのいう通りだ。恋人たちが逢瀬を楽しむロマンチックな場所とはいいがたい。

わたしは屋根裏へ続く梯子を通り過ぎ、慎重に調べた。壁の中では、ネズミがひっきりなしに叫び、互いにつまずき、チューチュー鳴きながら争っていた。怒ったようなせわしげな音を背に、わたしはゆっくりと前へ進んだ。懐中電灯であらゆる場所を照らす。壁を叩き、床を叩き、隙間や穴を覗いた。それは遅々とした仕事で、わたしは日が昇るまで待たなかった自分をののしりはじめた。長い時間をかけて、左の壁にぼんやりと浮かんでいる、窓ガラスのない壊れた窓までたどり着いた。

蜘蛛の巣の張った天井に懐中電灯を向けようとしたとき、外でかすかな物音がして、わたしは身を屈め、壊れた壁板に体を押しつけた。また物音が聞こえた——小枝が折れるかすかな、はっきりしない音だ。森の動物かもしれない。あるいは、人間の足音かもしれない。判断するすべはなかった。しかし、それを聞いて、急に警戒心が起こった。人間なら、罪のない理由で夜中にこんな寂しい場所に来るはずがない。それに、懐中電灯の光に気づかれたかもしれないのが心配だ。

わたしはしばらく窓の下にしゃがんで、ひどく不快な時間を過ごした。ようやく少しずつ、この場所の堅固さがわかってきた。懐中電灯を消していたので、人に気づかれることなく窓の外を見ることができる。わたしは少しずつ身を起こし、窓を覗いた。

月がなければ何も見えないだろうと思っていた。だが実際には、月は一瞬、雲間からその傲慢な顔を出すことにしたようで、青白い光が広い空地を照らした。ごつごつした切り株や黒っぽい幹、低い下生えなどが見える。それから一瞬、別のものが目に入った気がした——ぼんやりした影が、木々の作る安全な暗がりに入っていくのが。

わたしは思わず身を乗り出し、もっとよく見ようとガラスの割れた窓から顔を出した。しかし、腐った木材のことを考えなかった。足元で床がきしんだ。すぐさま動きを止めたとき、月は雲の裏に隠れ、空地は真っ暗になった。

物音が聞かれたかどうかわからないまま、あるいは、物音を聞く人間がいるのかどうかわからないまま、真っ暗な闇の中に立っているのは落ち着かない気分だった。わたしは耳を澄ませたが、何の音も聞こえなかった——壁の中で発作的に走り回るネズミの足音だけだ。

ようやくわたしは、あの影は想像の産物にすぎなかったのだと自分を納得させた。窓から離れ、捜索を続ける。

一階の捜索はそれからさほど時間がかからなかった。成果のないまま、ひどく消耗する調査は終わった。今では、望みは上階に託された。殺人犯が隠し場所にしている可能性は、こちらのほうがはるかに高かった。一階に人が迷い込むことはあるだろう。だが、屋根裏に通じる梯子は非常にぐらぐらして、危険なものに見えた。二階に興味を持つのは、隠し場所を求める人間だけに違いない。

半分想像上の人物がまだ暗闇に隠れていることを考え、懐中電灯の光を低く保ちながら、わたしは古ぼけた梯子を上りはじめた。梯子段が足の下できしんだが、折れはしなかった。あっという間に、わたしは跳ね上げ戸を開けて屋根裏へ出た。

懐中電灯は、一階の部屋とそっくりの、細長く天井の高い部屋を照らし出した。歳月を経て朽ちてはいたが、床板は厚く、しっかりしていた。グリムショーの祖先は、森の中にこれほどしっかりとした建物を建てるほど変わり者でもあり、金持ちでもあったに違いないと考えたのを思い出す。窓は、天井近くのごく小さなものがひとつだけだった。

一階の雰囲気は陰鬱そのものだったが、ここはそれに輪をかけて陰鬱だった。空気はかび臭かった。しかし、陰鬱さの仕上げをするのはネズミたちだった。階下よりもさらに多い、無数のネズミがいた。床はネズミでいっぱいだった。不愉快なのは、やつらがわたしに何の興味も持たず、怯えもしないことだった。近づいても逃げもしない。中には威嚇するように睨みつけるものもいて、懐中電灯に目が光った。

わたしは相当ぴりぴりしていたのだろう。いきなり狂ったように足を踏み鳴らし、懐中電灯を振り回した。ネズミたちが小走りで暗い穴へ逃げ込むのを見て、わたしはほっとした。

だが、連中を頭から追い出すことはできなかった。なぜあんな奇妙な行動をするのだろう？　何度も人間が入ってくるものだから、怖くなくなっているのだろうか？　脈が速くなるのを感じながら、腐りかけた床板の上を進んだ。

屋根裏部屋の真ん中辺りまで来たとき、初めての発見があった。それさえも、もし懐中電灯が手から滑って落ち、目の前の床を照らし出さなければ、見つけることはできなかっただろう。わたしの足元の床板に、長い傷が走っていた。わたしは膝をついて調べてみた。最近つけられた傷だ。ほこりはほとんど入り込んでいない。懐中電灯を取り上げ、周囲を照らした。ほかにも傷が見つかった――斧か手斧でつけられた傷だ。さらに、弱々しくつかんだ懐中電灯の光の中、別のものが目に入った――木材についた黒っぽいしみだ。

わたしの頭は目まぐるしく働いた。タイプ打ちのメモは、レナード看護師と共犯者が〝いつもの場所〟で会おうと指示していた。コブもわたしも、実際にどこで殺人が行われたか、もっと重要なことに、どこで遺体をばらばらにする恐ろしい作業が行われたかについては見当もつかなかった。今では、それがどこだったかほぼ確信した。

わたしはしばらくその場に膝をついたまま動かず、まったく予想外の発見に打ちのめされていた。周囲を照らす小さな円形の光を除いて、納屋は真っ暗だった。やがて、左手の暗がりから音が聞こえてきた――かすかでひそやかな音が、足音とときおり起こる鳴き声に中断される。いまいましいネズミめ！　戻ってきたのか。

わたしは懐中電灯を前へ向けた。やつらが見えた。半ダースほどのネズミが、屋根裏部屋の片隅に固まっていた。小さくまとまり、顔を背け、灰色のぬるぬるした体が懐中電灯の明かりに光っている。ときおり、別のネズミが壁の割れ目からこっそり出てきて、それに加わった。

最初に考えたのは、走っていって追い散らすことだった。だが、ふとそれを思いとどまり、じっとしたまま耳を澄ませた。すぐに自分の考えが正しかったことを確信した。ネズミどもは床板をかじり取ろうとしているのだ。鋭い歯が嚙み砕く音が聞こえた。

少し吐き気を催しながら、わたしは立ち上がり、そっちへ歩き出した。ほとんど見下ろすところへ来るまで、やつらは逃げなかった。それからしぶしぶ移動した。嫌な連中だ。

懐中電灯の光で、ネズミの歯がつけた刻み目が見えた。それだけではない。汚れた床板の上で、細い鋼の糸のように光っているのは、数本のブロンドの髪だった。

行動を起こす前に、数分ほど立ち尽くしていたようだ。動きは機械的だった。麻痺した感覚に比べ、体の能力のほうが発達しているかのように。手は小さな円を描くように懐中電灯を動かし、ある板の上で止めた。ほかの板のように平らではない。わたしは屈んで、乱暴にはがしはじめた。数秒で板は外れ、以前にも誰かがいじったのがわかった。

屋根裏部屋の床と一階の天井との間は、二フィート近い深さがあるようだ。懐中電灯を探し、先ほど作った暗い穴に向ける。わたしが見たものには、馬鹿馬鹿しいとも、邪悪ともいえるものがあった。懐中電灯の明かりに光るのは、古い建物に不釣り合いなほど新しいもの、つまり、小さなポータブルのタイプライターだった。わたしの目は製造者の名前をとらえ、疑惑が裏づけられた。エリオットのポータブル、ナンバー5だった。

また別のものが、隣の床板の下から突き出ていた。それからの数分、わたしは狂ったように床板をはがした。ひとつ、またひとつと、ケンモアを破壊した犯罪の恐ろしい証拠が現れた。最初にレナード看護師のスーツケースが出てきた。それは天井板と床板の間に押し込まれていた。さらに手斧があった。刃が懐中電灯の光を受けて邪悪に光る。その周囲には女性の服が散らばっていた。それに黒いしみがついているのに気づき、わたしはまじまじと見ることができなかった。殺人犯は、この隠し場所を非常に信頼しているようだ。何もかもがそこにあった。

わたしは膝をつき、まだはがしていない板を見た——壁に一番近い板には、ネズミの歯がかじったギザギザの、奇怪なパターンができていた。一瞬、それに手を伸ばせなかった。それから、震える指でそれをつかみ、引っぱった。板が持ち上がった。懐中電灯を探し当て、中を照らす。

そのときにどう感じたかを説明するのは難しい。この納屋へ来たのは、根拠のない直感から、この恐ろしい数日間に何度も考え、頭に描いてきたものを探すためだった。だが今、実際にそれを目にし、懐中電灯のまばゆい光に無慈悲に照らし出された穴をぼんやりと眺めていると、一瞬、自分がすっかり正気を失ってしまったように思えた。

恐怖と驚き——それには慣れていたはずなのに、ケンモアでの出来事は、わたしに何の心の準備もさせてくれなかった。

XXII

続く数分間、自分が何をしていたのか正確に思い出せない。硬い、汚れた床に膝をつき、見えない目を凝らしていた。覚えているのは、壁に隠れた通路を行き来するネズミの足音だけだ。だだっ広い屋根裏部屋で恐ろしい孤独を味わい、そこにいる恐怖を感じながら——ひとりの人間には大きすぎる問題に直面していた。懐中電灯が手から滑り落ちて転がり、目の前のものが半分陰になった。髪だけが照らされていた――金色の、ぞっとするほど若々しく、生き生きした髪の毛。

そんな取るに足りない細部にばかり気を取られ、自分の下でどんな大きなことが起こっているかに少しも気づかなかったのは奇妙なことだ。今では信じがたいことだが、何かが変だと最初に気づいたのは、足元の床板からゆっくりと立ち上る、小さな煙の渦巻きを見てからのことだった。

今もあのときのようにそれが目に浮かぶ――ゆっくりと、容赦なく立ち上る煙は、ぼんやりとした頭にはまったく信じられなかった。屋根裏部屋の床から煙が上っている！　それは、いきなりコブラに出くわしたくらい信じられないことだった。

ほかにも間違えようのない火事の気配が、徐々にわたしの頭に入ってきた――つんとくる刺激臭、階下で炎がパチパチいう、耳障りな、絶え間ない音。

最初に思いついたのは、懐中電灯をつかむことだった。それから、足元にあるものを一瞥した後、入ってきた跳ね上げ戸へ向かった。それを開けると、盛大な煙が間欠泉のように噴き出した。わたしは咳をし、唾を吐きながら後ずさりした。目は塩をすり込まれたようにひりひりしている。

一瞬、わたしは壁を背にして、噴き出してきた煙を見ていた。跳ね上げ戸を開けておくと、炎の勢いが増す気がした。煙はかすかに薔薇色がかっていて、階下の炎はさらに大きな音を立てていた。

跳ね上げ戸から脱出する希望は潰え、わたしは手探りでそれに近づき、閉めた。しばらくは静かになった気がした。渦巻く煙はまだ床板の間から立ち上り、煙のせいで空気はまだ刺すような臭いがしていたが、少なくとも呼吸はできた。

跳ね上げ戸から離れ、考えた。突然の危機に見舞われたにもかかわらず、わたしの頭は不思議と活発に働いていた。ある事実がはっきりと、わたしを励ますように浮かんできた。しばらく時間感覚を失っていたものの、屋根裏部屋にいたのは二十分足らずだ。そして、わたしが梯子を上る前から火が起こっていたことはありえない。また、二十分で炎が遠くまで広がることもありえない。いい換えれば、炎の中心は屋根裏部屋に通じる梯子の真下に違いない。納屋の反対側は、しばらくは安全のはずだ。

わたしは頭を絞って一階の配置を思い出そうとした。梯子の周囲に古い袋が散らばっていたのを覚えている。明らかに、火はそこから出たのだろう。

だが、どうして出火したのか？　このときになってようやく、そのことを考えた。煙草は吸っていない。自然発火の可能性もない。やがて、真相がわかりはじめた。空地に射した月光からするりと逃げていった人影を思い出した。殺人犯がわたしを追って納屋まで来たか、あるいは、どのみちこれだけの罪の証拠を隠した建物を破壊する計画だったかだろう。今は、動機はさして重要ではない。わたしの頭にあったのは、彼はわたしを殺すために最善を尽くしたということだけだ。

非常時には、自分が逃げるのに必要なことしか考えられないものだ。恐ろしい発見も、それが新たに謎を複雑にしたことも、完全にわたしの頭から抜け落ちていた。わたしはひとつのことだけに完全に集中していた——どうやって生きて出るか。

わたしは天邪鬼な人間かもしれないが、この問題を解かなければならない理由はふたつあったと思う。自分の命を守るだけでなく、自尊心も守りたかった。これは殺人者との最初の対決で、相手はわたしを、ネズミや殺した女の頭部もろとも生きながら焼こうとしている。わたしは挑戦を受けた。

大いに発奮して、わたしは懐中電灯で壁を照らし、脱出できそうな場所を探した。床板は腐っていたが、壁はまだしっかりとして弾力があった。これを破って新鮮な空気にたどり着くには、わたしの力では足りないだろう。足元では——跳ね上げ戸から離れたこの場所でも——床が不快なほど熱を帯びてきた。

しばらく実現困難な戦略を検討した後、望みは窓しかないと結論が出た。ゆうに二十フィートは上にあり、仮に届いたとしても、体が抜けられるだけの広さがあるかどうかも疑わしい。ひとつだけ確実なことがあった。逃げ出せたとしても、わたし以外の誰も、あの身の毛もよだつ証拠品を目にすることはできないのだ。少なくともこの点では、殺人犯はうまくやったことになる。

わたしが最初の煙に気づいたときから、ネズミたちは妙に静かになっていた。ところが、やつらは急に動きはじめた。壁の中で争い、引っかき、悲鳴をあげている。煙がそこまで達したのだろう。彼らも同じように生きようと戦っていた。

だが、ネズミに同情している暇はない。懐中電灯を壁の上に向け、最後にもう一度窓を調べた後、わたしはそれをポケットに入れ、屈辱的な登攀を始めた。

屈辱的といったのは、取っかかりがないも同然の切り立った壁をよじ登るほどみっともないことはないからだ。無数の穴や隙間は、腹立たしいほど床の近くに集中していた。わたしは暖炉の薪を必死によじ登るシロアリになったような気分だ。

実際にどうやって窓にたどり着いたのか、思い出すのは難しい。数えきれないほど滑り、何度も転げ落ちた。だが少しずつ壁の表面に慣れ、集中してつかみ、よじ登ることで、下枠に手をかけるのに成功した。

その後は楽になった。炎が屋根裏部屋の反対側にある跳ね上げ戸から噴き出した。耐え難いほどの熱さにもかかわらず、炎はより明確に考える助けとなった。勢いをつけて体を振り、危なっかしく下枠に上ると、窓に顔がぶつかった。これがふたつ目の難関だった。それは、運に見放されたことを暗に物語っていた。一階の窓はガラスも枠もなかった。だが、この窓は頑丈だった。四枚の小さな窓ガラスは無傷で、それを支える木枠も丈夫だった。そして、開けるための留め金も何もなかった。束の間、わたしは途方に暮れた。

肘で窓ガラスを割る以外、脱出するすべはないように思われた。それから懐中電灯のことを思い出してほっとした。とても高価なものだったが、犠牲にするしかない。わたしはポケットからそれを出し、激しく、というより、不安定で窮屈な姿勢でできるだけ激しく窓を叩いた。ほどなく窓ガラスはすべて壊れたが、木の枠は残った。揺らめく炎に背後から照らされた枠は、いまいましいほど丈夫に見えた。

わたしは懐中電灯で壊そうとしたが、結果は懐中電灯が何ともつかないひしゃげたアルミの塊になっただけだった。わたしはあきらめてそれを窓枠のひとつから落とし、下枠にしがみついて途方に暮れた。時間は残り少なく、行動を起こすか、死ぬかだった。

わたしは行動を起こすことにした。

生死を分ける瞬間にも、馬鹿馬鹿しい行為をためらってしまうのは、人間心理の妙なところだ。だが、このときには礼儀などすっかり忘れていた。わたしは下枠の上にしゃがみ、壁の割れ目をしっかりとつかむと、激しく体を揺らして窓枠に尻をぶつけた。きっとサイのように見えただろうが、効果はあった。何度か試すと、木の枠がたわむのを感じた。やがて、それは折れた。あとは手で壊すのにそれほど時間はかからず、わたしは隙間から体を出して、そこ――地上約四十フィートのところ――に座った。その姿はまるで、威厳のかけらもないブッダのようだったろう。

窓から脱出しようとしていたときには考える余裕もなく、徐々に勢いを増す炎と濃さを増す煙のことしか頭になかった。だが、冷たい夜風で気分がすっきりすると、急に痛切な思いが湧いてきた。ありそうにないことでも起こらない限り、これがこの世での最期になるかもしれないのだ。燃える納屋を脱しても、四十フィート下の凍った地面に落ちるのは避けられない。飛び降りたらどうなるかを考えてみた。両脚骨折は間違いない――背骨が折れる可能性も高い。

心理学者は、死の瞬間に記憶が走馬灯のようによみがえるというのは嘘だというかもしれない。だがわたしは、その意見は誤りだと証明できる。この短い時間に、わたしはたくさんのものを見た気がする。はるか昔、あの素晴らしい六月の夜に出会ったときのポーラ。初めて膝丈のドレスを着たときの、嬉しそうに澄ましているドーン。感傷が正当化される瞬間があるとすれば、背後に火の海が迫る中、地上四十フィートの窓から体を乗り出しているときだろう。

覚悟を決めて飛び降りようとしたとき、心の中で祈っていたありそうにないことが現実のものになった。眼下に、納屋を素早く回り込んでくる人影が見えたのだ。それが殺人者かもしれないと考えたりはしなかった。何も考えなかった。わたしは勢いよく叫んだ。

「おーい！」

人影はわたしの下でぴたりと立ち止まった。やがて、それがローズマリー・スチュアートだとわかった。安堵があまりにも大きかったので、急に軽薄な気持ちになった。わたしは片手を振り回し、叫んだ。

「降ろしてくれないか？」

誰なのだろうと彼女が目を凝らしているのがわかった。

「ヒュー？」彼女はついに叫んだ。

「ああ。飛び降りようと思っているんだ」

「駄目よ」彼女の声には有無をいわせぬ調子があった。「そこにいて。何か探してくる」

彼女は稲妻のように納屋を回り込んだ。わたしは劇場の天井桟敷から見るように、その動きを眺めていた。ドアをくぐり、燃えさかる建物に入っていく彼女の勇気が見て取れた。彼女の危険を思うと、自分の身の危険も忘れていた。わたしは彼女が戻ってくるまでの時間を計った。永遠のように感じられたが、ついに、彼女はふたたび姿を見せた。納屋から出てきた彼女は、わたしが最初に足を踏み入れたときに気づいた古い梯子のひとつを引きずっていた。

「もう大丈夫」彼女は叫んだ。「梯子を見つけたわ」

超人的な努力で、ローズマリーは梯子を壁に立てかけようとした。そのときには、それが彼女にとってどんなに大変なことか気づかず、彼女がしおれたスミレのような女性ではなく、運動で鍛えられた活発な女性だった運のよさに感謝していた。

それでも、彼女がわたしの下に梯子を立てかけるまでには、何年もかかったように感じられた。このときになって、わたしたちは思わぬ障害に気づいた。梯子は優に十フィートは足りなかったのだ。

「これじゃ駄目だ！」わたしは叫んだ。「下がってくれ。飛び降りる」

炎に照らされて、彼女が目の上に手をかざして上を向いているのが見えた。

「サスペンダーは着けてる？」彼女はようやくいった。

「ああ。もちろん。でも、何に使うんだ？」

「それを外して、どこかに縛りつけるのよ。それを伝えば梯子まで下りられるわ」

わたしは暗闇でしばらく手さぐりしてから、大声でいった。「縛りつけるものがない」

炎が突然燃え上がり、壁を照らした。

「わかった」ローズマリーの興奮した声が響きわたった。「あなたの右側に、取っ手のようなものがあるわ。窓枠からぶら下がって、右手で探ってみて。手が届くと思う」

わたしはいわれた通りに窓の下枠をつかみ、脚をぶら下げた。それでも梯子のてっぺんから四フィートはある。

「右よ、ヒュー。膝のすぐ上」

わたしは右手を離し、壁を手探りしはじめた。指が壁から六インチほど出っぱった何かに触れ、心からほっとした。壊れた梁の一部だろう。

「いいわ」またローズマリーの声がした。「持ちこたえられそう？」

「そう祈るよ」

できる限り強くそれをつかみ、左手を下枠から離した。一瞬、体が勢いよく落下するのを感じ、右腕が関節から外れるのではないかと思った。続いて左手も出っ張りをつかんだ。体が左右に揺れたが、無事だった。

下ではローズマリーが梯子を移動する音が聞こえた。わずか数秒のうちに、一番上の段が足に触れるのを感じた。わたしはそれを伝って地上に下り、もう二度と納屋を見ないで済むことを心から願った。

その願いは速やかにかなえられたようだ。この古い建物がどれほど荒れ果てていたかは驚くべきことだった。ローズマリーとわたしが熱の届かないところに立っている間にも、屋根の右半分はそっくり崩れ、煙の漂う空に巨大な炎を噴き上げた。腐った板とネズミに交じって、屋根裏部屋で見つけた恐ろしいものを思い出した。殺人犯はそれをまんまと処分したが、少しばかり遅かった。今ここで、無事に生きているわたしは、奇妙な勝利感を味わっていた。結局のところ、殺人犯の驚くべき秘密を暴いたのは、わたしひとりだったのだ。

「うまく脱出したわね、ヒュー」

ローズマリーの声の響きに、わたしは少し驚いた。

「ぐずぐずしていてごめんなさい。でも、あなたがあそこにいるのを見て、信じられなかったの。どうかしてると思ったわ」

わたしは振り返り、彼女の肩に手を置いた。「きみは命の恩人だ」わたしは静かにいった。「ありがとう。ほかの人はどう思うかわからないけれど、わたしには、このことはとても価値のあることだったんだ」

彼女はかすかに笑った。燃えさかる建物の赤々とした光の中、彼女の顔は青ざめていた。服は焦げ、煤で汚れている。わたしたちはずいぶんだらしのないカップルに見えただろう。

「何も訊かないわ」彼女はやがていった。「訊かれたくないんでしょう。でも、どうしてバーグもグリムショー家の人たちも火事に気づかなかったのかわからない。それに――」彼女は言葉を切り、振り返った。「ここを離れたほうがいいわ。もうすぐ納屋は倒れるでしょう」彼女は小さく笑った。「わたしの恋にふさわしい結末じゃない？　逢引の場所が燃えてしまうなんて！」

炎が空地の向こうの木にまで広がる可能性がないことを確認し、わたしは納屋に背を向け、ローズマリーの後を追って森へ向かった。全身の骨が痛むと決め込んでいるようだった。歩くのは苦痛で、困難だった。それでもわたしは、嵐の後の安らぎを喜んでいた。ほんの少し前まであれほど不吉だった夜が、平和で楽しいものに思えた。モミの木の香りは、鼻をつくような焦げ臭さの後では甘く匂った。わたしたちは黙って歩いた。

「恩知らずだと思わないでほしいが」わたしはようやく、小声でいった。「どうしてきみが、あの決定的な瞬間に現れたのかとても知りたいんだ。そんなことを訊く権利がないのはわかっているが――」

「ずいぶんと怪しく思えるでしょうね」ローズマリーが、軽く笑い声をあげながらいった。「わたしは今日、すでに一度あなたの笑い者になってるわ。それをもう一度繰り返さなきゃならないの？　それで、ぴんと来ない？」

「すると——ウォルターか？」

彼女は一瞬答えなかった。暗闇の中で、彼女の手がわたしの手の中に滑り込んだ。

「今日の午後はさんざんだった」彼女はゆっくりと話しはじめた。「あなたがパイチャーズ・レーンを急いで駆けていくのを見て、今夜のわたしの話を聞いて、あなたが——ウォルターがあの恐ろしい事件に関係していると思ったのだと気づいた。そうなんでしょう。わかってるわ。それで——そう、わたし——こんなふうに終わらせることはできなかった。彼にもう一度会わなきゃと思ったの」

彼女は言葉を切り、わたしの手を握る指に力を込めた。

「あなたと別れてから、家へ戻って彼に手紙を書いたの。納屋で会いたい、夜中の十二時過ぎならいつでもいいと。わたし——それを持ってグリムショー家へ行き、郵便受けに入れたの。そしてわたしは——こうして来たけれど、彼は来なかった」彼女の声はとても低かった。「来ないことも考えるべきだった。でも、わたしは待ち、いったん離れ、また戻ってきた。そのとき、火事に気づいたの」

今では、わたしたちは森の端まで来ていて、パイチャーズ・レーンのでこぼこ道に並んで立っていた。

「ひとついえることがある」わたしは優しくいった。「ウォルターが姿を見せなかったわけは知っている。彼と父親が火事に気づかなかったわけもね。彼らはここを出ていったんだ」

「出ていった！」彼女の声には、さまざまな感情が入り混じっていた。驚き、心配、そして安堵――ともかくも、ウォルターは手紙を読んでわざと無視したわけではなかったのだ。「でも、ヒュー、どうしてそんなことができるの？　警察は誰もここを離れてはいけないといったのに」

「なぜかはわからない――どこへ行ったのかも。わたしが知る限り、戻ってもいないようだ。けれども、ひとつ約束してくれ、ローズマリー。あまり心配しないでほしい。事態はきみが考えているほど――複雑ではないかもしれないから」

わたしたちはとても近くにいた。彼女の青白い顔がすぐそばに見えた。

「それって――。ああ、ヒュー、あなたは本当に親切ね」

「きみだってなかなかのものだ」わたしはいった。「僕の命を救ってくれた」

わたしたちはどちらも動かなかった。やがて、わたしはぶっきらぼうに「おやすみ」といい、霜の降りた道を歩いていった。

わたしと彼女の歩く道は違うのだ。

XXIII

家まで歩いたあの道のりを、わたしは決して忘れないだろう。そして、それを覚えているのは、肉体的な苦痛からだけではなかった。このときになってようやく、今夜の出来事と発見、その驚くべき意味を論理的に考える時間ができた。痛む足で、疲れきって、誰もいない道を急ぎながら、わたしはまったく新しい視点から事件を見ていることに気づいた――初めからそこにあったのに、今まで思いも寄らなかった視点から。

危険なまでに死に近づいたことで、わたしの頭に超常的な明晰さが生まれたのだろう。いずれにせよ、ばらばらな事実や本筋を離れた断片、記憶の中の会話などが頭の中で自然に立ち上がり、あるパターンを形作ったのだ。まだ曖昧な、歪んだパターンだが、その形はすでにわかっていた。そのときでさえ信じがたいことに思われたが、ケンモアの陰惨な、筋の通らない出来事に、ある筋道ができはじめていた。

家に着いたのはかなり遅かったが、激しい渇きを癒すこともせずに、わたしは電話に急いだ。彼がまだ勤務中なのを当てにして、グローヴスタウン署のコブに電話する。つながるのを待つ間、鏡に映った自分の顔を見た。ひどいざまだった。顔は黒人シンガーのように真っ黒で、コートは何カ所か大きく裂け、ズボンには茶色いしみが丸くついていた。だが、それにもかかわらず、鏡の中の顔は勝ち誇ったように笑っていた。得意げな、会心の笑み――すべてを解き明かした者の笑みだった。

コブは警察署にいた。電話に出たのは本人で、わたしがすべてのいきさつを話すのを黙って聞いていた。さらに、わたしの頭に浮かんだ有力な説と、火事にも破壊されなかった具体的な証拠をどこで探せばいいかを聞く間も黙っていた。

「実に鋭い考えだ」話し終えると、彼は穏やかにいった。それは、わたしが彼から聞いた言葉で、一番褒め言葉に近いものだった。「生きたまま焼かれそうになったのが頭によかったらしいな、ウェストレイク。わたしも同じ線で考えていたが、そこまでは至らなかった」

彼は、後のことは引き受け、必要な手続きを取ると約束した。午前十一時ごろに来るので、今度こそ事件を解決しようといった。

「みんなを集めたほうがいいな」彼はいい添えた。「たくさんの人間に、いろいろと説明をしてもらわなければならない。きみは狩猟クラブの委員に、人を集めるのに協力してもらってくれ。十一時半にきみの家で」

「うちでなければ駄目だろうか？　ドーンの耳には入れたくない」

「いいだろう。フォークナーの家にしよう。彼は総指揮者だからな」

「だが、バーグとグリムショー父子はどうする？」わたしは不安になって訊いた。

「ああ、やつらのことは心配ない」コブは短く笑った。「ちゃんと捕まえてあるよ」

訊きたいことは一ダースはあったが、わたしは疲れすぎていた。いずれにせよ、人間には限界というものがある。

その夜、わたしはぐっすり寝た。

翌朝には、期待された仕事をすべてやり、警視は約束通り十一時に顔を出して、わたしを車でフォークナー家へ連れていった。

「さて、どうやらすべてまとまったようだな」朝日の中、車を走らせながら、彼はうなるようにいった。「保安官と地区検事長も同席したがったが、断った。できるだけ非公式なものにしたほうがいい。彼らには、後でたっぷり時間があるだろう」彼はポケットから電報を出し、苦笑いとともに手渡した。「きみへの裏づけ証拠だ、ウェストレイク。夜の間に電話して、ちょうど届いた」

わたしは電報を読み、自分の説に対する確たる証拠を見た。それはわくわくすることであり——少し気落ちすることでもあった。結局、保安官代理として謎が解明されることには満足だったが、それにはわたしたちの共同体の住人であり、仲間のひとりがかかわっているのだ。

コブとわたしが着いたとき、狩猟クラブの委員はすでにフォークナー家の居間に集まっていた。剥製にされた記念品の飾られたこの場所は追跡劇の終わりにふさわしいと、わたしは暗い気持ちで考えた。キツネの頭や雄ジカの頭、さまざまな鳥の剥製が、冷たいガラス玉の目で中央の円テーブルの周りに堅苦しく座っている小さなグループを見下ろしている。もちろん、部屋を支配しているのはクララだ——ツイードを着た、エプスタイン作のディアナ。とても上品だが疲れた顔のフランシスが、この取り立てて華やいだところのない集まりの主人役を務めようと精一杯頑張っている。ローズマリーとそのおじは黙って座り、自分たちの手をじっと見ていた。トミー・トラヴァースがいたのは一番の驚きだった。医者として、彼がベッドにいなくてはならないことはわかっていた。怪我をして包帯を巻いているにもかかわらず、イギリス人の義務感として出席したのだろう。しかも、彼は陽気といってもいい印象だった——ほかの人々よりずっと明るかった。

わたしたちが入っていくと、すでに凍ったような沈黙がさらに冷たさを増したようだ。全員の目が、席につくわたしたちを追った——好奇と不安の目、そして、わずかに敵意を込めた目。

コブが見事な如才なさで口火を切った。ハヤブサの剥製の真下にある席から、彼は非常に静かに、この集まりの目的を説明した。説明のつかなかった一連の出来事が、多少の運と結びついて、わたしとドクター・ウェストレイクは正しいと思える結論にたどり着くことができました。近隣の尊敬すべき住人であり、悲劇の被害者でもあるみなさんには、話を聞いてもらうべきだと考えています。その他の関係者、グリムショー父子とアドルフ・バーグは、まもなく到着するはずです。この会合の前半には、彼らは出席しない方がいいでしょう。ここにいるみなさんが、警察は後から起こった暴力行為を防ぐべきだったと思われるなら、この事件はわたしが経験した最も難しい、最も入り組んだものだったというしかありません。

彼が話しているうち、外に車が止まった。しかし、それに気づいたのはわたしひとりだったようだ。ほかの人々は、警視のゆっくりとした、穏やかといっていい口調に、完全に集中していた。「まずは、事実をおさらいするところから始めましょう」彼は続けた。「そうすれば、何から手をつけてよいかがわかるでしょう。これらはわたしが書き留めた最重要点です。アン・グリムショーは先週の水曜に父親と口論になり、家を出ました。誰も彼女の行方を知りませんでした。しかし木曜には、土地の先買権を売るためにミスター・ハウエルと会っています。土曜日に、死体がキツネ穴から発見され、ほかの部分も——別のところで発見されました。しかし、広範囲に捜索しても、頭部は見つかりませんでした。同じ土曜の午後、ミスター・フォークナーが大事にしていた狩猟馬サー・ベイジルが、一酸化炭素中毒で窒息死しているのが見つかりました。それは、殺人犯がレナード看護師のスーツケースを探して何軒かの家に押し入り、そののちミセス・ハウエルのベッドで彼女をペーパーナイフで刺殺した、まさにその翌日の日曜日だったことを思い出せば、警察がどんなことに直面していたか少しはおわかりいただけるでしょう。今は詳しくお話ししませんが、これらのさまざまな暴力行為はすべて、ひとつの明確な計画の一部だったのです。ドクター・ウェストレイクもわたしも、たくさんの間違った推測をしてきました。しかし、ウェストレイクがゆうべ、何よりも重要な証拠を見つけ、命を落としかけるまで、自分たちがどれほど間違っていたかに気づかなかったのです」

クララは煙草にマッチを押しつけた。大きく見開き、探るようなローズマリーの目が、わたしの目と合った。トミー・トラヴァースは少しほっとしているようだった。自分の後ろめたい問題が明るみに出るのではないかと恐れていたのだろう。

「奇妙に思われるかもしれませんが」警視は話し続けた。「ドクター・ウェストレイクとわたしは、アン・グリムショーの殺人に関して、ミスター・ハウエル、ミスター・フォークナー、ミスター・トラヴァースへのほぼ完璧な申し立てを考え出しました」彼の青い目がかすかに光った。「しかし、わたしたちは間違っていたようです――とんでもなく間違っていました。この点で皆さんに安心していただくために、ひとりの証人を呼んでいます。その証拠があれば、この部屋にいる誰ひとり、アン・グリムショーを殺していないことが確信できるでしょう」

曖昧な言葉が波紋のように広がる中、彼は立ち上がり、ドアに近づいた。フランシスはその背中を呆然と見ていた。シリル・ハウエルの太った顔は青ざめ、動揺しているようだった。

警視は姿を消した。数秒後、くぐもった声が外の廊下から聞こえてきた。ドアがぱっと開いた。非常に落ち着き、自信に満ちたコブが入ってきた。戸口で振り返り、もうひとりの人物に手を差し出す。それは女性だった――とても若く、美しい女性で、小さな帽子をブロンドの巻き毛の上に斜めにかぶっている。

その登場は電気が走ったかのようだった。テーブルの周りの人々は、ひとこともなく凍りついた。ついに誰か――クララ・フォークナーだったと思う――が、かすれた声で信じられないように叫んだ。

「アン・グリムショー!」

「ええ」コブは落ち着き払っていった。「アン・グリムショーです」

彼女は部屋に入ってきた。数時間前から秘密を知っていたわたしでさえ、彼女を見るのは妙な感じだった。殺されたと思っていた女性が、突然生きて現れる――どんなに控えめにいっても、それはショックだろう。

赤い服を粋に着こなしたアンは、コブが引いた椅子へ向かい、腰を下ろして脚を組んだ。クララにかすかな笑みを向けながら、テーブル越しに手を伸ばし、女主人の煙草を一本抜いた。

「ええ、わたしはここにいるわ」彼女は煙草を深く吸った。「悪い評判とともに去り、名声とともに戻ってきた。予想をはるかに超えていたわ」

「ミス・グリムショーには、経緯を説明してくれるようお願いしました」警視はいった。「それで、ある程度のことははっきりすると思います」

聞き手はまだ啞然としているようだった。わたしはローズマリーとトミー・トラヴァースに特に注目した。彼らはアンのことを、墓から出てきた幽霊か何かのように見ていた。トラヴァースに向けられたアンの目に、わたしは、かすかな笑みを見て取った。

「こんなふうに関心を持たれるなんて、悪い気はしないわね」彼女はいった。「それに本当は、わたしは大したことをしていたわけじゃないの。たまたま、警察にも見つけられない唯一の場所にいただけ――偽名で個人病院に入院していたの。知っての通り、最近わたしは――いろいろなことで絶望的なノイローゼに陥ってしまって」またしてもトラヴァースをちらりと見る。「わたしはレナード看護師と仲よくなり、彼女が病院で静養することを提案してくれたの。あまり気は進まなかったけれど、先週の水曜日にたまたまパパと喧嘩して家を出てしまい、それで心を決めたの。お金も、着替えも、何もないのに、グローヴスタウンの病院へ行ったわ。その夜はそこで過ごしたけれど、わたしにお金がないのがわかると、あまり歓迎してもらえなくなった。慇懃に、総合病院へ行くか家へお帰りくださいといわれたわ」

彼女は間を置き、クララの絨毯に灰を落とした。

「総合病院で何もかも暴かれるのは、とても怖かった――みんなに知られてしまう。かといって、家にも戻れなかった。そのとき、やがて自分のものになる土地のことを思い出したの。それに関する書類めいたものを走り書きして、歩いてケンモアへ行き、ミスター・ハウエルがいつも午後に馬を走らせるトップ・ウッズで待った。そこで彼と会い、なにがしかのお金を手に入れた。それが木曜日のこと。お金を持って戻ってきたわたしを、病院は両手を広げて迎えた。もちろん、弟はわたしの味方だった。何もかも打ち明けたけれど、気の毒な弟にお金をせびるのは嫌だった。パパは彼にほとんどお金を与えないから。でも、金曜日にウォルターに電話をかけて、居場所だけは知らせたの。レナード看護師に連絡して、着替えを少し持ってきてほしいと頼んだわ」

彼女はわたしに笑いかけた。

「ウォルターは土曜日の午前中に、着替えを持ってきてくれた。途中でドクター・ウェストレイクに会って、感づかれたんじゃないかと怯えていたわ。誰かに居場所を見つけられ、抱えている問題に気づかれたらと思って、わたしがすっかり慌て、びくびくしたのはわかるでしょう。そのとき、ウォルターが信じられないようなことをいったの――女性の死体が見つかって、みんなはわたしのことだと思っているって。彼は、少し身を隠して、そう思わせておいたらどうかといった。もちろん願ってもないことだわ。しかも、父が身元を断定したものだから、事は簡単だった」

「しかし、なぜ?」油断のない沈黙を最初に破ったのは、フランシス・フォークナーだった。

「いったいなぜ、父親が死体の身元を断定したんだ?」

アンは肩をすくめた。「かわいそうなパパ。わたしが堕落した女だと思っていたから、天誅が下ったと信じ込んだのでしょうね。当然、わたしのことをイゼベルだと思ったのよ。最初は半信半疑だったとしても、確信するのにさほど時間はかからなかったと思う。不名誉よりは死んだほうがいいのだから」

わたしには理解できた。イライアスは実に彼らしくふるまった。アンはまたわたしに笑いかけた。

「ところで、ドクター・ウェストレイク、わたしたち家族の素晴らしい再会は、先生のおかげといわなくてはならないわ。パパは昨日の夜、わたしをもう一度追い出そうとしたけれど、あなたを雄牛で追い払ったのがよほど楽しかったのか、驚くほど機嫌がよくなって、全部許してくれる気になったの」

　ローズマリーは急に警戒心に満ちた目を上げた。

「そうよ」アンは続けた。「昨日、わたしは病院にうんざりしてしまったの。検査したけど、何ひとつ悪いところはなかった――何ひとつ」彼女の目が、一瞬トラヴァースを見た。「それに、ケンモアで馬鹿なことをしてしまったのがわかって、これからはしっかりしなければと思った。そこでウォルターに電話して、森の中の古い納屋で落ち合おうといったの」

「じゃあ、あれはあなただったの……！」ローズマリーの声が急に割って入った。

「ええ、わたしは彼とそこで会ったのよ。わたしはあることを心に決めていて、弟は仲介役になってくれたの。弟がアドルフ・バーグのところへ行って、できる限りの事情を説明する間、わたしは森を抜けて父のところへ行き、自分が生きていること、正直な女性になろうとしていることを伝えたの。ウォルターがバーグの家を訪ねたときに、警視とドクター・ウェストレイクとひと悶着あったでしょう。わたしがちゃんと許されて、片がつくまで、弟は何も明かそうとしなかった。それに、彼はバーグがどんな反応をするかもわからなかったし。かわいそうなアドルフは、とても神経質になっていた。わたしがまだ生きていると知って大喜びしたけれど、別のことに怒り狂った。ウォルターが止める前に、彼はぶちのめしてやるといって飛び出していった――」彼女は一瞬言葉を切り、包帯の巻かれたトミー・トラヴァースの顔をちらりと見た。「ウォルターはようやく彼を見つけ出して、家に連れ帰った。パパは、わたしが結婚したらすぐに許してやるといった。そしてウォルターは、早ければ早いほどいいといった。さもなければ、証拠隠滅とか何とかいう罪で、みんなが刑務所に入れられるだろうと。それで、わたしたちは出かけたの。アドルフはロマンチックな夫ではないけれど、わたしにはいとおしくて優しい人だわ。結婚式は州境を越えたところで挙げた。もちろん、特別許可証のためよ。パパもついてきて、間違いがないことを見届けた。わたしたちがアイスクリームパーラーでささやかな式を挙げているとき、警視の部下が踏み込んできたの」

「じゃあ、あなた結婚したの？」クララが、ややぎこちない驚きとともにいった。

「ええ」アンは結婚指輪を見せた。「今はミセス・アドルフ・バーグよ」彼女はシリル・ハウエルをちらりと見た。「それと、先買権もなかったことになると思うわ。夫は土地を手放すなというの。今、彼も来ているわ。あまり見た目のよい花婿でないのが残念だけど」

ドアが開き、アドルフ・バーグの巨体が入ってきた。トラヴァースの左フックは、彼が思ったより効いていたようだ。スカンジナヴィア人農夫は、両目の周りを真っ黒にし、頬にも大きなあざができていた。彼はしぶしぶといったようにトラヴァースを見てから、英雄的な衝動に駆られたのか、近づいていって勢いよく手を握った。

「水に流す、いいか？」彼はいった。

「水に流す、いいとも」トミーは真面目にいった。

バーグが見るからに誇らしげに妻の隣に腰を下ろしたとき、イライアスとウォルターが入ってきた。若者の目が、すぐさまローズマリーの目と合った。彼女は急に明るい笑顔になり、ウォルターはあっという間に彼女の隣に来た。ひどく堅苦しく、感心しない様子のイライアスは、ほかの人々から少し距離を置いて座った。彼が〝堕落した猟人〟の家に足を踏み入れたのは、これが初めてだった。不承不承《しぶしぶ》来たことを、彼ははっきりと示していた。

クララは招かれざる客たちを冷ややかに見ていた。それから、きびきびと警視のほうを見ていった。

「大変感動的で、家庭的なお話だけれど、ここへ来たのは殺人事件の話をするためでしょう。アン・グリムショーでないとしたら、あれは——わたしたちが狩りで見つけたのは誰だったの？」

彼女がいい終えると、部屋は静まり返った。ゆっくりと、コブが彼女の目を見た。

「狩りであなたがたが見つけた遺体は、ミス・グリムショーと同じくらいの年齢、体格、肌の色をしていました。それは、この付近から急にいなくなったもうひとりの女性のものです。わたしたちも知っている、しばらくの間、仕事でここへ来た女性です——」

「つまり——」シリル・ハウエルが口を挟んだ。

「つまり——スーザン・レナードです」

ほとんどの人が、薄々真相に気づいていただろう。しかし、警視の口からあからさまに語られると、驚きの声があがった。彼らの気持ちもわかる。わたし自身、何日もの間レナード看護師のことを、容赦なく殺人に巻き込まれた、謎に包まれた邪悪な人物と思っていたのだ。視点を変え、彼女を被害者として見るのは難しいことだった。

「最初にすべてをつなぎ合わせ、全貌を明らかにしたのはドクター・ウェストレイクでした」警視は続けた。「ゆうべ、彼は——その——頭部を見つけました。そして自分の目で、わたしたちがどんな大きな間違いをしていたかを確かめたのです。ここからは、代わって彼に話してもらうのが一番でしょう」

すぐさまわたしに注目が移った。わたしはやや神経質になった。責任重大だ——しかも、嬉しいものではなかった。

「ええ」わたしはゆっくりと切り出した。「わたしたちは警察犬のように、最初から間違った匂いを追っていたのです。間違うのも道理でした。実は、その間違いも殺人犯が計画したものだったと思っています。彼はわざと、アンが村を出たことがわたしたち全員に知れわたったときを狙って、スーザン・レナードを殺したのです。万一、遺体が見つかっても、わたしたちが間違った結論に飛びつくことを期待して。たぶん、アンもその家族も、その誤解を正そうとはしないだろうと踏んでいたのでしょう——少なくともしばらくは。しかし、ミスター・グリムショーが死体の身元を確認し、彼の後押しをするとまでは思わなかったはずです」

「わしは嘘はついていない!」イライアス・グリムショーは、遠くの席からわたしを睨みつけた。

「あんたの読み上げた特徴は——娘と同じだった。それに、心の中では、娘は死んだも同然だった。わしは——」

「ああ、あなたを責めるつもりはありません、ミスター・グリムショー」わたしは辛抱強くいった。「現に、ミス・スチュアートとわたしも、逆の意味で同じ間違いをしているのです。昨日、森の中で見たのは、アンではなくレナード看護師だと思っていました。そして、わたしたちはどちらも、見た人物はレナード看護師だと断言できました——その女性が似たような見た目で、ブロンドだったというだけで。もちろん、アンだとは思いもしませんでした」

シリル・ハウエルは葉巻を取り出した。どこか恥ずかしげにそれを見る。ここで火をつけるのが礼儀にかなっているかどうか考えているように。

「しかし、最初からもう少しよく考えていれば、大いに時間が節約できたかもしれません。コブとわたしは、死体があのような忌まわしいやり方でばらばらにされた理由をいくつか考えましたが、本当に合理的なものを見過ごしていました。殺人犯は、遺体が発見されたときにアンだと思われることを期待していました。だから、殺された女性の身元がわかるような部分を破壊することにことさら注意しなくてはならなかったのです。たとえば腕です。わたしたちは訪問看護師協会で、レナード看護師には腕に目立つあざがあったことを知りました。そのときにぴんと来ればよかったのですが、そうはなりませんでした。そして、たまたま娘の指摘から、ゆうべ納屋に行くことを思いつかなかったら、今も頭を悩ませていたことでしょう」

わたしは手短にゆうべの冒険と発見について説明した。最後の具体的な証拠が火事で破壊されたことや、なくなったものが――後から見つかることを期待したひとつを除いて――すべてそこにあったことを。頭部を見つけ、驚いたことにそれがレナード看護師だったというくだりになると、クララ・フォークナーが急に割って入った。

「でも、どうしてあの看護師が殺されなくちゃならないの？　彼女はこの辺りの人じゃない。誰も彼女を知らないし、彼女のことを何も知らないはずよ」

「その通りです、ミセス・フォークナー。わたしたちは今も彼女のことをほとんど知りません。しかし幸い、彼女の行動や動機をつなぎ合わせて、全体が把握できるだけのことはわかりました。まず、彼女はケンモア近辺の仕事を得ようと躍起になっていました。また、ある晩、男性と一緒にいるところを見られたとも聞いています。明らかな結論としては、彼女はその男性のそばにいたいがために、この近所に来たがったのです。そして今度こそ、明らかに見えることが正しかったのです。彼女が一緒にいたいと熱望していた男性が、彼女を殺しました。そう――」わたしは、緊張した人々の顔を見回した。「――その男性は今、この部屋にいます」

ローズマリーとウォルターが素早く顔を見合わせた。ほかの人々は身じろぎし、足をもじもじさせた。アン・グリムショーだけが冷静さを保っていた。馬鹿馬鹿しいほど小さな赤い帽子をかぶったブロンドの頭を、落ち着き払ってそらせている。彼女は煙草を唇に運んだ。

「しかし、まだ殺人犯のことを話すときではありません」わたしは静かに続けた。「実際の犯罪はこのようにして起こったと、わたしが考えた順に話していきましょう。手に入れたメモから、殺人者は彼が〝いつもの場所〟と称するところでレナード看護師と会っていたことがわかりました。その逢引の場所は、あの古い納屋で間違いないでしょう。ふたりはたびたびそこで会ったはずです。そして、犯人は彼女を殺す予定の前日に、自分から解雇されるようメモで指示しました。彼女がいなくなっても気づかれないためです。彼は納屋で看護師と会い、彼女を殺し――まずは彼女の身元がわかるものを処分しました。残りは動物がやってくれるのを当てにして。こうして、よそ者であるスーザン・レナードは――村を出ました。誰が疑問に思うでしょう？　誰が気にするでしょう？　彼女が死んだことすら知らなかったかもしれません――」

「でも、ドクター・ウェストレイク」口を出したのはウォルター・グリムショーだった。テーブルに身を乗り出した彼の若々しい顔は真面目だった。「スーザン・レナードとその男との間に何があったんです？　どうしてそんなことに従ったんでしょう？　彼女は——何を期待していたんですか？」

わたしは真顔で彼を見た。「ミスター・グリムショー、それに明確に答えられるのは殺人者だけです。わたしは想像するしかありません。彼女がその男のそばにいたがったのは、彼が好きだったからか、彼を脅迫していたかのどちらかでしょう。いずれにせよ、あのメモは犯人が彼女の信頼を得ていたことを証明しています。彼女がケンモアの誰にもふたりの関係を明かさなかったほどに。犯人は一緒にここを出ていくと思わせたか、金をやると思わせたのでしょう——その両方かもしれません。しかし、犯人は少し慎重すぎました。スーザン・レナードに解雇されるよう指示したとき、彼はミセス・ハウエルの気性を考えていませんでした。彼女がうまく解雇にこぎ着けたとき、ミセス・ハウエルは荷物をまとめる暇も与えず、彼女をただちに家から追い出しました。その中には、レナード看護師が処分しなかった、きわめて重大なメモがあったのです。殺人犯はそれを知ったのでしょう。だからレナード看護師を装った電報を送り、ミセス・ハウエルに鞄を開けないよう頼んだのです。ところで、コブもわたしもその電報を調べようとは思いませんでした。当然、レナード看護師が自分で送ったものと思ったからです。しかし、本当は誰が送ったかは、警視の部下が突き止めてくれるでしょう」

「今朝、もう確認した」警視が静かにいった。「誰がその電報を打ったかがわかったよ。わたしたちの説に合致している」

わたしはもう一度、聞き手を見回した。「この電報は、もうひとつの心理学的ミスでした。鞄を開けるなといわれたために、ミセス・ハウエルは当然、興味を持ちました。彼女はそれを開け、そのために殺されたのです」

わたしはできるだけ手短に、ルルおばさんの悲劇を語った。名前は出さずに、彼女がトラヴァースからの手紙を読み、イギリス人とレナード看護師が共謀してアンを殺したと思うに至った経緯を説明した。

「おわかりでしょうが、ミセス・ハウエルは事件の謎を解いたと思っていました。それは間違いでしたが、殺人犯はそれを知る由もありません。ミセス・ハウエルはあれこれほのめかしはじめ、犯人は彼女が本当に危険なメモ、すなわちタイプ打ちのメモを読んだと思い込んだのです。そこで、最初に鞄を取り戻そうとして失敗した後、万が一に備えて彼女を殺したのです」

「しかし、その――タイプ打ちの別のメモというのは」そういったのはルエラの夫だった。その声は低く、遠慮がちだった。「何が書いてあったんだ?」

「何が書いてあったかは大した問題じゃありません」わたしは説明した。「それが何だったかが問題なのです。それが唯一、レナード看護師と殺人犯をはっきりと結びつけるものでした。そして、彼女を殺した犯人があんなことをしたのは、わたしたちに彼女について考えさせないためだったのです。だから犯人は、ゆうべ納屋に火をつけました。それ以前に、警察犬がアンを追っていたときは、彼は自分が隠したものは安全そのものだと思っていました。ところが、わたしたちがレナード看護師の話を始めたので、彼はすぐに古い納屋を破壊しなくてはならないと考えました。

しかし、手遅れでした。わたしを納屋もろとも焼き殺せなかった今となっては」

「それで、サー・ベイジルは？」フランシスがゆっくりと目を上げた。「なぜサー・ベイジルは殺されたんだ？」

そういいながら、彼は目を窓に向けた。遠くに掘り起こされたばかりの地面が見える。馬が埋葬された場所だ。急にフランシスが立ち上がった。クララもだ。ふたりは同時に気づいたのだろう——つるはしや鋤を持った男たちが、サー・ベイジルの墓の周りに集まっている。

「やめさせて！」先にいったのはクララだった。その声は鋭く、怒っていた。「あの男たちにやめさせて。サー・ベイジルのお墓を掘り起こすなんて」

彼女と夫はいっせいに警視を見た。彼はすまなそうに肩をすくめた。

「申し訳ありません——わたしの指示でして」彼はいった。「ドクター・ウェストレイクは、馬の墓に証拠が隠されているかもしれないと考えたのです。殺人者とスーザン・レナードとを結びつける、決定的な証拠が」

クララの血色の悪い顔に、驚きと怒りが入り混じった表情が浮かんだ。だが、彼女はもう何もいわなかった。夫に続いて黙ってテーブルに戻った。

コブはわたしをちらりと見て、続けるよう促した。

「みなさん、レナード看護師のことを考えてみてください」わたしはゆっくりといった。「ひとりの人間として、彼女について知っていることを。わたしたちが最初の前提にあれほど固執しなければ、彼女が殺人の共犯者にはとうていふさわしくないと思ったのではないでしょうか。彼女は立派な経歴の持ち主でした。物静かで、信仰心に篤かった。現に、敬虔《けいけん》なカトリック教徒でした。また、当時はまったく注意を払いませんでしたが、彼女は結婚していました。セントルイスでは、ミセス・スーザン・ヴォーンと名乗っていたのです。さて、彼女が未亡人であるという気配はありませんでした。そして、敬虔なカトリックであれば、離婚をしたりはしないでしょう。こう考えるのが合理的です。この近隣に住んでいて、彼女が会いにきた男、そして結局は彼女を殺した男というのは——彼女の夫だったと」

「夫！」ローズマリーが呆然と繰り返した。

「ええ。想像してみましょう。数年前、スーザン・ヴォーンの夫は彼女にうんざりしていました——地味な看護師との結婚生活に。夫は離婚しようとしましたが、それは彼女の信仰に反することでした。彼女は拒みました。結局、夫は妻を残し、本当に自分を魅了する生活を探しにいきました。やがて、夫は別の女性と出会ったとしましょう。彼にとっては、望ましい生活をすべて体現したような女性です。その女性は彼と結婚したいといいました。離婚できる望みはないとわかっていました。彼はいちかばちかで、重婚の罪を犯したのです」

今では、少数の聞き手たちは身じろぎひとつせず、壁に飾られた剥製の動物のようにじっとして、無表情だった。

「さて、もう一度スーザン・レナードのことを考えてみましょう」わたしはいった。「彼女は旧姓に戻り、看護師を続けながら、何とか生計を立てていました。しかし、夫を忘れたことはありませんでした。まだ彼を愛していたからかもしれませんし、今も彼と結婚しているという事実に執着していたのかもしれません。いずれにせよ、夫が出ていって何年も経ってから、彼女は彼がケンモアにいるという噂を聞きました。彼女はすぐに追いかけました。その地に仕事を得て、夫と対面しました。戻ってきてほしいといったのかもしれませんし、お金を出せといったのかもしれません。動機は何であれ、彼女が恐ろしいお荷物となったのは明らかです」

話している間、玄関ホールで物音が聞こえた。がなり声と重い靴音。ドアが開き、コブの部下が三人入ってきた。ひとりがフランシス・フォークナーの金色のカップを手にしていた。カリフォルニア狩猟クラブから贈られた記念品だ。

「地面から一フィート足らずのところに埋められていました」彼はそういって、警視にカップを渡した。「盗まれたと思われていた残りの品も、馬の墓で見つかりました」

「それを期待していたのです」わたしはいった。「娘のいったことが、わたしにヒントをくれました。彼女は、自分があんなカップを手に入れたら、お墓に一緒に埋めてもらうといったのです」

わたしはごくゆっくりと、フランシス・フォークナーのほうを向いた。「きみがこれをサー・ベイジルの墓に埋めたんだね、フランシス？　一昨日の夜、奥さんに見られたのは、そのときだったんだろう？」

フランシスはわたしをぼんやりと見返したが、動こうとはしなかった。

「きみはカップを処分するのが忍びなかったんだろう、フランシス？　しかし、そこから足がつく危険も冒せなかった。最初にこれをここに持ってきたときは、露見しないほうに賭けたんだろう。しかし、スーザン・レナードが結婚していたことを警察が知れば、このイニシャルが目に触れるのはあまりにも危険だった……」

やはりフランシスは動かなかった。弾かれたように立ち上がったのはクララだった。大股でわたしに近づき、あの日バーグを見たときのように、まっすぐにわたしの目を見た。わたしは自分の頬が、彼女の乗馬鞭で打たれたようにひりひりするのを感じた。自分が嫌になったが、先を続けなくてはならない。

「カップを見てくれ、クララ」わたしは静かにいった。「イニシャルがわかるだろう？ F・F・V・──フランシス・フォークナー・ヴォーンだ」

「でも、それは──」

「本当に残念だ。わたしの言葉が信じられないなら、これを読んでくれ」わたしは彼女に、今朝コブから受け取った電報を渡した。「ここには、カリフォルニア狩猟クラブの一九二八年の障害馬術の優勝者はフランシス・フォークナー・ヴォーンだったとある。彼はきみに、母親が再婚するたびに苗字が変わったといったね。しかし、成人してからはそれをやめたともいっている。一九二八年には、もちろん彼は未成年ではなかった。実は、ヴォーンはずっと彼の本名だったんだ。初めて彼がそれを変えたのは、きみと結婚したときだ。彼はきみに離婚したといった。だが、きみと出会う前の彼はカトリックだったことを、わたしたちはみんな知っている。そして、スーザン・ヴォーンもカトリックだった。彼は西部からここへ来た。スーザン・ヴォーンもそうだった。彼は──彼はレナード看護師からの電報がミセス・ハウエルに届いた日の午後、ドクター・カーマイケルに手首を診てもらうためにグローヴスタウンへ行っている。こんなことをいわなければならないのは本当につらい。それは……」

話しているうちに、周囲の人々の顔が次第に緊張し、恐怖を感じているのがわかった。フランシスは片手で目を覆っていた。シリルは口をぽかんと開けていた。ローズマリーとウォルターはぴたりと寄り添い、無表情な目をしていた。しかし、わたしが見ていたのはクララだった——同情と恐れを感じさせるクララだ。

わたしが話している間、彼女は呆然と電報を見ていた。ついに、彼女はゆっくりとコブのほうを向いた。彼の表情に、わたしの言葉が信じられない気持ちを正当化するものを見つけようとするように。

「残念ながら、ドクター・ウェストレイクのいう通りだと思います」コブは静かにいった。だが、彼女は聞いていないようだった。完全に納得しないまま、夫の顔を見た。そのとき、彼女は悟った。

突然の驚きに駆られた女性は見たことがある。やり場のない、死んだような表情が目に浮かぶのを。しかしクララには、常にどこか気高いところがあった。そして、過酷な試練のときでも、やはり気高かった。薄い唇はきつく結ばれていた。冷たい目は、その奥の苦悶を必死に隠そうとしている。彼女は勇敢だった。数日前、アドルフ・バーグに夫を侮辱され、鞭で打ったときと同じくらい無慈悲だった——法的にはついに自分のものにはならなかった夫のために。

わたしはじっとして、何もいわず、クララが動くのを待った。ひどくゆっくりと、彼女の目が夫の青ざめた顔に向く。

「あなたを許せたかもしれない」彼女が小声で、だが少しも乱れない口調でいうのが聞こえた。「サー・ベイジルのことがなかったら、何だって許せたかもしれない。フランシス、なぜサー・ベイジルを殺したの？」

その後に続く沈黙は悲痛だった。フランシスは、いきなり自分をすっぽりと絡《から》め取った網から必死に逃れようとしていた。イライアスが懸命に表情を抑えようとしているのがわかる。だが、ぞっとするような満足の表情は隠しきれなかった。今やフォークナー家の不名誉はグリムショー家の不名誉をはるかに上回っていることが明らかになったからだ。シリル・ハウエルはぼんやりとした目で、背筋をまっすぐに伸ばしたクララ・フォークナーを見ていた――あるいは、本当はクララ・コンラッドというべきか。

「なぜ彼がサー・ベイジルを殺したか、説明できると思う」自分の声がとてもかすかに、遠くに聞こえるような気がした。「サー・ベイジルが狩りで興奮したのを覚えているだろう？　あれは納屋のそばでの出来事だった。彼がおかしくなったのを覚えているね――キツネ穴から死体が掘り出されたときに。サー・ベイジルは、何があったかをわたしたちよりも先に知っていたのだと思う。彼は殺人が行われた夜、すでにそれを目撃していたんだ。わかるだろう、フランシスが車で納屋へ行くのは危険だ。けれども、彼には助けが必要だった――運ばなければならないものを運ぶための。彼はサー・ベイジルを選んだのだと思う。サー・ベイジルはとても神経質な馬だった。それに馬は死体を見慣れていない。馬は死に怯える。そして、死を忘れない」

クララの目がわたしの目を見た。その目は揺るぎなかった。

「そう」わたしは続けた。「サー・ベイジルは目撃者だったんだ。彼は殺人現場を暴いたのに、わたしたちは気づかなかった。そして、彼はもう少しで犯人を暴くところだった。彼は狩りでフランシスを振り落とした。きみ自身、彼が厩舎でフランシスに嚙みつこうとしたといっただろう。サー・ベイジルは主人への忠誠心をなくし、彼に背くようになったんだ。遅かれ早かれ、近隣の人々はそれに気づくだろう――そして、なぜかといぶかしむだろう」

わたしは自分の手を見下ろした。「だからフランシスは彼を殺した。彼がしなければならないことの中で、最もつらいことだっただろう。しかし、彼は慈悲深いやり方を選んだ。彼はあの日の午後、グローヴスタウンへ向かう前に車の排気管にホースをつないだに違いない。そして、帰ってからサー・ベイジルが死んでいるのを発見し、自分も同じように死ぬことを考えたのだと思う。そのほうがよかったのかもしれない――」

妙に自分が恥ずかしくなり、わたしは言葉を切った。クララはわずかによろめいたが、細い手で椅子の背をつかんだ。顎をきっと前へ突き出している。

だが、わたしたちの目は、今ではフランシスを見ていた。彼の顔は灰色だった。こんな状態の人間を見るのは愉快なことではなかった。

彼は立ち上がりかけた。「ぼくがほしかったのは――」彼はささやくように妻にいった。

だが、その先はいえなかった。クララが彼に背を向け、しっかりとした足取りでドアへ向かったからだ。

ドアを出ていくときにも、彼女は一度も振り返らなかった。

その後のこと――フランシスの自白と逮捕――は、きわめて不愉快なものだった。わたしは必要以上にそこにいるのに耐えられなかった。

家に帰ると、ドーンは居間の絨毯の上に座って、不衛生なウサギのぬいぐるみと遊んでいた。それを見ながら、娘がこれまでの出来事をほとんど何も知らないのが信じられない気がした。それに、事件の解決に、娘の気まぐれな言葉が大いに役立ったことも。

彼女は穏やかに顔を上げ、どこに行ってたのと尋ねた。わたしはフォークナー家でパーティがあったのだと答えた。娘の黄褐色の目が、急に探るようになった。

「ローズマリーも来てた？」

「ああ」わたしは上の空でつぶやいた。「どうしてそんなことを訊くんだい？」

「別に」彼女はそういって、やはり探るような目でわたしを見た。「ただ、心配だっただけ」

「心配！」わたしは叫んだ。「彼女は心配ないよ。小鳥が飛んできて、彼女はもうすぐウォルター・グリムショーと結婚すると教えてくれたんだ」

「ああ、パパ、なんて素敵なの！」ドーンの表情が明るくなった。「ケンモアで結婚式があるなんて、すごく嬉しい。こんな退屈な村で、今までなかったことだもの」

「そうだな」わたしは平坦な口調でいった。「まったくそうだ」

ドーンは床に座り込み、はにかむようにわたしを見た。「嬉しいといったわけは、ほかにもあるの」彼女はいった。「わたし、パパは彼女のものになるんじゃないかと一瞬思ったの。ローズマリーはとてもいい人よ——でも、新しいママはほしくない——少なくとも、すごくほしくはないの」

それから、驚くべきわが娘は妙なことをした。わたしに駆け寄り、首に腕を回し、大袈裟にキスをしたのだ。

そして、覚えている限り、娘がわたしに何かをおねだりしなかったのはこれが初めてだった——ウサギさえも。

※ 本文中の聖書の引用は新共同訳、シェイクスピアの引用は小田島雄志訳を参照しました（訳者）

解説

森英俊

本書はパトリック・クェンティンの作品のなかでこれまで未紹介だったジョナサン・スタッグ名義の長編第一作であり、これでようやくこの作者のシリーズ物が出揃うことになった。それまでさまざまな相手との合作を試みてきたリチャード・ウィルスン・ウェッブが、三十年近くの長きにわたってコンビを組むことになるヒュー・キャリンガム・ウィーラーと合作したもので、一九三六年に出版されたが、この年には『迷走パズル』を皮切りにしたクェンティン名義のピーター・ダルース物もスタートしている。

わが国のミステリ読者にはほとんどなじみのないシリーズなので、このシリーズを彩る人々、さらには本書をはじめとするシリーズ各作について見ていくことにしよう。

一、シリーズを彩る人々

ヘンリー・ウェストレイク（わたし）

シリーズを通しての物語の語り手であり、マサチューセッツ州の片田舎にあるケンモアで開業医を務めると同時に、妻の病気で転地が必要になるまで住んでいた隣町のグローヴスタウンの顧問医師のようなこともしている（その後、検死医もするようになる）。もうすぐ四十歳を迎え、前髪には白髪が生え始めている（シリーズの続編では四十を超えるものの、そこからはほとんど歳をとらない）。医者としてはかなりのベテランで、患者たちの信頼も厚い。本書が犯罪捜査に協力した初めての事件であり、しろうと探偵として経験を積むうちに、だんだんと殺人捜査のスリルに魅せられていく。

病気で妻をなくし、愛娘のドーンになき妻の面影を見て、涙にくれそうになることも。シリーズが進むにつれて、再婚相手候補の女性が幾人か登場するも、さまざまな事情が足かせとなり、結婚までにはいたらない。厳しくも優しい父親で、*The Scarlet Circle* では、はげしい風雨のなか、みずからの生命の危険もかえりみず、外にいる娘を助けに向かう。

ドーン

ウェストレイクのひとり娘。本書の時点では十歳だが、続く Murder by Prescription のさなかに十一歳になり、*The Stars Spell Death* では十二歳になっている。その後の事件では十二歳のまま。強情っぱりで、ウェストレイクと意見がぶつかり合うときには、いつも父親を言い負かそうとする。その一方で、甘えん坊なところもあり、本書でもウサギを飼いたいと、機会のあるごとに父親に訴えかける（ウサギがどうなったかは、次作を読んでのお楽しみ）。*The Yellow Taxi* でも、チャールズ・ディケンズの小説に出てくる孤児のまねをして、クリスマス・プレゼントを三つもねだる。その愛らしさに胸キュンになる読者も少なくないことだろう。

その行動が事件解決のヒントになることもしばしばで、*The Yellow Taxi* では、近所の馬の習性にだれよりもくわしいことが偽装殺人を見抜く糸口に。*Turn of the Table* ではキャンプに行かされていて不在だが、新聞でウェストレイクが事件に巻きこまれたことを知るや、口実をもうけて帰ってくる。

レベッカ

ウェストレイク家の家政婦。本書ではウェストレイク家の厩務員兼庭師をしている夫のジョンと厩舎の二階に住んでいることになっているが、その後の作品に夫のほうは登場せず、厩舎もないことになっている。断固たる管理能力の持ち主で、ウェストレイク医師がウィスキーのソーダ割りを飲み終えたころに、きっちり用意された食事が魔法のように食卓に出てくる。ウェストレイク親子に深い愛情を抱いており、*Death's Old Sweet Song* では親子の休暇先に駆けつけ、思わぬ大活躍を見せる。

ハミッシュ

Murder by Prescription 事件の際に一家に加わった、スコティッシュ・テリア。

コブ警視

グローヴスタウン警察に所属し、ほとんどの事件でウェストレイクと共に事件の捜査にあたる。なかなかの推理力の持ち主で、*Murder by Prescription* ではウェストレイクより先に事件の真相を見抜く。ウェストレイクにとっては友人のような存在で、医師として、警視の子供をこの世に出すのを何度か手助けしている。人情家で、ウェストレイクとは深い信頼関係で結ばれており、ウェストレイクも彼の前にいると、リラックスして落ち着くことができる。

年代物のブライヤー・パイプを愛用しており、かなりのヘヴィースモーカーだが、ウェストレイクは警視がそのパイプに葉を詰めているところにも、それに火をつけている場面にも、数えるほどしか遭遇したことがない（本書でも火のついていないパイプを口に咥えている）。パイプを咥えたりふかしたりしているのは、考えをめぐらせているときのポーズらしい。

フォーダー（本書ではフォード）

グローヴスタウンの検死官で、ばか丁寧で細かすぎるきらいはあるが、頭がよくて良識があり、いざというときには頼りになる。とはいえ、名声ほしさに、スタンドプレーに走ることもある。

二、シリーズ作品解題

The Dogs Do Bark（一九三六）本書

娘のドーンが無邪気に唱える「耳を澄ませ、耳を澄ませ、犬が吠えている」というマザーグースの一節にウェストレイクが耳を澄ませていると、ケンモア狩猟クラブの猟犬たちの吠える声が十一月の冷たい風に乗って聞こえてくる。それがいつもとは違う、凶暴な獣が吠えるような、怒った、鋭い声であることに、ウェストレイクは驚く。そのあと、娘を寝かせつけようとしているさなかに電話がかかってくる。それは裕福で神経症的な患者ルエラからのもので、とても恐ろしいことがあって一睡もできないから、来てほしいというのだった。ルエラは医師の帰りしな、「夜中に犬が吠えるのは、死の響きよ」「最近、妙な予感がするのよ。ケンモアで誰かが死ぬんじゃないかって」と告げ、死ぬのはひどく厳格な農場主グリムショーの娘のアンに違いないと言い放つ。ルエラの予言めいた言葉が妙に気になったウェストレイクはケンモア猟犬クラブを通って帰ることにする。すると、檻の中にウサギでも紛れ込んだのか、犬たちはなにかに気を取られ、落ち着かず、喧嘩腰だった。

朝が来て、土曜日恒例のキツネ狩りに出かけるウェストレイクだったが、これまで必ず参加していたアンの姿が見えない。猟犬たちに追われたキツネはグリムショーの農場へと逃げこむ。領地のなかほどに大きなキツネの巣穴があり、おかしなことに、そこからくだんの雌ギツネが飛び出してくる。ウェストレイクがそれに近づき、暗がりをのぞきこむと、なかには腕も頭もない裸の女の胴体が詰めこまれていた。それはアンの特徴と一致している二十代前半の中背の若い女性のもので、死後二十四時間は経過していなかった。コブ警視の捜査に協力することになったウェストレイクは、遺体の残りを見つける必要があるという警視の言葉に、犬舎での犬たちの奇妙な行動を思い出す。案の定、檻のなかには人間の骨の断片が転がっていた。

これでもかこれでもかといわんばかりの猟奇的な事件は、近隣の象徴だった馬が殺されるにいたり、不気味さのきわみに達する。くだんの名馬は死体発見の前に奇妙なふるまいを見せており、そのおかしな行動をめぐる謎、殺害された理由の解明が、ウェストレイクの手で関係者が一同に会したところで行なわれ、事件の意外な真相が明らかになる。

中心となる謎に加え、副次的な謎も魅力的なのが、良質なパズラーの条件だが、馬をめぐる本書の副次的な謎はまさしくその条件を満たしている。加えて、犯人の名前が最終章の中盤まで明かされないため、読むほうの興味も途切れることがない。

Murder by Prescription（一九三八）

新聞がウェストブルックをウェストレイクと書き間違えて記事にしたため、安楽死を是認する医師として名前が載ってしまったウェストレイクの元に、ハーマイアと名乗る女性から電話があり、医師は南部出身の女富豪タルボット夫人らの暮らすグレゴリー屋敷へと向かう。ハーマイアの母親にあたるタルボット夫人が発作を起こし、夫人にいつもつき添っている看護婦も外出していて不在だという。夫人は末期癌に冒されており、ウェストレイクはその痛みを和らげてやるためにモルヒネを注射する。夫人もくだんの記事を読んでおり、安楽死させてもらうためにウェストレイクを呼んだのだった。夫人は今晩死なせてくれたらドーンに一万ドル遺贈するともちかけるが、ウェストレイクはそれを拒絶する。夫人が死を決意したのは身近な人間が許しがたいことをしていたのがわかって絶望したためだったが、それがなにであるかは黙して語ろうとしなかった。ただ、執事の話によれば、その日の午後、夫人の元に届けられた手紙に関係があるらしい。

翌朝、タルボット夫人はモルヒネの過剰投与で死亡しているのを発見される。ハーマイアや帰宅した看護婦を睡眠薬で眠らせている隙に家人のだれかが安楽死させたものと思われ、ウェストレイクは自然死として事を荒立てないことにする。ところが、夫人の死の状況に納得のいかない執事が検死官に連絡したため、警察が捜査に乗り出すことになった。そして執事が犯人として名指したのは、あろうことかウェストレイク自身だった。かくして、とんでもない窮地に立たされることになったウェストレイクは、いやがうえにも事件の真相をつきとめざるを得なくなる。

安楽死というテーマが取りあげられているため、全体のトーンはシリアスで重たく、物語が進んでいくにつれて、冷徹な犯人の企んだ悪辣きわまりない犯罪計画の全貌が明らかになっていく。ウェストレイクがまたしても部屋に閉じこめられて焼き殺されそうになるなどの出来事が相次ぎ、さらには犯人の名が土壇場まで明かされないことによって、サスペンスが最後まで弛緩することがない。苦い結末という点でも、印象に残る作品。

The Stars Spell Death（一九三九）

夜に女性から電話があり、急を要するという交通事故現場へと向かうウェストレイク。ところが途中で乗っていた車がエンストを起こし、ようやくくだんの事故現場にたどりついてみると、通報してきた女性の姿はなかった。樹に正面から激突している、自分のと同じナンバープレートをつけた同じ型の車のなかで死んでいたのは、驚くべきことに、自分と同じような医療用の鞄を持ち、同じ仕立屋のコートを着て、おまけにその日の朝にウェストレイク宛に届いた手紙をポケットに入れた男だった。ウェストレイクは、車のなかで死んでいるのは自分で、幽体離脱した自分がそれを見ているのではないかという、突拍子もない想像に駆られる。

その謎も解決できぬまま数週間が過ぎ、さらなる不可解な出来事が起きる。ある晩、ウェストレイクのいとこのロビンの婚約者だという若い娘が来訪し、ロビンが生命の危機に瀕しているので、ウェストレイクが遺言執行人として保管している彼の父親の書類を見せてほしいと懇願する。封筒のなかに遺言書に混じって入っていたのは、ロビンが誕生した際の占星術師による奇妙な予言書で、それにはロビンが成人する二十一歳のあたりに生命の危機が訪れること、それにロビンのいとこも巻きこまれることが記されていた……。

このわくわくするような不可能趣味あふれる序盤に比し、後半は某国のスパイたちが暗躍するという安手のスパイ・スリラー的な展開に堕してしまい、正直、がっかりさせられる。

Turn of the Table（一九四〇）

休暇中の友人医師の代診として、その家に一時的に住むことになったウェストレイク医師。隣家にいるのは銀行家のブルース・バニスターとその一家で、バニスターは不仲だった前妻グレースが航海中に船から転落して死亡した（ノイローゼの末の自殺と考えられた）あと、現夫人のシーラと再婚し、子どもたちと幸せな生活を送っていた。ところが、その平穏な家庭が前妻の姪だというエレナーの来訪によって一変する。エレナーは霊力があると主張し、降霊会を開いてはグレースの霊を呼び出し、グレースが望んでいるといっては無茶な要求をいろいろと持ち出してくる。バニスターは霊のいうことをすっかり信じこんでしまっていたが、夫人と子どもたちはどうにかしてエレナーを追い出そうとはかり、そのため、緊迫した状態が続く。

家人に懇願され、第三者として客観的に状況を見てみるためにバニスター家を訪れたウェストレイクは、降霊会に参加させられることになる。九人が卓を囲んで手を握りあって座り、バニスターはいちばん離れた席に座る。やがてグレースの霊が現れ、自分の名前を綴ったあと、「ブルースは死んだ」というメッセージを送ってくる。女性の悲鳴があがり、明かりがつくと、バニスターは椅子のうえでぐったりしていた。まだ息があり、狭心症の発作を起こしていることを見てとったウェストレイクは、バニスターのベストのポケットに入っていたニトログリセリンの錠剤を飲ませる。ところが、薬の効果は少しも現れず、その後の懸命の救命措置も成果があがらず、バニスターはそのまま死亡してしまう。医学生のグレゴリーは父親が毒を飲まされたのではないかとの疑いを抱き、検死を要請。ニトログリセリンの錠剤に毒が含まれていた可能性もあり、だとすると、ウェストレイク自身がその手で毒を飲ませてしまったことになり、医者としての信用を失ってしまいかねない状況だった。

降霊会のさなかにグレースの霊が実体化したり、ウェストレイクが暗闇で何物かに襲われ、意識が戻ると首に嚙まれたあとが残っているなど、怪異現象が相次ぐ。ディクスン・カーばりのオカルト趣味が好きな向きにはお薦めで、驚きを誘う、終盤の怒濤の展開、どんでん返しの連続も、実に心地いい。

The Yellow Taxi（一九四〇）

あと数日でクリスマスという日の午後、ひどく怯えたようすのノーマという娘が、高級車に乗ってウェストレイクの元へとやってくる。不眠の解消のために睡眠薬を処方してほしいというのだ。不眠の原因が心に抱いている不安にあるに違いないと考えたウェストレイクが問いただしたところ、自分たち一家はニューヨークからグローヴスタウンに越してきたが、そこでもニューヨークから来た黄色いタクシー（いわゆるイエローキャブ）につきまとわれ、生命の危機を感じているという。そして、くだんの黄色いタクシーは殺人鬼が運転していて、すでに友人のリビーが半年前にバー・ハーバーでその手にかかって殺害されているのだと、突拍子もないことを言い出す。にわかには信じがたい話だったが、ウェストレイクはノーマが診察室を出ていった直後に彼女の車のあとをつけていく黄色いタクシーを目撃する。

ノーマは財布を忘れていっており、ウェストレイクが翌日、彼女が家族と暮らす邸にそれを届けに行くと、そこはクリスマスの照明を取りつけている最中だった。庭にいたノーマと思われる娘に財布を渡そうとすると、それは双子の姉のカレンだった。やがて遠乗りに出ていたノーマが、馬を猛スピードで走らせて戻ってくる。ウェストレイクとカレンがハラハラしながら見守っているなか、馬は庭を照らす照明に驚いたかのように跳ね、乗っていたノーマを後ろにふり落とす。ウェストレイクは落馬現場に駆け寄るが、ノーマは首の骨を折って手の施しようのない状態だった。そしてふと後ろを振り向いたウェストレイクは、またしても黄色いタクシーを目にする。

赤毛の女子大生ばかりを狙う黄色いタクシーの運転手という、一見したところ、猟奇的なリッパー物だが、プロット巧者のこの作者のこと、もちろんそれだけでは終わらない。黄色いタクシーの運転手がついにウェストレイクの目の前に姿を現わすにいたるまでのサスペンスは濃密そのものだが、やや結末の意外性に欠けるのが惜しまれる。

The Scarlet Circle（一九四三）

九月に入り、ウェストレイクはニューイングランドのケープ・タリスマンで娘のドーンと共に釣りを楽しんでいた。同地はかつてはリゾートとして繁栄していたが、いまは海水浴客もまばらになり、古くからある商店街もさびれてしまっていた。靄のかかるなか、ビーチであたりを眺めていたドーンはピンク色の明かりを目に留める。それは古い教会の敷地から漏れてくる光で、提灯のもののようであった。ウェストレイクがその明かりのほうに向かうと、それは墓地のほうへと移動していった。墓地にたどりついたウェストレイクが提灯を拾いあげると、足下には掘り起こした墓とおぼしきものがあり、古びた棺の先端がのぞいていた。

ホテルに戻ってしばらくすると、地元の医師から電話がかかってくる。殺人事件が起こったので、〈修道士の岩〉まで大至急、来てほしいという。くだんの岩の上には墓地で見つけたのとそっくりな中国製の提灯が残されており、そのおぼろげな明かりに照らされていたのは数時間前にホテルで見かけたばかりの娘だった。祈りを捧げているかのように、胸の上で手を合わせ、目を閉じており、左の頰のほくろの周りに深紅の輪が口紅で描かれている。背後から紐で絞殺されており、お金や指輪が残っていることから、物盗りの犯行とは思われない。先ほどの掘り起こされていた墓は十三年前になくなった娘のもので、彼女の左の頰にもほくろがあったという。提灯のからんだ猟奇殺人はなおも続き、ホテルのウェイトレスがボートの上で殺害されているのを発見され、その中央部の横木の上には提灯が置かれ、死体の太腿を照らしていた。そこにはほくろがあり、周りにまたもや深紅の輪が描かれていた。

前作に続くリッパー物で、中国製の提灯と死体に残された深紅の輪の醸し出す無気味さが出色。真相はそれなりに意外だが、オリジナリティには乏しい。

Death, My Darling Daughters（一九四五）

ウェストレイク医師らが暮らすケンモア・ヴァレーは十九世紀の末に副大統領のベンジャミ

ン・ヒルトンを出していた。そのヒルトン家で夏の週末にピクニック・パーティが催されることになり、当主のエミリーの兄弟たち——ボストンとロンドン在の世界的な名医——とその一家がやってくる。そんな折、ウェストレイクは体調を崩して寝込んでいる乳母を往診しに同家に向かう。乳母はベンジャミンの娘のエミリーが赤ん坊のころから仕えており、家内で確固たる地位を築いていた。容態は安定していたが、翌日のピクニック・パーティのさなかにメイドが血相を変えてやってくる。乳母がベッドでカップに入ったお茶を飲んだ直後に苦しみ出し、そのまま息をひきとったというのだ。あわてて屋敷に向かい、死体を調べたウェストレイクは、乳母が青酸カリで毒殺されたとの疑いを抱く。ところが、ヒルトン家の人々は、乳母が銀器を磨くのに使っていた青酸カリが誤ってカップに混入したことによる事故だとして、事を穏便に済ませようとする。

前作までに見られたような猟奇性、異様な迫力は陰を潜め、著名な一家をめぐる悲劇を描き出すことに主眼が置かれている。シリーズ作のなかでは心理描写がもっとも濃密で、これまでの作品よりも重く、後味もよろしくない。

Death's Old Sweet Song（一九四六）

休暇を過ごすためにウェストレイク親子は隣接するスキップトンにやってくる。同地でははた迷惑なことに、土曜ごとに地元の資産家のアーネスタ・ブレイがピクニックを催していた。五年前に移り住んできたアーネスタはあり余るお金でもって共同体の中心的存在に躍り出ていたが、彼女の専横的なやりかたを快く思っていない人々もいた。事件当日、アーネスタはニューヨークに行っているとのことで不在だったが、もはや伝説になりつつあるピクニックは開催された。そのさなか、にわか雨に遭った参加者たちは慌てて山をくだり、ブレイ家のテラスにたどりつく。そこで幼い双子のホワイト兄弟の姿の見えないことが判明し、雨のなか人々はふたたび外に出て、捜索へと向かう。ほどなく、ウェストレイクは子どもたちが池に沈んでいるのを発見する。ふたりとも後頭部をひどく殴られ、池に放りこまれて殺されており、ドーンがピクニックの前に歌っていたスコットランドの古い民謡「野原いっぱいの灯心草」の替え歌そっくりの状況を呈していた。なおも「野原いっぱいの灯心草」の歌詞になぞらえた殺人は続き、エロ小説作家の従順な夫、教区牧師らが殺されていく。

作中で描かれるのは見立て殺人であり、ミッシング・リンク物の趣もある。犯人は犯行を重ねていき、最終章でその正体がわかったときには実に多くの人命が失われている。この種の作品としてはとりたてて新味があるわけではないが、いままでシリーズの脇役だった人物の主役をくうような予想外の活躍もあり、シリーズ読者には読んで損のない作品に仕上がっている。

The Three Fears（一九四九）

今回、ウェストレイクは八月の夏休みをマサチューセッツ州の高級リゾート地ビターンズ・ベイにあるロックウッド家で過ごしており、ドーンはサマーキャンプに参加していて不在。ウェストレイクの医科大学時代の友人であるロックウッドの家の隣にはカリスマ舞台女優ダフネ・ウィンターズが住んでいたが、隣人が国民的舞台女優のルーシー・ミリケンに夏のあいだ別荘を貸し出したため、はからずもライバルどうしが隣り合って暮らすようになっていた。ダフネは毎夏、有望な若手女優を招いて演技指導をしてやるのを常にしている。一方、ルーシーの父親はラジオ番組のパーソナリティをしており、その番組のなかで、ふたりの女優に共演させることを思いつく。ルーシーはダフネをお茶に招くが、それはダフネをラジオ番組にひっぱり出すためだった。そしてあろうことか、番組内で秋にダフネ自身がしようとしていたのと同じイプセンの劇をやるつもりだと発表し、しらじらしくイプセン劇の第一人者であるダフネに助言を求めてくる。その刹那、同じ番組に出て頭痛を訴えていた若手女優のグレッチェンが椅子から崩れ落ち、そのまま床の上に倒れこむという、突発的な出来事が起きる。ウェストレイクが駆け寄ったときにはもはや手遅れで、すでに息をひきとっており、その死因は青酸カリによるものと思われた。青酸カリはダフネが被害者に飲ませてやった頭痛薬に混入していた可能性が高く、だとすれば犯人のねらいはダフネだったということになる。

表題が暗示しているように、カリスマ女優は三つのもの――火事、閉所、毒――への恐怖を抱いており、そのことを巧妙に利用した狡猾な犯人の殺人計画は悪魔的というしかない。作中で展開される心理劇はこれまでのどのシリーズ作品よりも読みごたえがあり、とりわけ、ふたりの大女優の交わす火花の飛び散るような言葉と言葉の戦いは圧巻。シリーズ戦後作のなかではもっとも出来がよく、上質なシリーズの掉尾を飾るのにふさわしい作品になっている。

＊ ＊ ＊ ＊

最後に、シリーズとしての特徴についてふれておくと、他のパズラーのシリーズ物との際立った相違点は、シリーズ探偵を語り手とした一人称のスタイルが採られていることだろう。同じ作者のピーター・ダルース物にも一人称が用いられているが、事件に翻弄されるダルースはシリーズ探偵というよりはシリーズ・キャラクターであり（『迷走パズル』や『俳優パズル』では、レンズ博士が謎を解明する）、ハードボイルド物以外のシリーズ探偵が語り手をつとめるというケースはきわめて珍しい。ほかには英作家クリストファー・ブッシュのルドウィック・トラヴァーズ物が思い浮かぶくらいである（ブッシュも初期のころは三人称を用いていたが、一九四二年に発表した *The Case of the Kidnapped Colonel* からトラヴァーズの一人称へとスタイルを変えた）。

かくも一人称のシリーズが少ないのは、技術的なむずかしさに加え、そのことによるデメリットが少なくないからだろう。なにより読者が探偵の思考に即座に寄り添うことができる分、意外性がどうしても犠牲になりがちなのは否めない。その反面、フェアプレーという点では秀でており、探偵の目にする証拠や手がかりはただちに読者の知るところとなる。三人称の地の文で事実に反したことを書けばアンフェアのそしりは免れないが、一人称であれば、探偵が勘違いをするということは十分にありえるわけで、本書でもそのあたりがうまく活用されている。

ウェストレイクは事件を外から客観的にながめ解明する推理機械とはほど遠い、血のかよった存在で、みずからが事件に巻きこまれ、そのなかで人間的な弱さをさらけ出し、苦悩する。そして、その心のうちを活写するのにうってつけなのが、一人称というスタイルなのである。

エラリー・クイーンに代表されるように、米国の本格派の多くは四十年代から戦後にかけて作風の変化を余儀なくされたが、クェンティンもまた例外ではない。ウェストレイク物も一九四五年の *Death, My Darling Daughters* 以降、それまで顕著だった猟奇性やオカルト趣味といったあくの強さが陰を潜め、登場人物たちの織りなす複雑な心理劇に重きが置かれるようになった。同じ作者だから当然といえば当然だが、ダルース物もウェストレイク物と並び合うような形で変化を見せており、ウェストレイクもダルースもほどなくミステリの表舞台から姿を消してしまう。

このシリーズはウェストレイクとドーンの父娘のシリーズでもあり、クェンティン名義のシリーズを通して描かれる不安定なダルース夫妻の結婚生活とは対照的に、親子の絆はゆるぎない。事件のなかで苦悩するウェストレイクの人間くささに加え、一服の清涼剤ともいうべき愛らしいドーンの存在が本シリーズの大きな魅力になっていることは間違いないし、本書がきっかけになって、シリーズのほかの作品が続々と紹介され、ウェストレイク親子がひとりでも多くの人々に愛されるようになることを切に願いたい。

【著者】パトリック・クェンティン　Patrick Quentin

主にリチャード・ウィルスン・ウェッブとヒュー・キャリンガム・ウィーラーによる合作名。アメリカ黄金時代の代表作家のひとり。1930年代から活動を始め、『俳優パズル』『死を招く航海』『女郎蜘蛛』『グリンドルの悪夢』など邦訳作品多数。本書はジョナサン・スタッグ名義の長編第一作。

【訳者】白須清美（しらす・きよみ）

英米翻訳家。主な訳書にアイルズ『被告の女性に関しては』、イネス『霧と雪』、ブレイク『ワンダーランドの悪意』、クェンティン『俳優パズル』など多数。

ヴィンテージ・ミステリ・シリーズ
犬《いぬ》はまだ吠《ほ》えている

2015年4月30日　第1刷

著者…………パトリック・クェンティン
訳者…………白須清美《しらすきよみ》

装幀…………藤田美咲

発行者…………成瀬雅人
発行所…………株式会社原書房
〒160-0022 東京都新宿区新宿 1-25-13
電話・代表 03 (3354) 0685
http://www.harashobo.co.jp
振替・00150-6-151594

印刷…………新灯印刷株式会社
製本…………東京美術紙工協業組合

ISBN978-4-562-05151-9, Printed in Japan